The Southern Gates
of Arabia

阿拉伯南方之门

〔英〕芙瑞雅·斯塔克 著　刘建台 译

人民文学出版社
PEOPLE'S LITERATURE PUBLISHING HOUSE

著作权合同登记号　图字 01-2016-5963

THE SOUTHERN GATES OF ARABIA

by Freya Stark
Copyright © John Murray 1936
The moral right of the author has been asserted.
Simplified Chinese edition copyright：
2016 SHANGHAI 99 CULTURE CONSULTING CO., LTD.
All rights reserved.

图书在版编目（CIP）数据

阿拉伯南方之门/（英）芙瑞雅·斯塔克著；刘建
台译.—北京：人民文学出版社，2016
（远行译丛）
ISBN 978 - 7 - 02 - 011952 - 3

Ⅰ.①阿…　Ⅱ.①芙…　②刘…　Ⅲ.①游记-作品集
-英国-现代　Ⅳ.①I561.65

中国版本图书馆 CIP 数据核字（2016）第 197338 号

出 品 人　黄育海
责任编辑　朱卫净　潘丽萍
封面设计　汪佳诗

出版发行　人民文学出版社
社　　址　北京市朝内大街 166 号
邮政编码　100705
网　　址　http://www.rw-cn.com
印　　刷　山东临沂新华印刷物流集团
经　　销　全国新华书店等
字　　数　220 千字
开　　本　890 毫米×1240 毫米　1/32
印　　张　11.375　插页 5
版　　次　2016 年 11 月北京第 1 版
印　　次　2016 年 11 月第 1 次印刷
书　　号　978-7-02-011952-3
定　　价　52.00 元

如有印装质量问题，请与本社图书销售中心调换。电话：01065233595

谨将这本书献给

英国皇家空军，
特别是那些在亚丁服役的空军健儿，
他们把我从希巴姆平安带回，
这本书才有问世的可能。

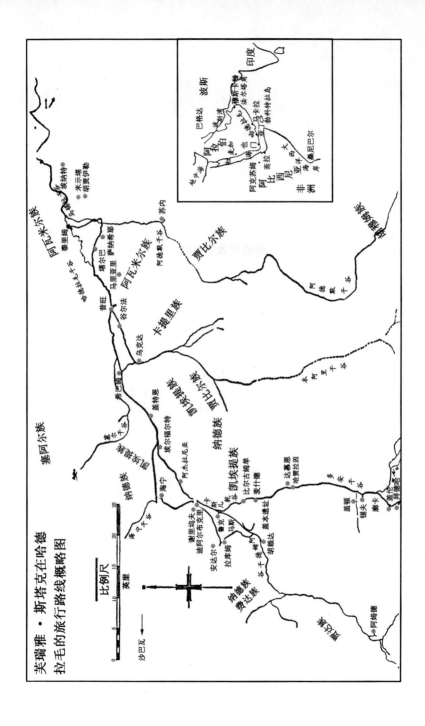

美瑞雅·斯塔克在哈德
拉毛的旅行路线概略图

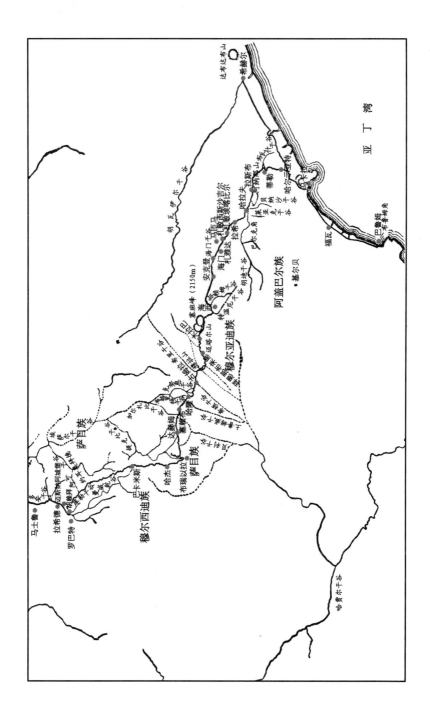

亚　丁　湾

目 录

致　辞

　　读者将发现本书中零星散布着我由衷感激的诸多贵人们的大名：哈利法克斯爵士、阿克巴·海德利爵士、马尔马杜克·皮克索尔先生，以及马卡拉的苏丹陛下——在陛下的协助下，我方能在最初抵达哈德拉毛时受到当地人士的欢迎。

　　此外我还要感谢以下诸人：马卡拉总督，萨利姆·伊本·阿哈马德·伊本·阿布杜拉·凯埃提大公，昔旺城苏丹陛下阿里·伊本·曼苏尔·卡提里，盖特恩城的苏丹陛下阿里·伊本·萨拉·凯埃提，在昔旺与泰里姆的卡夫家族的萨伊德氏族，希巴姆的侯赛因与萨伊德·阿贾姆，多安干谷巴·苏拉家兄弟穆罕默德总督及阿哈马德总督，在阿姆德与马什哈德的阿塔斯家族里的萨伊德氏族，通过他们的携手相助及友谊，我此行才得以成行并顺利愉快。

　　我必须感激英国驻亚丁的公使伯纳·雷利爵士以及雷克上校和空军准将波尔塔，感谢他们在旅程之始的善心鼓舞，以及在旅程之终迅速且大方的协助；感谢贝西先生宝贵的帮助与各式各样弥足珍贵的建议；感谢飞行中队队长海索尔·屠卫特与飞行中尉盖斯特在营救我离开希巴姆时全心全意付出的照顾；以及后来在欧洲总医院为我治疗付出心力的医生、护士长与护士们。

我也必须感谢英国皇家地理学会与伦敦的珀西·史拉登信托公司给予我多方的协助与鼓励。最后我要谢谢儒方·盖斯特先生在我写作本书时给予我珍贵无价的协助——书页间能出现如此水准之伊斯兰学，主要是因为他不吝协助之故。

导　言
香料之路

那从旷野上来，形状如烟柱，以没药和乳香，并商人各样香粉薰的，是谁呢？

——《圣经·旧约·雅歌》第三章第六节

一百方祭坛上示巴薰香蒸腾弥漫，圈圈花环也让空气芬芳扑鼻。

——《埃涅阿斯纪》①第一卷第四一六行

公元一世纪时，一位姓名不详的希腊人船长写了《绕行红

---

① 古罗马诗人维吉尔的拉丁文史诗巨著，分十二卷，描述主角埃涅阿斯在特洛伊城陷落后的经历。特洛伊城陷落后，诗中主角埃涅阿斯历经千辛万苦方才安然抵达迦太基，维纳斯见状在埃涅阿斯身旁笼罩一圈迷雾，让他不受闲人打扰直抵女王黛朵的宫中，而洒下迷雾后，维纳斯便飞回家乡帕佛斯岛，回到岛上供奉她的神庙。这句引文便是形容她神殿内的景象，原文是 Centumque Sabaeo / Ture calent arae sertisque recentibus halent。

海》①这本书。他既没受过教育，更不是能舞文弄墨的骚人墨客，写这本书不过为了提供资料给海员与商贾；书中一个接一个地介绍那个时代的红海港口，以及它们的市场与出口货物。他先沿西岸航行，再沿东岸直达靠近桑给巴尔的地区，从那"未曾有人探险过的汪洋大海绕个弯后向西迤逦而去"，最后他向东到马六甲海峡，"此乃东升旭日底下……最后一部分有人烟可闻"。

很少有书能像这位老船长的这本书那样引人入胜——说他老是因为我想他历经多次远航，每次航程都能如数家珍、娓娓道来，想来有一把年纪了。

当这位老船长来到位于香料角即今日的瓜达富伊角旁的乳香之地后，他结束他的非洲之旅，从埃及扬帆向东行。他从纳巴泰人②国王收关税的佩特拉航行过贸易商之路，接着沿阿拉伯海岸航行，他说"沿海陆地上星罗棋布地点缀着食鱼之民的洞穴"，而"内陆地区住着无恶不作的人民，他们住在村落或游牧帐篷里，掠劫航道偏离中道的船只，并将船难幸存者掳获作奴隶。因此，我们的航道一直保持在阿拉伯湾的中央水道，并且尽速驶离阿拉伯地区，直到我们来到火烧岛（Jebel Tair，北纬十五度三十五分，东经四十一度四十分）为止。就在这座岛

---

① 原书名为 *Periplus of the Erythraean Sea*，periplus 意为"绕行"，至于 Erythraean Sea，在希罗多德的书中指的是阿拉伯湾或红海，甚至可能是印度洋。
② 纳巴泰人，古阿拉伯地区的一个民族，住在叙利亚与阿拉伯交界处。

的正下方，住有爱好和平、畜养牛羊骆驼的游牧草原民族"。

他在这里抵达了希木叶尔人的也门王国，这是最后一个独立的古阿拉伯帝国，而它的港口穆扎（现作穆哈或毛萨）"挤满了阿拉伯船主与讨海人，商业买卖热络繁忙……"

这里有山肩高耸的也门山，下临暗无天日的幽壑，上达垂悬半空的峰顶，山后的前景是一片黄沙地，得花两天路程才穿得过。这座山层峦起伏，为数众多的平顶山头在远方聚集为一道厚实的山脉，以至于如同海姆达尼[①] 所说的，"它们并非千山万壑，而是一座从也门绵延到麦加的山，叫做萨拉特。"从海上远眺，它们的颜色并不是中等高度的土山颜色，而是烟雾弥漫、幽暗昏冥的颜色，仿佛玄黑的火山尖头披上了一层沙漠土砾的外衣，而原本红色的砂岩也被火山灰磨得色泽黯淡，就像埋在一层煤灰底下即将熄灭的余烬。

这位老航员从这里向南航行，左右是最后夹束在一起的两片海岸。当暗无天光的波涛越来越常出现时，他便进入了曼德海峡，海峡"向中间收束，硬是将海水逼到一处，将大海关进一处狭窄的水域中，这条通道被狄奥多岛（现在的丕林岛）隔成两条水道"。在它上方不远处，"就在海峡的岸边"，是一个"叫做奥克里斯的阿拉伯村庄……这是个下锚地，一个饮水

---

① 海姆达尼（893—945），阿拉伯多才多艺之天才，集地理学家、诗人、语法学家、历史学家、天文学家于一身，所著《阿拉伯纪实》一书是描写南阿拉伯古史与地理形势的经典之作，被誉为"南阿拉伯之喉舌"。

处，是由南边航行进入阿拉伯湾的第一个靠岸处"。这是从印度过来最为便利的一个港口，再向北就没有任何一艘印度船能越雷池一步，因为阿拉伯人在罗马人入境之前的数百年间一直守护着他们的贸易秘密。丕林岛的下锚地以及壳牌石油公司的油槽，现在已经取代了奥克里斯；但是平滑的山棱线、空无一树的陆地鼻尖和湍急绕过尖角的水流依旧在那儿，千古不变；而过了海峡，"大海再度向东扩展开来，很快我们就又看到一片汪洋了"，我们正如老水手般沿着南也门的海岸线航行，然后下锚于"幸福快乐的阿拉伯乐土①，一座岸边小村，隶属卡里贝依尔（也门的希木叶尔国王）的国度，拥有方便的下锚处与饮水处，水质比奥克里斯的水更佳，也更为甘甜"。这里是亚丁，东西方的交会点。

再过去，向东"是连绵不断的一条海岸线，以及一个延展长达两百多英里的海湾，沿着海湾住着游牧民族以及群居村落的食鱼之民，而刚过从这海湾突出来的岬角，就是另一处岸边市镇：乳香之区迦拿。从这城镇往内陆走，就会来到住着国王的大都会萨巴塔（现称舍卜沃）。这国家所产的所有乳香都用骆驼驮负到这个地方储存，再用垫着充气羊皮囊的土制木筏或小船将香料运送到迦拿……这个地方也与非洲各港口、巴里加扎（就是印度的珀鲁杰）、阿曼和波斯有贸易往来"。

这名老海员就是这么写着的——一位初来乍到的新人，来

---

① 原文为 Eudaemon Arabia, Eudaemons，希腊文的罗马拼音。

到一度最富裕、看守得最严密，或许也是年代最古老的一条古世界通商大道。

不过在他的年代之前几年，这条大道的神秘面纱才被揭开一角。公元四十五年，希腊人希帕罗斯成为世上第一位利用季风来航行的西方海员。他带领地中海的商业横跨印度洋。在他之后是罗马人，他们征服了北部的骆驼商队路线与埃及，并因为厌倦于缴纳关税给阿拉伯人，渐渐东征西讨打开一条自己的海路，然后向前推进，搭乘又大又新且部署弓箭手的船只，闯进这片被视为禁地的水域。

但是没有人知道是在他们之前多久，是在远古历史的何种晨曦微光中，这种贸易开始运转；也没有人知道达罗毗荼人①何时扬起单片风帆，搭乘雕花船尾高翘的船只，掌握安置于船尾侧的舵，顶着太阳乘风破浪，在利于航行的季节展开首航，并且首次横渡印度洋，将货物成堆卸在阿拉伯海岸上。

此地乃"乳香之区，巍峨不可攀的高山峻岭终年云雾缭绕，山上的树出产乳香"，而阿拉伯的骆驼师傅一如今日在沙尘覆盖的帐篷下等待，厕身于一捆捆货物中，那是阿拉伯与非洲的香料、来自锡兰绑成捆的珍珠与麦斯林薄纱、中国的丝绸、马六甲海峡的龟甲玳瑁、恒河的甘松香，以及来自喜马拉雅山的叫做"马拉巴斯朗姆"的肉桂叶。

---

① 达罗毗荼人，住在印度南部德干半岛的非亚利安系的种族。

头戴冠冕者，一头乌溜亮丽的头发，

抹着叙利亚香液树脂。

更有那来自印度的钻石与蓝宝石，以及象牙、棉花、靛青染料、琉璃、肉桂、辣椒。再有就是来自波斯湾的椰枣与酒、黄金与奴隶；而长期以来便有阿拉伯贸易商贾履足的非洲东岸，则贡献了乳香、黄金、没药、象牙、鸵鸟羽毛和香油。

一批批贝都因人用骆驼接力背负成捆的货物，从海边长条状的沙地穿越丘陵间的隘口，翻越高地草原到内陆谷地和也门以东的陆地，最后跋涉过麦加以北的沙漠抵达他们的市场，阿拉伯的香料也就在大马士革、耶路撒冷、底比斯、尼尼微或罗马的祭台上蒸腾薰香、香烟袅袅了。

这就是伟大的乳香之路。人们心目中关于这条路的褪色记忆，依然让南阿拉伯赢得"幸福快乐之乐土"的雅号，它的存在为后世的伊斯兰文明开路，也使得这文明有可能开创出丰功伟业。亚洲的财富便踏着它缓缓川流不息的脚步之流而行；沿着它缓慢却绵延不断的路线，一个接一个的阿拉伯帝国崛起又衰亡——米内亚、萨巴、卡塔班、哈德拉毛与希木叶尔帝国。各帝国在自己所掌握的那段通商大道上一个接一个地发达富裕起来；他们被控制更多路线的欲望所催逼，因而制定了相关政策，着重控制南部香料区与出海的通路。他们成了帝国，成了贵族，兴建了高城大邑；他们殖民于索马里兰与埃塞俄比亚，一跃成为非洲及阿拉伯森林的霸主。

我们很难理解在每方祭台与每场葬礼上都焚烧乳香以薰香的年代，他们垄断独卖的生意为他们带来何等可观的财富。在耶路撒冷神殿里有神圣不可侵犯的仓房特别储存这些香料。公元前十二世纪初，在供奉阿蒙神 ① 的神庙中，一年要供上两千一百五十九罐香料与三十万零四千零九十三份香料；而单在巴比伦一地，迦勒底 ② 的祭司每年在贝尔神 ③ 前焚烧重十万塔兰特 ④ 的乳香。阿拉伯曾经每年要上贡一千塔兰特重的乳香给大流士。亚历山大大帝在攻下加沙之后，派人送了五百塔兰特给他在马其顿的责备他拜神明拜得奢侈浪费的太师爷。

"我们只消考虑到整个世界每年所举办为数庞大的葬礼，还有那些为了敬重往生者遗体而堆得高高的香料柴火吧。"普林尼如是写道（第七卷，第四十二行），他下结论说："阿拉伯之所以成为如此'幸福快乐'之乐土，想来就是人们的奢华享受，这一点在殡葬用品上也可见一斑。"他描写人们如何小心谨慎地守护这珍贵商品；运货者若在大海到舍卜沃之间的通商大道上走小路开溜，就会被处以死刑；"单有一扇城门专供骆驼商队入城之用"；在亚历山大城的商铺有一条规定，工人下班离开前要被剥得精光搜身，他们的围兜要缝合，头则要蒙上面具或网子。这一切描述无不证明这商品的不凡身价；它横越阿拉伯大陆，

---

① 阿蒙神，古埃及生命之神。
② 迦勒底，底格里斯河与幼发拉底河的下游，古巴比伦王国所在地。
③ 贝尔神，两河流域掌管富饶的丰收之神，在希伯来语中为巴力，被犹太人认为是邪神。
④ 塔兰特，古中东、希腊、罗马的重量单位，亦可作货币单位。

从这一端海岸运送到另一端的海边，距离长达两千英里，最后在罗马"以成本一百倍"的高价出售。

香料贸易除了影响至巨外，其价值还要再加上日积月累的财富，而这通商贸易最早起于何时仍不为人知。米内亚帝国是我们听说过的最早的帝国，"乳香唯一的转运地就是假道该国国境，沿着唯一一条窄路走"。米内亚帝国历代国王的名单，其中最晚的一位也可以上溯到公元前十三世纪。根据碑文的记载，这个帝国的出现有如密娜娃①般，当它从尚未经人研究调查过的阿拉伯背景中崭露头角时，就是个拥有重兵、高度文明的繁荣富庶国家，而它的字母表更是我们字母表的祖先。它的兴起背后历经哪些史前冒险犯难、何种民族迁徙，还有它的字母表在何地或由何人发明，凡此种种都有待发掘；而除了乔装为也门犹太人的约瑟·阿列维②之外，还没有其他人造访过位于奈季兰的米内亚国都迈因。

在米内亚之后也在它之南，崛起了萨巴帝国，就是远道求访所罗门王的示巴③，它的国都在马里布，也在香料之路上，阿尔诺、阿列维和格莱泽都曾造访过该地。权力的重心持续向南移动。当萨巴人的人口增加，他们便吞并了邻居卡塔班人，后

---

① 密娜娃，即希腊神话中的智慧女神雅典娜，传说她的诞生是从宙斯的头颅中一跃而出，而初见天日时就已经是个发育成熟的成人。

② 约瑟·阿列维（1834—1908），法国小说家。

③ 示巴，公元前十世纪，示巴女王备了厚礼来见所罗门王，为向他求智慧，这段历史记在《圣经·旧约·列王记　上》第十章第一至十三节以及《历代志　下》第九章第一至十二节。

者的城市泰姆纳同样在香料之路上，但目前尚无人知道它的正确位置，只是想必靠近他们位于哈里布的铸币厂；普林尼记载到"香料只能假道格巴尼塔人居住的地区进口"，而格巴尼塔人又是从卡塔班人手中接收泰姆纳的部族。继萨巴王国而起的是希木叶尔帝国，它是古阿拉伯帝国中的最后一个，统治的疆域起自也门附近的扎法尔，国祚则一直存留到基督教时代：直到今日，也门的伊玛目依然在他的信件上洒红土，以表示他系出希木叶尔人。

但是贸易的锁钥位于以上这些国家以东的地区，在峭壁环抱的谷地中，在哈德拉毛狭窄的山隘中，这里的人"唯独他们……在阿拉伯人当中，没有其他民族见过香料树"；他们统治着迦拿港与通到佐法尔的沿岸陆地；他们的国都舍卜沃，也就是普林尼书中的萨波塔，"坐落在一座巍峨的高山上"，城墙内建有六十座神庙，利用单一出入口开关自如地控制涌向通商大道的人潮物流。

直到去年，舍卜沃依然未有人前往造访。它在地图上被画在希巴姆以西六十英里处。在早期的侵略中，巴努·金达下到谷地，而根据雅古特①的说法，城里的居民放弃舍卜沃建立了希巴姆。无论究竟为何，今天依然有一些势单力薄的部落居住在那里，围绕着略含盐分的水井，据说他们距离古城只有一段距离；这群人靠采井盐维生，而且自古以来便以此为业，至少

———————

① 雅古特（1179—1229），阿拉伯历史学家与地理学家。

从十世纪地理学家海姆达尼发现他们在采井盐时便一直如此。

长期以来，我对道路与河川抱着一份热爱，奈不过这份热爱的逼迫，去年想到要假道哈德拉毛试着前往舍卜沃。然后，我打算遵循主线从哈里布和马里布到位于奈季兰的迈因——这"唯一一条窄路"，正如我方才所说的，这条路线会经过四个阿拉伯帝国的国都；但假若这么走不可行，我会尽全力在舍卜沃附近一带收集资料，然后循着一条过去想必是通衢大道的路穿越丘陵地带折返迦拿古港——它就位于海岸边比尔阿里附近某处。

结果这两个计划都没能付诸实行。舍卜沃虽说距我不到三天路程之遥，中间也没有障碍阻挠我前去，但奈何命运多舛、事与愿违，它还是像天上明月般遥不可及：我只能在梦中遥想着我踩在虚无缥缈的帝国御道上。不过，通向御道的哈德拉毛谷地及内陆城市，虽然自从一八四三年冯瑞德①乔装化身冒险进去之后，便有几次被外人一探究竟过，但它们诡谲异样的美依旧诱惑着企图缔造些纪录的人们前仆后继，即使这些纪录大多以失败收尾。

附注：

我在哈德拉毛发现的植物名称没有附上对应的英文，令我

---

① 冯瑞德（A.Von Wrede），德国作家，请参见他的著作《哈德拉毛之行》（*Reise in Hadhrament*）。

后悔莫及。这是因为压着这些采集来的植物准备日后辨识用的标本簿，在返国途中遭到海水打湿破坏，连带里头的标本也泡汤了。若要查证植物的英文名称，以及其他许多准确的资料，请读者参考英格拉姆先生即将出版的有关这个地区的著作。

第一章
阿拉伯海岸

我看到了

她迎着晨曦投射的窈窕身影，

倩影落在飘满玫瑰花的海湾，

一艘年代久远、昏昏欲睡的船上。

——《古舟》，弗莱克①

　　我经常纳闷着何以一般说来，拥有船儿一艘要比拥有美娇娘一名更令人心满意足。这也许是因为，船儿本是弱不禁风，在汪洋中任凭风吹雨打、日晒雨淋，如临深渊、如履薄冰，即使是最鲁钝的人都明白掌舵时需要全神贯注、高超技艺。女人虽说和伫立在剃刀边缘般波峰上的船只同样柔弱，但置身于碰不到、摸不着却意义非凡的永恒汪洋中，船只想必给人稳妥安

---

① 弗莱克（1884—1915），英国诗人，毕业于牛津大学三一学院，创作理念受当时唯美运动的影响，诗中流露出他对东方的喜爱与向往。他最有名的诗集为《航向撒马尔罕的黄金之旅》。

定的印象，虽然这印象可能是错误的，因为掌握让船只与人员一路顺航道而行的舵柄的手，通常不是一只温柔的手，而属于一个行动迟缓又心不在焉的笨蛋。也因此，爱好和平的男人自然而然却不理性地舍女人而就船只了。

在印度洋中，此种现象要比其他地方更加明显易见，因为在这里，每年同月的季风朝同一方向持续吹拂，增加了当地整体的稳定性；吹拂推送一般近海船只的风，不论其为何，在这一点上也只能望"风"兴叹、望"洋"莫及了。因此，在相对稳定的情况下，数百年如一日，自非洲和南阿拉伯港口驶出满载乳香没药的小船队；而在圣诞节前后，它们在亚丁的仓库卸下香料货物。

一九三四年，将近一千两百吨香料自佐法尔出口，而有八百吨自索马里兰出口。世界上所有的香料都产自这两个地区。英属索马里兰平均制造四百到五百吨香料，而意属索马里兰则制造五百到六百吨。但是阿拉伯的香料品质较佳，而佐法尔海岸是唯一每年能有两次收成的地区，和在普林尼的时代一样，香料一般可区分为白香料（夏季）和红香料（春季）。

佐法尔海岸主要的港口和村落为：沙乌达，这里运出将近两百五十吨的香料；米尔巴特，一百五十到两百吨；赖基乌特，两百吨；贾迪布，一百到一百五十吨；哈达巴尔姆，达姆加特，达布特，各一百吨；阿尔盖达，五十吨；而基什恩则有两百到两百五十吨的产量。其中品质最佳的来自沙乌达、哈达巴尔姆和米尔巴特，货色最差的则来自基什恩。

古人从橄榄科树木的两种品种 Boswellia Carteri 和 Boswellia Bhuadajiana（拉丁文，印度乳香）采撷收成香料，而阿拉伯人将它们分成四种，其中霍杰伊制造上等树脂，而舍赫里、萨姆哈里和拉斯米的品质则等而下之。"这些香料树，"老船长说，"长得不高大也不壮。它们的树皮上胶着颗粒状乳香，正如在我们埃及的树那般淌着犹如斑斑泪痕的树脂。"在距离海岸骑骆驼三天可到的地方种植着最上等的香料；中等货色来自山麓和山峰，品质最差者是在海岸边采集的。

但是其他条件也决定树脂的价值：它的颜色；这一点在拉美西斯三世①府库目录中已出现记录：它从雾蒙蒙的琥珀色颗粒，或是夜里光辉熠熠一如月光的淡翡翠绿，到像达特穆尔②溪泉河床上混杂小漂砾的浑浊土黄色，不一而足；它的大小，以及闪闪发光的小砂砾在其中所占的比例（阿拉伯人用小砂砾巧妙地增加货品重量），都决定乳香的价值，每吨从八十英镑到十英镑不等。

三月到八月间，阿拉伯人在树皮上划出一道道小刻痕来采撷树脂：乳白色树脂需要三到五天的时间风干，视天气状况而异；假如日头不够烈的话，树脂必须晾在地上才能完全风干。在普林尼的时代，采集香料仅限一小簇人独占；"不到三千户人家专擅这种世袭特权。因为这个缘故，这些人被称做是神圣的，

---

① 拉美西斯三世（前 1217—前 1155），古埃及第二十朝国王。建有麦迪奈哈布神庙及宫殿。
② 达特穆尔，在英格兰西南部的高原。

当他们修剪树木或采撷收成时，不容许沾染任何秽物，既不可和女人交媾，也不可碰触死尸；因为得恪遵这些宗教戒律，所以商品价格居高不下"。目前采收香料的权利承租给索马里人，他们为了这个目的特地从非洲翻山越岭而来。香料树本身既古老又神圣的特性，可从许多作家笔下见出端倪：希罗多德提到有翼的蛇虺捍卫着树身，并在每年春天沿着骆驼商道飞到埃及——树精尾随在后，一路上淌着一滴滴从他腹侧切口流出的珍贵树脂。

但是骆驼商道现在已经销声匿迹，香料区也从它西边的疆界日渐萎缩，原因是需求量减少，而非任何天灾。在哈德拉毛人迹罕至的谷地，当地人仍然种植并采收香料，但外销的极西点似乎是阿尔盖达，至于在阿尔盖达以西一百六十英里处的迦拿旧港则已隐藏并失落在滚滚黄沙间。阿拉伯的远洋船队，它们的船身就和那些湮没的遗迹一样古老，它们浑然不觉地经过空无一人的鬼市，沿着蜿蜒曲折、火山遍布的海岸航行，入冬后季风消歇止息，船队便航向亚丁的码头。

在这里，幽暗的棚子里飘着香味四溢的灰尘以及触摸不到的香料的芬芳，一条条冷白的光线投射在半透明的树脂上，盖头遮脸的妇女低下头来看着浅口篮子，并且以染成红棕色的手指头挑分出各个不同等级的香料：在此同时，返航归家的船队拿着一桶桶汽油装满老旧的油箱。

去年一月，船队中有一艘来自科威特的三角帆船就在比尔阿里的岬角外触礁搁浅。大部分漏油都被捞上了岸，但是比尔阿里苏丹管辖下的贝都因人把搁浅的船身拖上岸，理所当然地把它视为安拉赐予的礼物，除非拿现金来买，否则绝不割爱。我们在亚丁并未就海难船只的处理方式和比尔阿里签订任何条约，但我们和邻近的苏丹却订了条约，不论狂风巨浪送来什么，其中三分之一的价值他都能中饱私囊。比尔阿里苏丹尚未采用这条将海盗行为文明化的标准，只要求拿走四分之一的货物。在这样的情况下，船上货物的所有人A.B.君做出结论：私下议价要比政府出面协助来得省钱；他还告诉我，他的小汽船"阿敏号"在前往希赫尔的途中，会在迦拿被世人遗忘的沙滩放下他的议价大使，之后就会带我到马卡拉。大使将在迦拿尽力而为。

一月十二日晚上我上了船。A.B.君和马力安请我吃晚饭：在亚丁湾宽广浅水的臂弯中，点点渔火摇曳生姿，就像行星一般。当天晚上离我而去的温暖友谊，为这趟短途旅程平添一丝辛酸悲凉，好像离家远游。亚丁居民颇为友善。早期哈德拉毛人对亚丁居民恶行恶状的报道，我不敢苟同，因为自英国总督的特派代表以降，我发现每个阶级的人都颇为友善且乐于助人。我在小汽船的船舱里思索着这些事情，船舱舒适极了，完全不同于我一开始打算搭乘来绕过南岸的三角帆船。我在凌晨两点钟醒来，发现我们已经离岸出港。天刮起了风，东边的灯塔瞪着我们看，瞅着忧伤且时明时灭的眼睛望着渐行渐深的海水，而"阿敏号"的船尾高高翘起，宛如一只海马，船舱就在它的颈椎上，看来这趟印度洋之旅将会非常颠簸而不舒服。

我们一整天破开滔滔白浪而行，每个人多多少少都觉得不舒服。我在风浪暂歇时刻登上甲板，看到一成不变、万里平沙的沙岸，以及后面的山脊棱线——这是捕鱼而食之民的海湾，尽管我们看不见他们的小木屋。住在隔壁船舱的大使摇摇晃晃地顶着海风走来，围巾和头巾一圈圈将他那张同样圆圆的脸裹得鼓鼓胀胀的；他一脸的愉快平静，嘴里镶了颗金牙。从他的船舱里传出女人的呢喃细语声，他解释说那是他一个要返回马卡拉守寡的姑妈。我前去拜访她，发现这位姑妈倒是漂亮得出奇，脸上蒙着由丝质薄纱做成的大花面纱；她蜷缩在窄窄的沙发上，很明显觉得沙发远不及阿拉伯地板舒服。她具有人们在哈德拉毛常能看到的那种脸型，非常细长，嘴大却敏感，动不动就开口大笑，深褐色的眼睛又大又亮，细长颈项上戴着一条金珠项链。在这汪洋一片且令人不舒服的水域里，她像欢迎自家姐妹般迎接我的来访。她吞食着涂有浓浓奶油的糕点来减轻晕船的不适，说她觉得有必要在肚子里垫一点高热量的东西，以避免天旋地转的感觉。在搅动惊涛骇浪的力道的作用下，我觉得糕点肯定很快也会在她肚子里天旋地转起来。我说服她不妨有失体统地将舷窗推开一英寸缝隙透透风，便赶在她吐得稀里哗啦之前离开现场。在外头扑面而来的干净海风中，我踱着步子四处走动，思索着这位关在密室中环游世界的颇不寻常的女性楷模，尽可能少看到外头的世界，也尽可能少被外头的世界看到。这样的成见似乎放诸四海皆准，只是个别地区有程度上的差异：X太太不敢轻易跨出她的小圈圈一刻，而她小圈圈里的人还不到我们这地球上有趣迷人人口的十万分之一，她们行为的准则和这位阿拉伯姑妈如出一辙，独自一人躲在黑暗不通风的船舱里。

翌日早上，突如其来的风平浪静暗示着船已经下锚了。前方不远处是一个宽广寂寞海湾的东臂，有些人认为这就是古代的迦拿湾。海湾的沙丘和望风披靡的青草在宁静的晨光中闪闪发光。绿草覆盖着火山丘的山脚，灰黑色火山丘拔地而起成为平顶的山边扶壁状物，然后消失在南北走向的宽谷中。这条谷地是通往舍卜沃的要道，并且无疑是许多看不见的绿洲的藏身处，因为在这片地势辽阔且富于变化的土地上全然看不到耕作的迹象。只有三根颓圮的柱子和一方形堡垒或是塔楼，成为这片寂寥中一点醒目的东西；还有一艘形单影只的三角帆船，它是我们前去查看的船只残骸的伴侣和守卫；船停泊着，帆和纤细的船身映照在波光荡漾的水面上，高翘的船尾刻着花环，红白两色的垂悬式科威特国旗在明亮耀眼的空中清楚得就像一幅蚀刻画。

在人类荒废的遗迹中，有一种东西比荒凉寂寥更扎心。岸上最孤寂的东西要算是 A.B. 君的货物了；这是一座罩着防水帆布和绳索的无主荒冢，被拖到不受潮打水蚀的一座沙丘上，很难想象它是一批价值两千英镑的投机商品。

我们看不到人迹，除了这个了无人烟的世界里早晨寂静的清爽怡人之外，我们什么也看不到：但是有一双双眼睛环伺着我们，而方塔的塔顶很快隆起一座蚁丘似的人影，还有人挥动着黑色披肩以示和平。在我们放下船之前——我们一行人包括船长、航海员、大使、职员，以及三名打算前往内陆哈班、带着床架和被耳环压得喘不过气来的小孩一起旅行的阿拉伯人，还有我自己——这一切就开始了；看守残骸的卫兵已经出来迎接我们，他们搭着一艘凿空木段做成的船只，以及一艘站着五六个人的狭长"呼力"。"呼力"两头尖尖，可以前后自由航行，浪打上来时会像个新娘般迎上前去，船员则站在船尾拿着木制圆盘舀水出去，圆盘就钉在桨前身的竹竿上。它在我们身旁轻盈掠过，就像一只飞燕绕着一只苍蝇，而当我们抵达浅水区时，它立刻猛扑上来。每个阿拉伯人挑中看上眼的乘客后便二话不说地抓起来，垫靠在涂了油料和靛青染料的胸前，熟练地将他手脚按压成密密实实一捆，然后将这支谈判代表团安置在沙滩上。

比尔阿里苏丹属于瓦希迪族，根据他们自己明显不正确的记录，他们是戈莱什的后裔。伟曼·贝里将他们视为南阿拉伯的原住民，血统上并没有掺杂北方移民的血统，外貌上看来也是如此。据说他们人数有四千人；这部族最近才决定，但也许不是拍案抵定，从商要比杀人更有利可图，而穿过他们的国家上行直通舍卜沃的通衢大道，冯瑞德在一八四三年曾走过这条路的下半段，这一路上大半依然情况不明、危险重重，而且有害健康。

说起来，他们看起来就是危险的，不过脸蛋倒是英俊。他们当中为首的三四人离开队伍走上前来，郑重且面无笑容地和我们握手。只有几个人包头巾，但大多数人围着遮羞布，腰上系有一条填满子弹的腰带——此外，脖子上悬挂着护身符，头上以一条油腻腻的发带将头发向后挽起，像是初次踏入社交界的女性的发型，右肘上方则圈着一只银臂镯子。他们拿着镶银的老旧枪支，以及一两把制作精良的哈德拉毛匕首，鞘子向上卷起几乎成U形，上头有粗糙的红玉髓浮雕，匕首插入遮羞布里，角度正好能让手随时拔刀。他们的美在于裸裎的上半身，结实的肌肉恣意抖动，包覆肌肉的一层皮肤长期在靛青染料、日照和油料的调理下，呈现出一种非褐亦非蓝、倒有点像深红李子的色泽。他们看起来能掌控全局，因为我们的船长神色匆忙，而他们则气定神闲，这气度在谈判中总是先占了上风。问及他们的苏丹，他们说他人在海湾对面内陆的比尔阿里。我们的船长张着因惊愕而圆睁的蓝色大眼，望向亮得令人睁不开眼、没有船只航行的宽阔海面。我们主人中的一位，以一个生活中不需求助于现代机器一样过得很好的人的镇静自若，拉上他的遮羞布来束腰，开始迈步出发。

"他需要多久时间才能找到苏丹？"船长问。

瓦希迪族人们正开始和大使礼貌地闲话家常，不料被他这天外飞来一笔的突兀打断，于是转过身来以新的眼光打量着他们的风景。他们曾想过横越这片海湾需要多久时间吗？这一点着实令人怀疑。

"也许两个小时吧，"其中一人不是很笃定地说，"今——天苏丹会过来。"

看来光是这句话就够充分了，他们又回头继续聊较有趣的话题，留下船长以欧洲人困惑不解的眼神看着这片不友善的风景，解释起何以"阿敏号"即使闲置一天也要耗费七十五英镑。

　　我想去仔细瞧瞧那座堡垒，以及属于一座颓圮清真寺的三根石柱，在海水从岬角退去而将最后一批居民赶到内陆之前，这座清真寺也曾鼎盛过。事实上，我根本就想下船走一走那条古道，虽然《绕行红海》中的可怕描述被后世旅人口耳相传、流传至今："甚至对于只是沿岸航行的人而言，那些地方不仅有害健康，还会传染疾病；而对那些在当地工作的人来说，几乎是没有例外的致命，他们也会因缺乏食物而饿死。"

　　然而苏丹为我写的亲笔函上写明了到马卡拉，而船长听不进我们不妨在路上逗留盘桓的建议。他说我们要回到"阿敏号"，并且希望时候到了就会看到苏丹从沙丘后头冒出来。

　　我们照办了，并且在那片寂静海湾上将望远镜架在脚架上长达数小时之久，在此同时海湾的褶曲、沙丘与覆盖着灌木丛的凹地，在白昼逐渐攀升的高温中变得越来越朦胧模糊、越来越苍白。有三四名瓦希迪族人登上船，在甲板上小心翼翼地踱步，并带着诧异与赞叹抚摸着白油漆，仿佛经过他们的触摸，白漆可能会就此活过来。其中一人穿过我开启的舱门，以阿拉伯人与生俱来的旁若无人的姿态蹲了下来，并让眼神在静默间游走于房里奇怪的设备、电风扇、洗脸台、镜子、电灯和窗帘之间。最后它们如释重负地停靠在比较懂得的白色卧铺床罩上，他还开始爱不释手地用手指加以抚摸。他长得人高马大，肤色几近全黑，混着一点非洲人血统——五官小而端正——鬓上有短而鬈曲的胡子，涂着一层厚厚发油的头发在耳根后扎束起来。"像女人的打扮一样，他用细长的发带将头发束起来"，一如吉尔迦美什①英雄。破坏他四肢匀称之美的是他那两根奇大无比的拇指。过了一两分钟，他看见我的水罐，伸出手将它举起并喝将了起来。

"好水。"我说道。

"感谢真主，我从不曾喝过这么好喝的水。真甜。"

"你的水井里有盐吗？"我问。

"有。"

我们很难想象这是什么样的情况：一辈子从含有盐分的水井里打水喝。我自己从不曾口渴难耐过，然而打从有记忆以来，看到清澈的潺潺溪泉，我心里总会升起一股自然的喜悦与感激。"没有什么人工饮料比得上天然好水了。"我说。

五六个先前围到他们同伴身边、现在蹲在舱门旁的瓦希迪族人，突然间转过头，满脸热切，心有戚戚焉。贝都因人的魅力就在于他们对于现实的掌握能力，他们对于现实世界的浮光掠影能够诚实无伪地冷眼旁观；尽管我们是在一个陌生的文明世界里萍水相逢，瓦希迪族人和我却能找到臭味相投之处。我的第一个朋友现在舒舒服服地躺卧在白色床罩上，等他起身，

---

① 吉尔迦美什，传说中的古巴比伦王，是公元前二十世纪叙事诗《吉尔迦美什史诗》中的主角。

这张床罩恐怕染抹成青色了。他笑了笑。

"你为什么不来比尔阿里住一阵子呢？"他提议道。

"也许我会在返国途中这么做。"

"但你是个拿撒勒人①，"其中一人——一位肤色较浅、头上裹着奢侈的黄色喀什米尔头巾的人说，"你会在地狱下油锅的。"

很明显，这伙人不得不同意这句话的正确性，但对这么残酷的说法实在无法苟同。我没打算附和，而且我注意到拿撒勒人是遵守《圣经》教训的民族。"在最后的审判来临之前，"我说，"他们将被他们的先知，死而复活的耶稣，聚拢在一起；而犹太人将被摩西聚拢在一起；而神所祝福并拯救的使者将会聚集所有相信神的人，他们全都会上天堂。你们的传统说得没错，我们的先知进天堂的时间会稍晚于神的使者——但是永恒非常之长，假如我上天堂享福的时间比你们稍晚开始，我看不出有什么大不了的。"

所有人如释重负地接受了这合情合理的辩解，只除了头裹黄头巾的那位，他持续低声地喃喃自语，就在这时候，一名饱受惊吓的服务员以嘘声将我的客人从床罩上赶走，仿佛他是一只甲虫，他也拆散了这伙人，把他赶到下面一层的甲板上。无疑地，他赶人的方式更强化了他们对我们最后下地狱之归宿

---

① 拿撒勒人，基督徒，因为耶稣基督在加利利的拿撒勒长大，所以穆斯林把基督徒说成是拿撒勒人，见《圣经·新约·马太福音》第二章第二十三节，"这是要应验先知所说，他将称为拿撒勒人的话了"。

的看法。在此同时，船长走过来并告诉我苏丹刚刚派遣了使者过来；探子已经把我们的到来通报给他，他正骑着骆驼快马加鞭地朝着我们赶过来。不过，目前依然没有任何东西移动的迹象；而假如我们继续等下去，抵达马卡拉时天色会太晚，当晚就不能停泊靠岸了。船长将让大使登陆上岸，好让他尽力而为、不辱使命，两天内回程途中再接他上船。

于是大使被吊在绳子上往下放进一艘小船，接下来是行政首长、一桶水、一桶威士忌、一捆寝具和几袋食物。这些瓦希迪族贝都因人对于这样仓促的行事感到讶异，但他们不发一语，坐上"呼力"护送大使回到堡垒；而当"阿敏号"拉起锚出航前往东方的巴拉卡时，我们朝迦南湾最后一瞥所看到的东西是，我们孤零零伫立在岸边的谈判代表团，他们身后寂寥无声、杳无人迹、密不透风的方形堡垒，以及一大片海湾，连同一半埋在地下的火山，湮没无存的市场，还有它死去的历史；从外观看来，这片海湾和阿拉伯沿岸许多寂寥的海岸并没有任何不同。

第二章
靠岸登陆

迎着那儿航行过好望角，

此刻正经过莫桑比克的航海人脸庞，

从远远的海面上，东北风

从阿拉伯乐土的香料海岸上，

吹来阵阵萨巴香气。

——《失乐园》，第四章第一五六行

现在在我们面前左手方展开来的是，香料之地山峦起伏的蛮荒海岸，"这是叫做萨卡里提斯的深水湾"——和希赫尔和萨瓦希尔是同一个词，是阿拉伯语的萨赫尔（沿海地区）的一种拼法。沿海地区的香料至今仍叫做舍赫里，而希赫尔城的名字从中世纪一直沿用至今、历久不废，它指的是阿曼以西的一片海岸，有别于以北内陆的哈德拉毛。

在迦拿与面向东方、叫做夏古鲁斯的大岬角之间的地带（费尔泰克角，北纬十五度三十六分，东经五十二度十二分），过去一度是香料之地的一部分。这个岬角上有堡垒、港口和仓库，香料也许从这里"装上船或垫着充气皮囊的竹筏"，或是沿着阿德默干谷运送到迦拿，或者被哈德拉毛干谷里的部落从赛侯特运送到特里姆，最后运抵舍卜沃——直到今天，这条路线依然是天然的香料大道。然而古人从未在书中提及作为一座城市的希赫尔，但它后来取代了迦拿的地位，并且在马可·波罗和雅古特等人的记录中被记做厄斯锡尔。马卡拉不在任何通向北方的天然要道上，而且似乎出现在年代更晚的时候。近代文献中第一次提到它的是十四世纪的伊本·穆贾威尔，而一直到一八二九年英国人舍亚丁取马卡拉时，以及一八三四年海因斯为了寻觅海军基地而视察马卡拉和索科特拉岛时，它几乎还是默默无闻。

提及这个地区的文字既如凤毛麟角般少之又少，又语焉不详，这一点显示在伊斯兰教统治的数百年里，它始终自生自灭。每隔一段时期，也门国王和苏丹便会成为这里的封建领主，但是我们只有一回清晰鲜明地瞥见穆扎法尔苏丹在十二世纪时率领三支大军大举入侵这个地区。战争的原因和口实就像稍后英国夺取亚丁一样，是因为一艘船在航经这片充满敌意的海岸时遭到佐法尔人的拦路抢劫。穆扎法尔苏丹是也门少数实力强大的统治者之一，他决定征服这个地区，并且和他的三军在佐法尔的赖苏特会师集合。可惜，有关这次行军的细节少之又少，因为他们的驻防地无疑就是旧日香料之路上的驿站，而有关它们的记载也许就能揭开哈德拉毛和佐法尔之间这段路的庐山真面目。我们所知道的仅是北军花了五个月时间，从也门的萨那行军到赖苏特，一路上和当地的土著哈布吉斯人作战。

第二支军队沿着海岸行进，一路上发现许多天险障碍，但是仍和船队保持联系，这支船队构成第三支入侵势力，并且充当军需站，它的作战原则和伊本·沙特① 最近从汉志下也门时所采用的原则相同。每天粮秣从船上卸下来，并在岸上摆起临时市场：就这样直到大功告成，三军在佐法尔平原会师，并且在那里建立了穆扎法里德宗主国。穆扎法尔的将军被留下来指挥大军，渐次征服难缠的哈德拉毛。他花了一个月工夫才从佐法尔行抵希巴姆，但这里有关路线的交代又是付之阙如；然而，在出现进一步证据证明刚好相反前，我倾向于认为正常的路线应该是走内陆，从赛侯特或希赫尔经过哈德拉毛干谷，而从赛侯特到佐法尔应该是走海路。事实是这样的，在迦拿和陆路辐辏夏古鲁斯的仓库中被戒备森严看管着的香料，根据《绕行红海》一书的记载："在（佐法尔的）萨卡里提斯一整个地区，任凭香料露天、无人看管且堆积如山，仿佛这个地方是由神明负责保护一般；因为没有国王的许可，这些香料不论是光明正大或偷偷摸摸都不得装上船；如有一粒香料没有国王许可就装上船的话，船便无法通关出港。"这套系统在每艘出港船只都可以登船检查的海港是行得通的，但换到陆路则几乎不可能奏效，

---

① 　伊本·沙特（1880—1953），阿拉伯部族领袖，统一了阿拉伯半岛中部地区，建立了现代的沙特阿拉伯。

因为只要有心人士摸黑，就可以神不知鬼不觉地偷走几峰骆驼能载负的香料。

在我们出航的第一天，离开迦拿地区后，船向东航行，船身颠簸得十分剧烈，我们一整个下午向外望，只看到萨卡里提斯湾火山锥的棱线。就在此地，在我的心中，我可以看到中古军队打着赤脚、皮肤黝黑、裹着色彩鲜艳的头巾，零星地散布在这些无路可走、乱石累累、下临汪洋的高地上。想象不出有比这更加阴森的海岸了。火山山形尖锐，山势陡峭——显然童山濯濯，特别是当它们从地心黑暗处嘶嘶作响地冒出一圈圈黑烟时，显得更为死寂又坚硬，并且带着一丝孤芳自赏、扭曲变态的美感。它们的断崖面一个贴着一个的背后，一律朝向大海，海中波光粼粼、起伏涌动的波涛，似乎正以更加柔和、更具生命力的形式，依样画葫芦地勾勒出它们的凹陷与棱线。

随着日头渐渐西沉，船长越来越焦躁不安，而在入夜前抵达马卡拉的希望也越来越渺茫。日头偏西了，落日在海面及岸上西侧投射下金光闪闪的紫色余晖，并且在"阿敏号"船头的海面上映照出一道影子。我的芳邻依旧厕身在船舱里，脸上蒙着头纱；她每隔一阵子便会捶打墙壁，要求我过去作伴，而我只要能够忍受那样的气氛，便会陪她坐着，一边欣赏圈在她颈项上的金珠项链。金珠子是在多安制作的，在项链的中间有一颗带横纹的石头，她告诉我那是贝都因人"从沙漠中带来的"；它叫做"煞娲妈"，这些谷地里的女士们没事总喜欢戴上一颗，也愿意花上一百卢比的代价把它当做趋吉避凶的护身符。

夜色就像孔雀开屏般布满了夜空。落日余晖在西天残留的扇形绿光，透彻净光如水，此时已消残殆尽，蜕变成冰冷蓝色的圆顶上层；海岸线成了一条轮廓线，掌舵的印度舵手也幻化成一片剪影。在这海岸，大多数轮船上都能看到这些来自苏拉特的身材矮小、肤色暗沉、圆形头颅的人；他们神情漠然，心情愉快，穿着自制的蓝色长衫在船上走来走去，腰际则系着一条红腰带。长衫上绣着花朵和旗帜，缝线则以传统手法织成白色波浪状。我以一卢比的代价买了一件长衫。我慵懒无力、很不舒服地躺在甲板上，一直躺到八点钟左右，岸上的黑墙上几点昏暗灯光才告诉我们马卡拉到了。

我们几乎是神不知鬼不觉地摸上岸，在波涛起伏中抛下锚，因为这里没有能让比独桅帆船更大的船停靠的港口；的确，幽暗中的小城就像藤壶般攀附在悬崖峭壁上。在它上头，一座山丘光秃秃又不等高的两个山肩，直插入月色皎洁的夜空，在它下头则是一片岩架。岩架上是植被或只是一片漆黑，我无从分辨。有四座现已荒废的方形小塔看守着这片岩架。更底下，在深沉的黑影中，四下闪烁着忽明忽灭的灯光；它们并非我们城市中向我们招手欢迎的万家灯火，而是鬼鬼祟祟的鬼火，看得出来，灯火一半隐藏在百叶窗与高墙的后头。它们的多样性赋予这座城市一种神秘兮兮的气氛：这里是一道强光，那里是一缕昏黄烛光，没有排成一线的街灯，但在宣礼塔周围有一道幽微的暗光，从底下往上照出它苗条的身影。有人正在击鼓；一盏灯每隔一阵子就会移动一下，提灯的是一名奴隶，他走在主人前头行过崎岖不平的街道。墙外飘浮着颠扑不破、浓得化不开的夜色；左边是一道在月色中显得苍白光秃的山谷，还有一片闪闪发光的沙滩。我们的船被锚系着，在拍打着船身的海水上摇摆晃动。在我们眼前的，不仅是异国海港以及它隐蔽无意识的生命，还有它周遭空间孤寂的感觉，一种静夜中无止境的偏远荒凉，压在人们的心头上。

船长的情绪是另一种形式的孤寂。

"他们都是些野人番仔。"他站着等候被带上岸时，一而再再而三地说道。等他能说服比尔阿里苏丹割爱的时候，他得找独桅帆船来抢救 A.B. 君遭到海难的货物，而独桅帆船的船主一旦知道少不了自己，就会尽其所能地哄抬船价、趁火打劫。当船长预见到眼前行将发生的事时，他的眼睛变得比往常更圆、更蓝了。"他们用阿拉伯语向你喋喋不休。"他抱怨道。我想这是不合情理的，因为毕竟阿拉伯语是阿拉伯独桅帆船的语言。把我一个人丢在这片非英国势力所能及的海岸上，这样的想法几乎使他无法忍受；但他承诺要违反所有入夜后的管制，尽其所能地当天夜里让我下船。这会儿他哗啦哗啦地划着小舟，远离我们满载月光的大船，消失在小城的身影里。

他一去就是数小时。马卡拉的灯火一盏一盏熄灭了。夜色越来越深，月色则越来越明亮；城市鬼魅般的身影出现了——高耸笔直的墙垣丛聚在一起，就像从水里冒出来的城堡。从这片柔细静谧中，海港的幽影里传出了木头叮叮当当的声响；一艘独桅帆船张开了它的风帆。在光亮皎洁的水面上，几乎看不见的美丽苍白的三角风帆，在我们和小城之间鼓胀起来，并无声无息地划入大海的幽暗处。

接着警察搭着"呼力"靠过来，"呼力"在月光映照出来的一条水道上，像一条黑鲨鱼般咻咻划过水面。他们自我介绍——一名身穿卡其服的海关职员，以及四名穿蓝色制服、翻着酒红领子的黑人，后者缠着头巾，肩背步枪。他们问我是否想登陆。我肯定应答，并因此引起一阵明显的惊慌骚动。他们会为我找一艘船来。我说警方的"呼力"就可以了。但这是不可能的。他们说必须提供一艘更体面的船。这是虚应故事，但我也只能恭敬不如从命；警察消失了，马卡拉湾又回到月色皎洁的宁静中，直到我们筋疲力尽的船长在一阵嘈杂声和光亮骚动中回到大船。

"番仔，讲的都是阿拉伯语。"语言不通依然是他痛苦的一大负担。独桅帆船的船主向他狮子大开口；大海酋长，也就是港口主人，不让我这么晚上岸；总督在总督府里联络不上。于是，我们决定直接沿着海岸下行到希赫尔，把马卡拉和它的问题留待明天回来时解决。

我被印度洋惹得意兴阑珊，以致当天晚上没有宽衣就寝，不过第二天早上多多少少还能步履稳定地在甲板上散步，并看到"阿敏号"在东升旭日中卸下稻米。海岸此时变成了平坦的沙岸，远方有些模糊不清的山丘。在拍岸浪花形成的一条线和排满小船的海滩后方，可以望见连绵逶迤的城市希赫尔，它呈现出沙子的颜色和白色，共有四座宣礼塔、五个穹窿顶，中间则是立方体的苏丹王宫。达布达布山横亘在它的东边，人们告诉我，山上有一座葡萄牙（？）古城，城里有宣礼塔和一个山洞，而山洞最东边的几个窟穴正是冒险探胜人士丧命殒身的地方。

我们没有靠岸登陆，而小船来来回回穿梭；这些船不用铁钉而是用椰子纤维缝合，伊本·白图泰[①]和马可·波罗都说过这种缝合的方式，他们形容这些船没有甲板，而只盖着一层牛皮，以前马匹就是利用这种船运到印度去的。今天希赫尔的船就是这种模样，船身宽广，船头船尾两边翘起，船头翘得半天高，上头画有绿黑白三色图形、鱼形图案以及看起来像面具和交错摆置的骨头图形。划船的是非洲奴隶，他们肌肉发达的身体和五官平坦的脸孔，不如比尔阿里身材苗条的瓦希迪族人好看。

从希赫尔搭汽船回到马卡拉需要四个小时，我们在中午过后不久就回到当地的下锚处，我们对面四座白色堡垒底下，挨着红色岩壁的房子在阳光下闪闪发光。马卡拉的白有一种特别让人喜爱的特质，在炎热的背景里白得像纯洁的鸽子并且白得清凉：它具有灰泥的光泽，从海上望去显得灿烂夺目，但近距离一瞧则颇为颓圮破旧。

---

① 伊本·白图泰（1304—1369），中世纪阿拉伯最伟大的旅行家，毕生旅行长达十二万公里，蒸汽机时代来临之前，无人能望其项背，著有历史上著名的《游记》，书中关于阿拉伯与伊朗近东地区的社会文化、风土民情有大量而翔实的记载。

马卡拉因为我们的到来显得闹哄哄的，很快地，从这片像蚂蚁般的忙乱中出现了一艘船，船尾站着 A.B. 君的代理商和总督的代表，他们头上裹着头巾，撑着一把黑色洋伞。代理商的塔布什帽①是红色的，帽子底下是一袭宽宽松松的蓝色哔叽长袍；他丰满的双颊和身穿长袍一样层次多且肉多，口镶金牙，手里挥舞着像魔杖般的银头手杖；他是印度人，和一群职员住在港口附近。我和总督特使阿里·哈金比较熟，我逗留此地时经常来往走动；他过去曾是亚丁的化学家，但目前在马卡拉落脚，工作性质有点像副官，帮总督跑跑腿。他走起路来步履蹒跚，肥胖的身躯硬是被扣锁在一件太小的棕色大衣里，大衣里穿着一件棉布条纹长衫，行动就像象神走路般困难——假如象神也能走路的话。眼疾使得他的眼睛几乎只露出眼白；他有着深沉沙哑的嗓音，阿拉伯语讲得飞快。他是你所能碰上的最善良、最率直、最能为别人方便着想的人。他现在为前一天晚上的耽搁一连道歉五次。他介绍医生给我认识，那医生是一名大学刚毕业、头戴印度遮阳帽的印度年轻人；接着是穿着整洁卡其制服的巡佐，他从亚丁的征兵那里学到了部队的整齐清洁，他一方面照顾我的十二件行李，另一方面和穿着绿长袍、头戴黄头巾的大海酋长（也就是港口主人）周旋，后者正在索取某种礼数。争执是在舷门发生的，当时有许多古铜色的人进进出

①　塔布什帽，一种穆斯林男子戴的中央有缨子的红色无边圆塔状毡帽或布帽。

出，就在这些手脚蛇般的纠结中，我的行李很快下了船。水绿得像是漆上去似的；带着圆桨的小木头"呼力"跑进跑出，我坐在低浅的小船里，两边坐着我的新保护者。我小心翼翼地躲在黑色洋伞的遮蔽下，在一切人声嘈杂中颇能自得其乐，心头升起一股回家的愉悦感。这时船长倚靠船舷，一脸苦恼与同情，他跟我说："愿上帝保佑你一路平安。"他的声音充满了不祥的预兆，这群友善且好客的"番仔"倘若听得懂，想必会大感诧异。这些"番仔"的古铜色胴体一边喊叫，一边屈身弯腰摇桨，就这样把我送上了进入阿拉伯大门的门阶。

第三章

马卡拉城门外贝都因军营里

黄昏从市井愉快地骑马上路，

沙地上巨大的身影错身而过，

在通往撒马尔罕的黄金路上，

一片静谧中驼铃轻柔地撞击。

——《哈桑》，弗莱克

马卡拉的苏丹王宫在城西，靠近筑有城垛的城门，不论从希赫尔或北方来的行旅都得行经这座城门。洁白蕹新的王宫坐落于海边，王宫的彩色玻璃像布莱顿①的凉亭，在月色中特别好看。总督府、军营和其他几栋建筑都在王宫后方，四周圈着围墙，墙里栽种着几棵椰子树——这是马卡拉唯一的一丝绿意；在同样的圈地里，有一间贴着城墙建造的客房；几名雅法伊部族的军人监视着整个营区，此时正在入口处的卫兵室里偷闲

---

① 布莱顿，英国英格兰东南部城市，临英吉利海峡。

抽烟。

我在这里停留了五天，从靠城墙的房间的窗户望出去，可看见城门外骆驼商队的扎营地。海岸线延伸出去，接上一片起伏的丘陵，布鲁姆角就从丘陵区伸展到海边。落日映照着海湾的细浪，翻滚的细浪卷成两条绵长的弧线轻拍着海岸。被季风吹得隆起的白沙海滩蜷曲在山丘的臂弯里；海滩的沙丘在夕照中苍白得一如白云苍狗，炊烟袅袅从小竹屋升起，落日从更远的山丘映照出的余晖就像贝壳上的花纹；海水有着相同的鸽灰色，只是多了粼粼的波光。其余一切都呈现出暗褐色：一大块丘陵；山丘前的竹屋，竹屋群中的清真寺和宣礼塔就像英国的乡村教堂；三堆堆得跟人一般高的小鱼干，在阿拉伯语中叫做"阿伊德"或"乌济夫"，鱼干整篮整篮地当做骆驼饲料贩卖；以及作为前景、河口开阔的三角洲，三角洲黯淡的颜色，在蹲坐成一圈的骆驼的黄褐色与浅黄褐色中，谨慎地凝聚成一大片深褐色。

大约有六支休憩中的骆驼商队，每支商队都有二十或更多峰骆驼及人手。它们的货物（似乎主要是木柴）杂陈在当中，间或点缀着几个人；低垂着头的驴子形成外面的一圈；人们便在圈里、在大大小小的牲口当中展开居家生活。河口布满了人，一如天气晴朗的早晨时分欧石南丛生的海格特①荒地。当你朝着大海的方向望过去，总会看到黑色轮廓线勾勒出的一个人影，

————————

① 海格特，英国伦敦北郊地名。

就像一根以光彩熠熠的海面为背景的乌木，身影摇曳生姿的步履总让人看得心荡神移，额头上一圈头巾将鬈发束起，一条轻薄的遮羞布沾满了他身上涂染的靛青染料，他的优雅动作因此不被颜色的不协调所破坏。

我在靠城墙的窗口待了好几个小时，静观底下的芸芸众生相；在水泉边用羊皮水袋汲水的贝都因小女孩向我挥手微笑，当她们背着水袋转身离开时便将脸遮起来；她们的长袍或黄或黑，前摆长及膝盖，后摆拖地。你可以看到络绎不绝的一条人龙穿过城门，特别是在黄昏时分，这个时候部落的族人从城里带晚餐过来，当他们手里拿着食物，一个接着一个鱼贯穿过城门时，看起来就像埃及为往生者带来奠祭的出殡队伍；晚餐是成串的三条鱼，一片带着黑鱼翅的鲨鱼肉。他们肩上扁担两头各吊挂着竹篮。当你全身一丝不挂，只围着一条遮羞布，臂上圈着一只臂环，一边或两边膝盖缠着一缕祈求好运的羊毛线时，即使是小小的一包食物都显得十分醒目。

当然也有比较繁复的装束打扮，城里穿戴整齐的年轻人会在肩头帅气地披上一方喀什米尔羊毛披肩，披肩两角垂悬身后；而当他们到骆驼喝水的池塘后方踢足球，或是乘着夜凉手牵手到谷底小路散步时，他们会穿上和苏格兰裙或甚至和长裙一样长、布缘染成对比色的染色"福裙"（遮羞布），上身则穿着一件欧式外套，外套颜色和遮羞布不同，却同样鲜艳——或是一件我们当做内衣的松紧背心。不时会有一辆卡车从希赫尔笨重吃力地驶上来，或是一头驴子驮着木柴阔步疾行，驴子后头跟着一个全身赤条条的老头子，全身上下涂满了靛青染料，即使一把老胡子也不例外。女人头顶着一包货物走路，宛如大利拉①——

> 华服全部出笼，饰品也一应俱全，
>
> 帆饱胀着风，五彩纸带随风飘扬。

衣服的皱褶如波浪起伏，但在一条条皱褶底下依然感觉得到主人自由自在、无拘无束的行动。因为在这整个熙熙攘攘的忙碌世界里，没有人会穿鞋子或紧身胸衣；我得到的结论是，正是这一点赋予她们身轻如燕的优雅举止，并衍生出一种活生生的古希腊女性的可爱。

我特别记得一个人。他蹲在沙地上他的骆驼旁，洗完了手、脚、头、口后站起来祷告。暮色苍茫，我看不出他身上穿了什么（尽管在祷告当中，他的确松开又拉上遮羞布）。他站在那里，姿势优雅又自信满满，他的胡子、头发，以及细瘦却习于劳动的四肢，以沙滩和大海为背景勾勒出一个身形——就是一个铮铮的"男子汉"，浑身散发一股言语无法形容的男子气概。而当他跪下去将额头贴着地面时，他的身体一弹，又再度挺起腰杆，仿佛这身体是钢铁打的。

———————

① 大利拉，《圣经·旧约·士师记》中大力士参孙的非利士情妇，参孙向她透露力大无穷的秘密，她将参孙出卖。

在此同时，夜幕低垂；最后一道余晖和最早的一团营火燃烧着同样的颜色；谷底岸边的零落人群越来越稀少；各个部族聚集在骆驼围成的圈圈里过夜。我在窗边坐了这么久又如此静默无声，以致阿维兹提着灯盏进来时没看到我；他有点担心，因为酋长稍早前来登门拜访，他却回话说我出去了。

阿维兹被派来当我的仆人。他有着一张乌木般的脸孔，表情颇为凶恶——这主要是脸上长天花的缘故；下巴的一撮山羊胡和一双细长的眯眯眼，使他的脸呈现三角形；他微笑时脸就开阔起来，突然间变得十分迷人；不过他倒是很少微笑，通常只在我问及内陆谷地故乡时才会露出笑容；二十多年来他一直担任皇室仆人，期间只在去年秋天苏丹骑马上哈德拉毛干谷时返乡过一次。

住在东方而对阿拉伯仆人多有抱怨的欧洲妇女，听到他们对当地主子鞠躬尽瘁、死而后已的故事也许会感到惊讶。他们进入一个家庭，成为其中一部分，就没有想过要有自己的私生活；而假若他们不巧不擅于料理主人的衣食住行、照顾他们生活起居的话，就会被视为天意如此，主人便得忍受这种缺憾，一如父母得忍受儿女天生不幸的畸形，并不会影响到主仆关系的友好亲善。即使面临对耐性最严苛的考验，我也未曾听闻任何阿拉伯人对下人恶言相向。当我在那里时，伊拉克王后有一名手艺奇差无比的御厨，因此费萨尔国王主动提议拿自己身边优秀的御厨和她交换；但是这名生性温和、魅力十足的王后和厨师娘过从甚密，两人不时相约一道看电影，也就拒绝了国王的提议。在哈德拉毛，每个富裕家庭初见天日的婴儿都配有一名小奴或仆人，两人总是形影不离地一道长大。

除了阿维兹之外，我还有一名男管家；这位蓄胡长者来自胡赖达，他每天会过来，以红白两色头巾底下的一双苍老却骄傲的眼睛和善地看着我，然后把一条大红披肩气派地披挂在肩上，问我午餐想吃些什么。

在苏丹的客房里我受到宾至如归的照顾。从西边绿洲经引水道引来的水，汩汩流入欧式浴室里。我有一张挂有蚊帐的床和一张装有镜子的梳妆台。餐厅里有一张长桌，六把上了清漆的椅子，其中最好的两把还以长毛绒制成的粉红玫瑰作为椅垫。从我的房间出去是会客室，里头陈设了林林总总的红黄两色横纹沙发椅，椅背充填着棉絮，有同样喜气洋洋的红黄色彩的月牙状凹陷，正好可以让人坐下来时舒服地把背弯靠上去。珍珠母制烟灰缸、青铜制马上英姿雕像，以及皇室宴会的相片（其中有一张相片的前景是前德国皇太子）美化了四面墙壁，或分散在这一张那一张的小茶几上。在这一切之上，乐天知命的东方撒下了一道闲适安逸的面纱；前面的客人留下的烟蒂和尘埃还躺在那里；蝙蝠轻快地飞进飞出；老鼠在衣橱里啃食着衣服：东方何其广大，这样小小的不整洁便淹没在它宽广的怀抱中，除了小题大做的欧洲人之外，不会有人为此劳神费心。

当暮色来临时，白天处处可闻尖锐却甜美的鸢鹗叫声便停止了。阿维兹提着三盏煤油灯出现，分放在地板上三个不同的地方，他送上晚餐，之后便打道回府。幽暗的墙壁，以及种植着蔬菜和几株绿树的一方方潮湿泥土，使得这个营区在寂静的月色中显得无边无际又亲切可爱。城门现在已经关上了，卫兵室里透出一道幽暗的光线，卫兵正借水烟打发站哨守更的时间；差不多每隔一个小时，他们就会敲打一面挂在两根竹竿中间的锣，借此做整点报时。一旦觉得疲倦，我便从阳台返回室内，收聚并吹熄多余不用的残灯，回到自己的房间。没有一扇门能够轻易上锁，我也就省了锁门这个麻烦；我婉拒了在房门门槛上派驻一名卫兵的好意，这样的小心谨慎明显多此一举。当我在安全无虞且悄然无声的环境中合上双眼时，心里想的是向两边伸展开来的阿拉伯海岸：到亚丁有三百英里长，到另一个方向的穆斯卡特又有几百英里长呢？在我前头的是印度洋，而在我背后的是内陆沙漠：这个时刻，夹在这两个一望无际的天险路障中的是我这个绝无仅有的欧洲人。一股悠然的感觉透过我睡意浓浓的感官袭上心头；有那么一刹那，在辨别出这种感觉之前，我纳闷着那是什么：是喜悦吧，是纯粹、不着皮相、无实无体的喜悦吧；它超然独立于情感与情绪之外，具有快乐似神仙、飘渺如云烟的本质，这种快乐如此罕见又如此忘我，以致当它翩然降临时，似乎此乐已超然物外。

第四章
城中生活点滴

示巴和拉玛的商人与你交易，他们用各类上好的香料、各类的宝石和黄金兑换你的货物。

——《圣经·旧约·以西结书》第二十七章第二十二节

推荐给我的印度代理商并没有为我做太多事。我是在抵达后一两天，在海关旁他的办公室里遇见他的，他为未能登门造访找了个借口。

"我有个小婴孩夭亡了。"他说。

我很遗憾听到这个噩耗，但他一挥银头手杖甩开了这个话题。

"无所谓啦，"他说，"不过就是个小婴孩嘛，我还有很多小孩子的。女人对这种事总爱小题大做。"

节哀顺变的悼唁此时似乎时机不对。我离开他，继续探索这座城市，随行的是总督好意连车带人派给我使唤的阿富汗司机。他在大街上慢慢地开车，不时停下来让我透过幽暗的店门看看路边的商家，他们的商品就靠着外墙陈列开来。马卡拉没有什么东西可买，大部分都是某种食物，放在没有加盖的篮子里，上面爬买了苍蝇而让人看不清庐山真面目。除了圆月弯刀和染得鲜艳动人的大篮子之外，当地没有什么工业产品。鱼、海参①和准备销往中国的鱼翅的干燥处理、以靛青为染料的染色业，加上榨麻油业，这三者构成了城里的工业：印度洋是一条通衢大道，而大部分东西都是从海上进口；这城市仅有的一点工业就围绕着海港发展，港口里独桅帆船以断崖为背景裸露出索具和翘得老高的船尾，而打着赤膊、手臂粗壮的黑奴则在海关外围睡觉，等候货物进港。

整个城市就是一条和大海平行的拥挤街道：它的西边未来将开辟一条大道，但今天这里依然只是一条坑坑洞洞又堆满石块的障碍赛沿海跑道。小路以直角和这条主要大道相交，小路的尽头几乎紧贴在断崖边上。灰白两色的房子攀附在岩壁上，一间盖在另一间上头，房子有雕花窗榈和门户，靠近一看却都残破不堪。这里有些榨油厂，大约搭有十二顶遮雨蔽日的开放棚子，棚子底下有眼睛被小篮子遮住的骆驼，每天十小时绕着圈子慢慢走动，转动着一条上面吊挂着大石头的长竹竿，借着压在竹竿上头的石磨辗磨芝麻籽。芝麻籽放在中间的某种漏斗里，漏斗的容量是三十六磅，每天要装填五次。骆驼以缓慢又

---

① 原文 Holothuria edulis 为拉丁文，原意是可口的海参，在这里是裸鳃亚目软体动物的学名。

夸张的步伐执行着这项无聊的绕圈圈任务；头抬得趾高气扬，仿佛这是凡夫俗子无法懂得的宗教仪式；无疑地，在生活的百般无聊中，正如它身边许多形式主义者一般，它便以这种道德优越感自我安慰。

苏丹的旧宫邻近海港，而现在是一栋公共建筑，总督在这里会见客人，司法官"卡德希"在这里审判断狱，这里也是财政部门和其他政府办公室的所在。政府的税收来自关税和内陆的地价税，马卡拉本身没有能抽税的土地。本地的法律是伊斯兰教教法，而苏丹是法律最后的裁夺者。

向东行过了公墓，城市连接到一处小岬角，我前去参观他们的监狱。从外观看来，这是一座普通的白色灰泥房子，有一扇被太阳晒得发白的雕花大门：我那阿富汗籍向导敲了敲门，一名牙齿掉光的老狱卒来应门，他瘦削的脸庞笼罩在硕大的绿色头巾的阴影下，腰带中暗藏着一把钥匙。他很乐意带我们参观他的牢房，尽管他记不清里头关了多少犯人：他告诉我，没有人会跟他们来往的。他们的食物从门底下的一个洞推进去，从屋顶上可以看见他们。我们爬上屋顶，靠在低矮的栏杆上向下俯视，那是某种坑洞，洞里有柱子，里头昏天暗日，十或十二个部落族人和人数一样多的小孩蹲坐在一堆又一堆的垃圾当中。他们看见我们被他们头上的一方蓝天所衬托出来的身影，全部跳了起来。

"愿你们平安。"我们说。

他们异口同声地回应，而看到我手里拿的相机之后，他们开始大声喧哗，争论着让拍还是不让拍。他们顶着幽暗背景的黑黝黝的身躯几乎分辨不出来，一群孩子则像小黑鬼般东蹦西跳，大叫着："照一张，照一张！"而有些人伸出双臂，假装成拿着步枪瞄准我们的样子。"现在拍吧。"他们说，我赶紧按下了快门。所有的小孩和大部分成年人都是从不安分守己、蠢蠢欲动的部落强押来的人质；人质每一两个月更换一次。挂病号的（想象得到经常会有这种情形）则被送进医院，而每周一次，整个监狱里的囚徒在做礼拜五的祷告之前，会被带到海边做海水浴。马卡拉并不是会派代表出席国际监狱会议的城市；而也许这样反而比较好，因为我颇为肯定，这些贝都因人宁可一起忍受不卫生的悲惨生活，也不愿意独自一人享受模范牢房的舒适。

至于扣押人质的体制，在一个政府公文得跋涉过荒无人烟之地的国家里，想提出一个替代方案其实并不容易。四十年前当希尔绪（L.Hirsch）在哈德拉毛旅行时，贝都因人会在马卡拉城门口抽关税，一年可以赚上五百五十元左右；现在的贸易则井然有序且平静无事，今昔对照非常大。不过，在我今天剩下的时间里，触目所见尽是黑暗与脏乱，所以我第二天早上便奉献了一笔钱去分送给穷人。我在马卡拉的朋友对我此举大表赞赏，他们相信穷人的痛苦是这个世间的必要之恶，因为贫穷是某种操练道德的永恒处所，而有钱人假如觉得于心难安的话，便可在此操练操练他们的美德。

接近我要离开这座城市的日子前，大街上的行人、贝都因人、阿拉伯人和黑人等各色人种已经开始习惯看到我四处走动；但即使如此，每当我离开汽车的防护，他们的骚动还是大到能在我身旁围成一圈人潮：他们很友善，但是我的身高仅五英尺二，每当我想看看他们喧扰滚烫的脸孔以外的景物时，还是得请人帮我开出一条路来。我只有一次徒步进城，但很快就不得不中途而废，转到断崖图个耳根清净；大约有五十个小孩尾随在后，以一种单调却非羞辱的方式大叫"拿撒勒人"，直到爬断崖让他们上气不接下气为止。断崖十分陡峭；当我们来到搭建了四座堡垒的岩架时，瘦弱的全打了退堂鼓，而留下来的小孩则和我发展出同甘共苦共患难的友谊。

我们来到这些小堡垒当中的一座，旁边有一尊小而无用的炮。刻有石雕的门半掩着，堡垒墙壁是向上倾斜的金字塔形，每面墙的墙角都筑有一段城垛；这些堡垒叫做"库特"（Kut），它们在岩架的平台上一字排开，这岩架最近一定有人居住其上，因为上面还有一畦一畦耕地所留下的明显痕迹，而山丘顶上则覆盖着零乱无人整理的土坟，茔冢的年代都不是很久远。我需要使一些技巧并且费一番口舌，才能说服伺候我的索马里人爬到山丘顶上，而紧追着我们的十一个小孩子当中，没有人曾经走到这么远；然而整个登山活动只耗费了一个半小时的时间。事实上，在南阿拉伯沿海一带，没有人会将爬山视为一桩乐事——这一带有太多杳无人烟的小山头了。

我们从山头登高远眺内陆高低起伏不断的锈棕色土地，视野清楚，但景观却乏善可陈：在我们北面是棕榈林密布的小村，那是马卡拉人夏天的避暑胜地，另外则是循着绵长山脊线一路通到多安的谷地。在我们东方的是土堆状的希赫尔丘陵，中间是布瓦什干谷和鲁库布；在我们西面的是福瓦，英国皇家空军在这里有一处起降跑道；而在我们脚下的是茫茫大海，海豚在海中嬉戏玩耍。我们爬的这座山丘有一个宽广的圆形山顶；山头岩层表面有粉红色纹理，看起来好像是有人拿了一把巨大无比的刨子，将它磨得又平又滑，而它蜂窝状的岩缝边缘则十分尖锐；我不是地质学家，但是我想象这样奇特的岩层表面乃挟带沙子的强风的杰作，强风转动着细砂，就像金刚砂那样在岩层上细磨粗刨。但话说回来，岩石的硬度依然是最顽强不屈的坚硬无比。我们沿着一条裸露的小山沟从北坡下山，这个时候我身后那支光脚的跟班大队露出了疲态。我们走下山，来到通往内地的道路上，这里有两座堡垒守护着通向大海的要冲，在这丘峦起伏、地形皱褶的通道中看来颇为壮丽，堡垒的墙壁和丘陵具有同样的颜色。

堡垒上头是城市的水源供应地以及苏丹的花园，这是一处绿意盎然的园囿，中间有一座高起的水槽，另有一座残破的夏宫。我来到马卡拉的第一天便曾开车来这里，顶着苍翠的树木在一畦畦蔬果间散步：茄子、绒毛花、胡椒、大叶的"比丹"树（它的果实像坚果，人们吃它红色的果肉）、石榴、香蕉、葡萄，以及其他认不出来却争奇斗艳的花卉。两名个头矮小、皮肤黝黑的园丁紧跟在后，就像是依然辛勤从事这项史前园艺的不散鬼魂。这片土地上最早的居民一定也从事过这项园艺，也许还是以一模一样的方式赤脚造出将一条条小水沟分隔开来的小土堤。

我们离开花园时，让一位出来散步的年轻"谢赫"①搭了趟便车，瘦瘦高高的他很高兴有顺风车可搭，还说他一直祈祷能有一部车子。

"一定是安拉给我们送来车子了。"我接腔道。

他半信半疑地同意了，不是很确定一名不信安拉的女人可以是安拉手中的工具。不过，他渐渐放松了心情，还告诉我他想去旅行，但是没有钱。

"这是因为，"我说，"你是个有学问的人。凡是有学问的人都是穷兮兮苦哈哈的。假如不穷的话，他们就不会刻苦向学了。"

对于我这番话，他也心不甘情不愿又悲哀地同意了。他不是块读书的料子，而如果投笔从戎的话，将会过得比较快乐。我提起曾参观过开罗的爱资哈尔大学②，那里的修业年限是十三年，对于这一点他很明理地说这时间太长了。

"你也是个读书人，你的生活又过得怎样呢？"他问。

就在我们思索莘莘学子悲哀的命运时，岩石底下一只体态优美的毛茸茸的狐狸转移了我们的注意力；它一动也不动，却等候着，看着我们走过去，准备拔腿就跑，身手矫捷又耳聪目

---

① 谢赫，伊斯兰教对德高望重者、教团领袖、学院院长、部落领袖等的尊称。
② 爱资哈尔大学，伊斯兰教中的最高学府。

明——它是个幸运的生灵，不会违逆自己的心愿，被迫虔敬度日。在夜里凉飕飕的寒气中，这名年轻谢赫用棉制披肩紧紧裹住肩头，他患有贫血，脸色苍白。在城门口他离我们而去，生怕被我这个人格可疑的同伴带坏；于是这扑朔的小人影消失了，但主人的迷人丰彩却浮上我心头。他踱步走开时，郑重其事地向我们辞别，脸上则突然浮现像面具般的表情。除了走路的样子，他的一言一行都是虔敬的表率：在不合身的长袍下，他走起路来依然像一头放荡不羁、野性难驯的幼兽。

有一天，我的阿富汗仆人带我到福瓦看英国皇家空军的起降地。这是我们英国在阿拉伯海岸零星散布的许多条跑道之一，它位于一处开阔宽敞的空地，向北可通到基尔贝干谷和哈贾尔。标示着跑道路线的标石稀疏排列，都涂上一层灰泥，让它们在这片红褐色的地表上显得格外醒目；而随着历史的嬗变演进，在飞机早被人遗忘之后，无疑它们最终会变成石庙，以纪念天外飞来的不速之客。这个地方距离马卡拉十三英里，一部分在海边沙地上，一部分在内陆乱石累累的光秃秃的红色谷地中。谷地中平坦的地方生长着一些扇形"萨姆尔"（洋槐树），灰扑扑得像地衣或花岗岩，虽单调却也不失为一种装饰。那里也生长着一些大戟属植物，还有干燥又布满沙尘的海石竹，以及一丛一丛零星散布的荆棘。然而此地除了一栋小屋和一座即将荒芜的园子之外，却杳无人迹。如果说这里还有点人气的话，那就是打马卡拉走上大约八英里路程来这儿的妇女了；她们撩起长袍露出大腿在这里采集荆棘，厚厚的盖头布下目光炯炯有神。

马卡拉和比尔阿里之间大约有七十英里的距离，一无所有，只有这些荆棘和海岸边的巴鲁姆村庄。这是一座贫穷的小村子，没有一栋像样的房子，而在皇家空军友善的影响下，居民倒是性情良善。他们大部分似乎混有非洲人血统，在我们身边围成一圈，想不起这小村落里除了学校外有什么能展示给我们看的；所谓的学校只是一处没有窗户的泥造地下室，里头有十二个小男孩坐在半明半暗中，正从红色的《古兰经》里随意挑些章节念诵。有些男孩煞有介事地诵读着，有些则假装念念有词，他们发出低沉的嗡嗡诵经声，晃头晃脑，左右摇摆。他们的黑人老师站在门口，让风吹拂他打赤膊的上半身和短短的白胡子；他是个慈祥的老师，对于这片嗡嗡作响的读书声感到心满意足。当我问他谁是他的得意门生时，他立刻指出其中长得最其貌不扬的一位。

　　当我们沿着海边被海浪拍打得湿润的沙滩开车回去时，海鸥在我们前方御风而起，又在我们后头翩然降下，像是一条条迎风飘荡的灰色丝带。海鸥栖息在这里，数量多至不可胜数。当它以大海为背景翱翔时，看起来就像黑白两色的雨点。在白色沙滩上，它们宛如洁白的珍珠，移到黄褐色沙地又状似鸽灰色的珍珠，而它们游泳时排成一线，则看似白波上的粒粒明珠。这会儿，当它们成群结队起起落落时，它们的翅膀竟能在地上投下一大片阴影。它们御风爬升的高度正好在我们头顶上，凭空盘旋时几乎撞到我们的头；有一只海鸥对距离判断错误撞上了我，便惊恐万状地跌落在我的大腿上。我将它拾起，它害怕得全身僵硬，只剩眼睛还会转动。它的眼圈是一圈细致的黑色网眼边饰，就像微型画外壳的玻璃；嘴部呈红色，上喙向下弯曲盖过下喙；脚趾由肉蹼连结成一张网状，颜色灰白；而当我还它自由，让它的身体从我手掌心溜出时，它鸽灰色的羽毛摸起来就像它们所栖息的海水般冰凉、光滑。

在我离开之前，我又参观了马卡拉其他三所学校。其中一所盖得漂漂亮亮的新学校只有五年之久，由苏丹出资兴建，提供六年免费教育给任何想念书的人；但是老师告诉我，他们很少能说服学童的家长让他们离家长达四年以上，因为受教育没有什么实质上的好处。

年轻的老师以东方向来傲人的好学精神诲人不厌、作育英才。老师有十三名，教导的学生计三百人，分成六班。最低年级的两个班盘腿坐在地板上，较高年级的有板凳可坐；而所有的学童，从年纪最小的开始，都能将迎宾诗歌朗朗入口，一边朗诵还一边配合着合宜的动作，且多多少少流露出深刻的生活艰苦的迹象，但这背后显然有尽社会义务的情操。学童都衣衫褴褛，看起来也不聪明，正如同脏乱落破小镇的孩子般；书籍则一律从埃及进口，少之又少。教室里的宝贝是搁在木架上的地球仪，装在袋子里等重要场合才取出；两张大地图、几本读本，以及许多《古兰经》，提供他们心灵的慰藉；学校教导的科目中有五门是《古兰经》的各个层面，其余则是阅读、文法、听写、作文、绘画、算数、几何学、地理、历史和以旗子打信号——最后一项是学校教育的压轴好戏，保留给最高年级中程度最高的一班，让从五年枯燥乏味的基础课程一路走来的学子有个高潮可以期待。带着我到处参观的学校副校长萨伊德·欧马是个善良斯文的人，他很喜欢他的学生。他有着一张瘦长的脸，蓄着短短的络腮胡，长着一双杏眼，嘴大而嘴型漂亮，这是在哈德拉毛典型的嘴型——也是凡·戴克①会画的那种贵族嘴型：而他和负责学校注册的阿布杜拉谢赫的热忱，让这个地方洋溢着一股欢欣的气氛，尽管这里都是些穷书生，而在物资如此短缺的环境下，办教育又是如此艰巨的一项任务。

政府办的老学校也是难兄难弟，但第三间学校是印度基督教会开办的私立学校。它有五十五名学生，比萨伊德·欧马的学员干净，穿戴也较为整洁，但是多多少少无可避免地患有自以为是的毛病，东方的基督教徒似乎常不自觉地从法利赛人②那里承袭了这种习气。马卡拉向来以不让犹太人或几乎任何基督教徒入境而自豪，也就没有人欢迎这位传教士，结果他等上好几个月才获准在当地落脚定居。他有一张仰不愧于天、俯不怍于地的善良脸孔，牙板泛黄，戴一副眼镜，现在每个月从苏丹那里领六十卢比补助金来经营学校，提供学生老师和一切他们可能要求的东西，并让他自己和家人过日子。在他楼上的住所里有两排被翻得破旧的书，指引他人生的方向。他干瘪清瘦

---

① 凡·戴克（1599—1641），佛兰德斯画家，英王查理一世宫廷画师，作品多以宗教、神话为题材，尤以贵族肖像画著称。
② 法利赛人，公元前二世纪到公元二世纪犹太教的一派，强调墨守传统礼仪。

的太太试着缩衣节食、量入为出，同时自我节制，勿太过思念亚丁。至于他的小女儿们，他太太说，她们已经把本分的女红忘得一干二净了。我看了她们的刺绣之后，觉得有些事还是忘了好，不过我不认为我这么想纯粹是居心不良。然而，我还是佩服支撑他们胼手胝足奋斗下去的英雄气概，他们单打独斗，试图在一块不愿配合的土地上，灌输一种与当地文化格格不入的文明。全体学生先用英语后用阿拉伯语为我合唱了一曲《主佑吾王》，我听着有点担心，心想这会不会被误解为英国别有用心的宣传手法，这种说法时常听到——但我后来得知《主佑吾王》是全马卡拉引以为荣的一项成就，没有地域上的影射意涵。

这所学校里最令人开怀的表演要算是两名莘莘学子之间一段关于椅子的英语对话了。

"我买了一张椅子。"一个学生说。

"什么模样？"另一名学生问。

"木头做的。"等等，不一而足。

内容听起来像一段友善平和的对话。但这两个年轻小伙子讲得脸红脖子粗，仿佛是一场打斗般，他们扯着嗓子大吼大叫，激动之情令人难以置信；两人身体朝对方前倾，仿佛马上就要掐住对方的脖子，得靠三十几名同学居中劝架才能拉开。我必须仔细聆听才能确信他们讲述的不过是张椅子。

我离开这些西方文明灌溉下的绿洲时，心里有点感伤，感觉就像个用情不专的情人，看着对方把自己乏善可陈的感情捧在手上当做纯金那样珍惜，自己却无可奈何。当我的阿富汗司机在一顶芦苇席编成的大帐篷外停车，问我想不想看看里头的婚礼时，我倒有种如释重负的快感。他带我到门口后便自行离去，我则穿过一条隙缝偷溜进去，发现自己置身于乱糟糟的女人阵中。她们在炎热污浊昏黄的光线中挤成一堆，在她们身上完全看不出任何一丝现代教育的痕迹。

女奴站在人群外面的一圈，而在中间的女人则一个接一个跪坐在地上，还有人在击鼓。我被人群推到中间，立刻引来了一阵骚动：我发现对面坐着一位怒气冲冲的仕女，她脸上蒙着一条黄色面纱，嘴唇则涂成蓝色，她问左右的人，为什么会有基督徒在这里。我直接对她滔滔不绝地说了起来，用字遣词尽可能礼貌周到。有几秒钟的时间，事态尴尬地悬而未决；但是情势非她所能掌控，因为她一方面试着礼貌地和我说话，一方面说到我就生气，最后竟噎到说不出话来。我蹲了下来，一两名既是好奇又是好心的妇人的态度开始看起来比较友善了；而这时我才能审视这个聚会的怪异之处。

这是个百花齐放的女性花坛，闪闪发光，姹紫嫣红，外围环绕着一圈黑压压的黑奴。她们的衣服不是织锦就是亮片，身体让绣有图案的银质胸片和一圈圈项链束缚得硬邦邦的；外加厚重的踝炼、手镯、腰带，每只耳朵还挂着五六圈耳环。仕女们走进来时，头上绑着黄色丝巾，但很快就被拿下来，然后她们便开始展示精雕细琢的艺术品——她们的脸、手和头发。她们头上编着将近一百条小辫子，紧贴在一条平直的中分线的两边；头发以散沫花染成橙红色，额前的头发梳理成美人尖，并用发油抹得闪闪发亮；她们的脸颊呈现闪亮的黄晕，红褐色手掌心有一股浓郁的散沫花和香油的气味，手掌外缘则用颜料画成褐色的蕾丝花边，好像戴了副连指手套。她们的眉毛涂成褐色，从两边太阳穴窜出一抹蜷曲的褐色图案；还有一条褐色线条从额头一直画到下巴。有些仕女长得如花似玉，五官分明，下巴细长；但是她们不具人性，乃是献身神圣仪式之祭司；她们不是有血有肉的女人，而是恐怖、冥顽不灵的"女性"化身，始自太初，千载不变。当她们每回一两个人站起来跳舞时更显得如此。她们双脚并不移动，只是僵硬地扭动头部和上半身，并以猪尾巴状的辫子在半空中画出轮形图案。从她们身上散发出一股萦绕不散的香气，鼓冬冬敲着，手镯和腰带丁零当啷撞击着；帐篷里热得几乎令人难以忍受。当一名仕女站起来时，就像一朵盛开的花，一朵五彩缤纷的郁金香，脱去了素净无华的外衣，亭亭玉立，让一身彩衣重见天日，既从容不迫又自在大方，但也留神细听行家轻声低语、具有品位的赞美之词。当然，新娘子在楼上的房间，避不见人。客人陆续来到，人越来越多。虽然似乎不可能再腾出什么空间，婚礼的招待还是设法帮他们取得厕身处。鼓依然持续敲着，单调中带着一丝细微的兴奋；越来越多的舞者站起来，膝盖以下淹没在一片万头攒动的女人海中。我尽可能悄悄地溜出去，一种如此古老又如此深邃的神秘感觉重重地压在心头，它幽暗蒙昧且人皆有之的根，牢牢不放地抓住人性，而被教育教得无可救药的生灵（人类）所做的倏忽即逝的努力，只有望尘莫及的份儿。

第五章
首途前往内地

我要往没药山和乳香冈去……

——《雅歌》①

马卡拉的苏丹军队可分成由奴隶组成的贴身护卫，叫做"尼赞姆"，以及领饷的军队"阿斯卡"，士兵从雅法伊部族里招募而来，数百年前登陆并征服这片海岸，进而建立凯埃提王朝的就是这个部族。这个部族的族人每月支领十到十五"塔勒"②，相当于十五到二十二先令的军饷，但得自己打理伙食。在苏丹所辖领土内，散布着三百到四百名这样的军人。

他们都是些面目俊俏的男人，肌肉发达一如蟒蛇，脸蛋瘦长，衣着的颜色乃至头上的行头都各凭所好，唯一必须穿着的制服是弹匣带和步枪，这使得他们在贝都因军营外的干谷中进行每周两

---

① 这段经文出自《圣经·旧约·雅歌》第四章第六节前半句，后半句是"直等到天起凉风，日影飞去的时候回来"。
② 塔勒，德国旧银币，相当三马克。

次的晨操时，看起来就像夏日的百日草花床那样五彩缤纷。他们裸露的双腿在原地踏步，短裙迎风飘逸，就像色彩鲜艳、琳琅满目的芭蕾舞裙；而从城门口一路以八支铜管乐器演奏欧洲曲调来壮大军容的军乐队，此时忙不迭地把乐器放置在骆驼饮水的池边，和士兵玩在一起了；四名在亚丁征兵中受训、卡其服穿得帅气十足的军官，以手中细软的马鞭及"左右左右"的口令指挥士兵操练。我起初还听不出个所以然来，听久了才明白。由黑人组成的"尼赞姆"由这头踢正步过去，换了一批人后再从另一头踢回来，但每次的气势和步伐准确性都不尽相同。他们是苏丹的私有财产，是从非洲运来的奴隶家族，但已经世世代代定居在王宫中；在阿拉伯宫中，奴隶制可比伊斯兰教历史悠久，因为麦加还在拜异教神明时，黑奴就以"亚哈比斯"之名广为人知了。他们最年轻的成员是仅有十或十二岁的男童，他们自成一个童军团，每个人手中握有一把小红旗，在一旁角落做出看起来像莫里斯舞①的动作。在这阅兵场的对面，穿插在这群正在操练、色彩鲜艳的士兵当中的是，缓步行走的骆驼和涂着靛青染料的骆驼骑士，这一早正在通往各山丘的路上来回穿梭。营帐和遭污染水的刺鼻味道，在这清晨的露重时刻散发出来。我走回城门，以便观赏军队踢正步回营的景象。在城门口我发现苏丹的加农炮，两尊炮和四块用来扛炮、内衬棉絮的骆驼鞍垫被人抬出来亮相。一名头裹绿色羊毛头

---

① 莫里斯舞，英国的一种民俗舞蹈，舞者通常为男性，身上系铃，扮演罗宾汉之类民间传说的人物。

巾的肥胖老军官，正在监督炮兵为大炮擦拭灰尘，一条表链装饰着他圆滚滚的军服正面。等灰尘擦拭完毕，炮兵连的士兵便就地散开来休息。驻地里养的母鸡充满了好奇心，紧靠两管在烈日下发烫的炮口，近到不能再近，还假装在寻找有趣的谷粒。很快地，八支被人大声吹奏出军乐的铜管乐器，便引领着士兵走过造有枪眼城垛的城门回到兵营。有些人的鬈发，有些人戴的土耳其帽或缠裹的头巾，还有斜挂在肩上的步枪，都上上下下地跳动着，所有人如此明显地乐在其中，以至于即使是反战的和平分子也不禁陶醉在这片无害的哥哥爸爸真伟大的气氛当中了。

这是我在马卡拉的最后一个早晨。前一天有两位来自原始蛮荒世界的小番仔，被带来做我的向导和挑夫。他们看起来像笼中鸟，为了出笼也不惜撞开家具似的。两人都是一身靛青色，围住下体的一小片布，且不管原来是什么颜色，现在也同样成了靛青色；从这块遮羞布，一把弯刀的刀柄几乎以九十度的角度突出来，如此一来，才能以迅雷不及掩耳的速度抽出短刀。有些短刀十分美观，银制刀把上钉着一粒粒威尼斯古金币，并且镶嵌有红玉髓，新月形刀鞘的长度则正好套到刀柄，刀鞘尖端还有一颗雕花圆球。但是这两个人似乎颇为贫穷，尽管短刀能用，他们还是在短刀后面另外插一把锐利的刀子，旁边还有一根打包货物用的粗针。他们在右手肘上方圈了一只银制臂环。一条黑线串住一颗镶嵌在银盘上的红玉髓，挂在脖子上，他们说红玉髓能用来止血；另外，膝盖下方则绑了一绺深色羊毛。他们的嘴唇，就像他们的脸，也是清一色的靛青；两人光着脚丫一蹦一跳地在我房间里走来走去，不发一语地抬起我的纸箱，动作轻柔地掂掂重量。

他们说必须牵来三头驴子，而其中一头是给我骑的。他们要我减少一个箱子的重量，我那捆寝具也要减少；接着他们一把抓起我认为旅行时方便携带的马口铁罐子，这些制作于巴伐利亚的罐子是我在亚丁的市集买来的，他们将罐子全塞进麻布鞍袋里。我们同意明天下午启程上路，展开为期一个礼拜的旅程到多安干谷，说好工资是五十卢比，外加五卢比的餐费。当他们离开时，其中一人抚摸着我客厅里沙发上红黄两色的月牙形凹陷；他以轻柔好奇的手指触摸着，正如碰触一个陌生世界里脆弱易碎的珍宝一般。

第二天早上我前去拜访大公萨利姆·伊本·阿哈马德·伊本·阿布杜拉·凯埃提，向他道谢，他暂代堂兄苏丹总督的职务，而苏丹当时人在海德拉巴①。通过哈利法克斯爵士一番好心的穿针引线，再辗转通过阿克巴·海德利爵士和马尔马杜克·皮克索尔先生的居间帮忙，我才取得苏丹的亲笔信，而我这回的内陆之行才得以顺利成行。大公的慷慨与好客使得我在马卡拉停留的日子以及后来在内地的旅行既愉快又畅行无阻。之前他曾经登门造访过我，看到我不带仆人就上路旅行，心里一定颇为惊讶，但他以文雅的举止将诧异之情掩盖过去。他会惊讶是因为凯埃提家族已几乎全盘印度化，也丧失了对凡事不求人的贫穷的了解，

① 海德拉巴，印度中南部城市。

而这样的贫穷几乎一无例外会在每个阿拉伯人内心深处引起共鸣，不论这名阿拉伯人多么见闻广博又何等成熟老练。

凯埃提家族的历代苏丹统领海德拉巴禁卫军"尼赞姆"，这支禁卫军世世代代都是从哈德拉毛招募新兵。他们的岁月大部分都在印度度过，也大部分是在印度缔结良缘：大公萨利姆自不例外，因为他的外貌举止，他细致的小手，把玩着扭曲象牙手杖的纤细指头，他那上了蜡的胡髭（让我看得目不转睛以至于没注意到他脸上的其他部分），无不显示他比较像印度人，而不像阿拉伯人。但他还是保留了其民族讨喜的单纯；他告诉我说他喜欢马卡拉更胜于海德拉巴，因为这里的生活比较不会一板一眼；他心情愉快地谈论着我未来的旅程，只有在我坦白说到我喜欢每天走上几小时的路时，他才流露出讶异与痛苦的神情。他告诉我，去年秋天苏丹生平第一回骑马走到哈德拉毛干谷；而这趟旅途的劳顿和马上的颠簸让他到现在人都还不舒服。我向他辩白说，我从小到大过惯了辛苦的日子，很能吃苦耐劳。大公夫人相貌标致，体态丰盈，肌肤柔细，像只榛睡鼠，但是好生害臊，在他夫君面前一语不发，只拿着一双天鹅绒般的蓝眼睛满心同情地上下打量着我；我推测在她年轻的生命里大概不曾吃过什么苦吧。我们便隔着这道既无法跨越也无从解释的鸿沟彼此友善地对望着。

第二天下午三点钟，三头驴子驮着我的行李快马加鞭地上路了。我将搭车随后跟上，在第一个休息站会合。来自胡赖达的族长帮我打点好了路上的食物：

三磅米　四安那 ①

四条面包　四安那

五磅椰枣　五安那

一磅半的糖　两安那

四磅茶　八安那

两打蛋　九安那

两打香蕉　八安那

十八颗酸橙果　四安那

四只活鸡　二十四安那

一共是三卢比半，阿维兹又加上一只炒菜锅和一个茶壶。所有这些食物仅能维持一个星期，直到我走到多安为止。

各色人等都来和我道别。大公站在台阶底下，向我伸出他包着一条棉布围巾的手，倒不必然是因为我和他男女授受不亲，而也许是因为他已经洗过手准备下午的祈祷，如果随便和人握手就得再净手一次。我满怀感激地离开了他和城墙边的白色客房，心想假如我要度蜜月的话，在马卡拉曲折的海滩度假想必会很舒服。在这里几乎感受不到红尘俗世的喧嚣扰攘，我会划着一艘小木舟和我的另一半，不拘他是谁，伴随海豚和海鸥到外海徜徉一整天呢。

---

① 安那，印度、巴基斯坦的旧货币，相当于十六分之一卢比。

第六章
蒂勒的曼萨伯

不论是大路小路，要找着并非难事；

只要发现浮云游子，那就八九不离十。

——W.P. 喀尔 ①

因为我执意只身旅行，既不带仆人也不需贴身护卫，马卡拉当局感到头痛不已。我给的理由是，若想和贝都因人和平愉快地相处，就要能和他们单独相处，但这理由不具说服力。我是有史以来第三个深入内陆的欧洲女性，却是单枪匹马深入内地的第一位女性——任何古怪的行径理论上都讲得通，甚至实际上也行得通，但由于无前例可寻，处理起来也就颇为棘手。然而，就贴身护卫而言，我并不会固执己见、一意孤行：他们把我交托给一名隶属"尼赞姆"的黑人士兵，要他负责我的人

① W.P. 喀尔（1855—1923），牛津大学万圣学院的诗学教授。他以对英格兰、苏格兰以及古斯堪的纳维亚诗歌的批评享誉仕林。他最为学界所称道的著作为《史诗与传奇》以及《黑暗时代》。

身安全，并维持我旅途上一般的舒适。

对于这项任务他是否能愉快胜任，他和我一样心存怀疑，甚至比我更不清不楚。他五官平坦的脸上有一双小眼睛，眼窝浅，眼角布满血丝，颧骨很高。他在我出发时出现，围着一条紫红色棉质遮羞布，上身穿着一件背心，头上裹一条大红头巾——但遇正式场合，他通常会将头巾换成一顶冬季运动用的针织白帽子。他身上唯一一件军事用品就是那条弹匣带，上头装满子弹，松垮垮地挂在腰际。他把自己和他的步枪都搁置在车子的脚踏板上，车子里已经载有我和阿里·哈金以及其他两位朋友，他们要送我到再走下去便无路可走的地方。从这里到马卡拉山后的蒂勒村大约是十英里的路程，我们一路颠簸地绕着后山被风侵蚀的弧线走，先向北再向东沿着荒凉贫瘠的山谷而行。马卡拉的居民夏天时会到这些谷地，坐在一丛丛生长在岩石上的棕榈树下乘风纳凉。我们从苏丹的花园底下经过，花园就在我们的左手边；我们还经过两座据守路边的土黄色碉堡、哈尔示亚特（凹地中一条有绿意的植物带），以及其他碉堡和方塔。阿里·哈金说，这些都是"恐怖时代的遗迹"，但是领饷军队"阿斯卡"一直沿用至今。这里的地貌都是石头地，石缝中长着洋槐树。假如仔细一瞧的话，会发现荆棘丛后头抽出了绿色嫩叶，但即使借着荆棘的保护，这些嫩枝也挡不住骆驼舒卷自如的舌头的探入。然而，远远望去，又几乎看不出这些灰扑扑又光秃秃的树；你只有望着天际线时才看得到山丘上的洋槐树，它们僵硬笔直的线条在雨后会霎时染上一层绿意。

我们走过左边一条通向多安的山路，和驮着芦苇从多安走来的一队骆驼擦身而过；之后绕过一大片岩块，前方顿时豁然开敞，来到一处地势如波浪起伏的希赫尔低地；我们离开了希赫尔路以及路上的车辙，抵达一处低矮的山脊线，山脊上蒂勒村的土厝向下眺望着一整片棕榈树海。

　　这三座坚实的蒂勒土厝排成一排，位置比村里其他房子高，占据着易守难攻的战略位置，它们属于"曼萨伯"（宗族里的宗教领袖）和他的家族。它们不像马卡拉有钱人家的房子那样涂上一层灰泥，而是用泥土结实牢固地搭建起来的，共有五层楼高。最靠近我们的这一栋，一位妇女站在屋顶上看着我们的来临；她的手臂和脸孔就和身上长袍一样乌黑，而在长袍皱褶流泻而下的直线衬托中，她整个人流露出拜占庭风格的雍容华贵。我注意到她脸和手臂的黝黑是如何为她体态的优美增色，她仿佛整个人都是从单一乌木块雕刻出来的木雕像，散发出来的美既浑然天成又圆融一体，不像我们大多数人那样，在蔽体的衣服里显得东一块西一片、拼拼凑凑的。有什么会比摩登裙子底下露出肤色和裙子颜色刚好相反的半截腿，更不搭介的呢？或是裁缝师傅从肩膀剪开来的一条缝，让手臂独立于他们作品的整体设计之外，任由它悬挂在那里好像跟衣服了无关系似的。这位妇女就没有这样的龃龉不称、各自为政；她全身上下一气呵成，以蓝天为背景站在那里，就像意大利威尼斯托尔切洛岛上教堂的圣母马赛克画，背后是镶嵌的金色光环。她一直站着直到看见了我们才一边惊声尖叫，一边狂乱地挥舞黝黑手臂，这动作和拜占庭风格的镶嵌画颇不相宜。

蒂勒的曼萨伯名叫穆罕默德·伊本·阿哈马德·巴欧马，他是哈德拉毛最德高望重的人士之一，讲的话一言九鼎，在他这个地区的部族中甚至以外的地方都算数。他是圣徒萨伊德·宾·以萨·阿姆迪的后代，后者埋葬在锡夫和哈贾拉因之间的盖顿，到他的陵寝谒陵以及在拉贾布月（伊斯兰历的第七个月）举行的四天庆典，是当地的一件大事。这庆典几乎造成第一位踏足哈德拉毛的欧洲旅人冯瑞德客死异乡；他在危险时刻来到盖顿，虽然经过一番伪装还是被人怀疑，若不是村里的长老出面调解打圆场，并且送身无分文的他返回海岸，他可能早就惨遭贝都因人的毒手了。

当我们找人捎信通报我们来临的时候，这位远近驰名的圣人后裔，目前的曼萨伯，正在底下的棕榈树丛中。他爬上来欢迎我们，人生经验和权威为这张耆宿敏感的长脸平添一股慈祥且威严的神情。他有着一张全家族都遗传的大嘴。他两个儿子也跟上来，接着是他留着翘胡子的女婿，他围着一块遮羞布，挂着一条红玉髓坠子，和萨伊德一家人的长袍形成对比。我们都被引进屋子里，踏过被磨得光亮平滑的泥土台阶，在一间铺有草席的房间里坐下。阿里·哈金一边把粗制滥造的水烟袋抽得咯咯作响，一边完成了把我移交给他们的任务。这任务没有花多少时间，因为日头渐低，天色很快就暗下来，而我的朋友必须打道回府了。我的贝都因脚夫也到达了，他们在屋子墙壁的背风处歇脚准备过夜。阿里·哈金和我道别，他眼圈泛白的眼睛充满了孤寂的神情，沙哑的声音以抑扬顿挫的语调向我推荐接手的人，要我放心，又跟我道歉。该做的善行他都做了；而现在他把身躯塞进车子里（这身躯似乎跟他这个人有点连不起来，略微臃肿又不听使唤），其他两个人则刚好挤在他身边。阿富汗司机和我友善地握手，然后坐进驾驶座开车；他们很快消失在乱石累累的地平线上，我则转身回到主人那边，他以有教养的阿拉伯人与生俱来带着三分保留的客气，接待我这位不速之客。

这些哈德拉毛的房子似乎是萨巴时代流传下来的，虽然光环已褪，但基本上没有改变，这还是我第一遭住进历史这么悠久的古厝里。比这些房子小的古厝已经被挖掘出来，它们没有什么改变。伊斯兰教文明早期的诗人阿尔卡马曾经描述过它们，当时它们在也门山丘顶上的一派颓圮萧索的气象，依然撩拨着人们的想象力。

> 不可一世之盖顿及其居民。此乃吊古抚昔者之慰藉。
> 它直上宵汉，楼高二十层；
> 白云为其头巾，白玉石为其腰带与披氅；
> 其石块以铅液接合，高塔贴满宝石与白玉石。
> 墙脚处处是振翅远扬的鹰首，或青铜吼狮。
> 塔尖有一水钟；滴水报时。
> 鸟雀栖止其上；渠道水流汩汩……
> 其上更有瞭望台

为平滑白玉石所砌，来去自如的统帅，居高临下。

对古代的统帅而言，也许真的来去自如、进出方便；但对于没有人带路的现代旅人而言，根本就不得其门而入；屋子的底层因为御敌的缘故没有开窗子。底层通常挤满了山羊和驴子，它又向内岔开成许多弯道和阶梯，像迷宫般令人一头雾水；来到上面一层后，走过弯弯曲曲的甬道又转了几个急转弯，就来到几个不同的房间，每个房间都有自己的卫生系统，靠着一条宽竖坑把室内的水排放到刚好从底下经过的街道或空地上。所有这些房间都以木制钥匙锁上，钥匙则塞在家庭主妇的腰带里，有几个房间相对就有几把钥匙，开门时便把小木栓插进精雕的锁内钥匙孔里；即使是行家老手照例也得折腾上一阵子工夫，和他自己的前门搏斗一番；而要一一走过幽居在一栋哈德拉毛房子墙壁后的老婆、寡妇、女儿和丈母娘所住的各个房间，真不是一件轻松容易的任务。

至于诗人提到在古王宫墙脚的铜狮和展翅高飞的鹰首，今天依然看得到的是野山羊角，它们成双成对镶嵌在最上层的栏杆下头；这回在蒂勒是我生平第一次目睹野山羊角。

这里的房子破旧而古老，大多用来招待前来找精神领袖帮忙或指点迷津的贝都因人；房子里的每件物品都饱经磨损，目前仍经常使用。他们给我一间楼上的房间，地板上铺着灯心草席，墙上开着许多扇雕花窗牖；曼萨伯和他两个儿子以及小孙子进房坐着，脸上带着一派温文儒雅的迷人表情，一边喝着陶碗里的姜汁咖啡，一边闲话家常。

没多久，精心刻意打扮过的女婿扭着臀闲晃了进来。他的腰际围着红黄两色的遮羞布，而一件像是古罗马人袍褂的红黑两色宽袍随兴披挂在一条裸露手臂和肩膀上。他鬈曲的胡子和头发擦得油光闪闪。说真的，他也许真是个古罗马人，脖子浑圆粗大，一身性感。他在其他人旁边坐下来，跷起二郎腿，一只手把玩着在他红黄遮羞布皱褶间闪闪发亮的银制匕首；他习惯坐着受人赞美，看到他和他那些落落大方、泰然自若的亲戚坐在一起，实在是令人哑然失笑。他们寒伧的衣服丝毫无损于他们脸庞宁静致远的影响力，这影响力是累积了数个世代的权威与家学造就出来的。

几个月前才勘探过哈德拉毛干谷到它东边出口的赛侯特英格拉姆夫妇，路经蒂勒却没有停留；尽管有关他们的消息，让当地人心里接受了欧洲女性能在这附近一带旅行的事实，但我还是曼萨伯一家人生平第一次看到的欧洲女性。我试着解释我是因为对历史感兴趣才不辞千里而来，而我发现（一如我在未来六周将不时发现的）我对古萨巴人的好奇被视为欧洲人轻浮孟浪的表现，他们才不会对这种心灵的搅扰不安寄予什么同情，但谈到我对中古伊斯兰教传统的一往情深，所有人却都衷心地大表赞同，并且明白这是此行可以理解的理由。

没多久他们便离开我，而这户人家的女眷便跟在曼萨伯女儿身后窸窸窣窣地走进来。她同样有一张这个家族所共有的高雅大方的大嘴，脸长而迷人，但脸色颇为蜡黄：她有一双美丽、温柔而聪黠的眸子。气氛很快就热络起来，因为上苍仁慈地赐给我对衣服如假包换的兴趣，这是生活的诸多考验中以应不时之需的备胎，却是旅游途中特别的恩赐，因为它提供了一个普世皆有的话题，人类对衣着的兴趣是无止无尽的。房间里很快就遍布花状丝织物，哎呀，所有的丝织品都是来自亚丁的人造丝；而我这也就弄明白了印度高腰晚礼服"戈万"和阿拉伯"库尔蒂"之间的不同。这时曼萨伯自己提了一盏油灯来看我的晚餐是否已经端上来，他很惊讶地发现我们谈论的都是些浮华不实的东西，便面带微笑地道歉。

女眷们向我解释她们不同的发型。头发中分、不编发辫的是印度发型，使用这种发型的主要是沿海妇女或是哈德拉毛人在海外娶的东印度妇女。马卡拉妇女会在额头上留一道切齐的刘海，而内地妇女会将前额的头发梳理成一绺后穿过眉心收束成一个尖点。编织发辫需要从早上到下午一整个白天的时间，而编好的发辫仅能维持十天之久。

没多久，一名妇女走进来坐在我旁边，她的脸上吓人地涂抹了几条他们叫"虎大耳"的褐色染料。它分成三大条涂在脸上，一条在眼睛上方，一条穿过鼻子分布在两颊，一条在嘴下下颚处。她告诉我，她在产后四十天每天都这么涂抹，晚上才洗掉。她儿子大约十岁大，坐在人群的外围。他突然间喃喃自语地吐出"剥客是喜"（钱）这个词，把大家都吓坏了。

我不发一语，但是神情痛苦而震惊；在座的其余人士则惊骇得说不出话来。

"你是从哪里学来跟客人讲这些话的？"最后曼萨伯女儿说话了。"你一定是疯了！"

小男孩已经因为成了众矢之的而被吓到了。

"基督徒，"他嗫嚅地说，"他们都会给'剥客是喜'。以前来的基督徒给每个人'剥客是喜'。"我想这种喜舍散财的习惯是欧洲旅人所容易犯的最不幸错误之一：借此他们得罪了最好的阿拉伯人，也宠坏了其他人。

"也许他们在路上施舍'剥客是喜'给穷人，"我打圆场说，"他们在人家家里做客是不会这么做的。"

"不要再让我听到这样的话。"曼萨伯女儿说，而十几个女人同时保持缄默更显示出小男孩的恶行重大。他立刻消失在门外的黑暗中。我们这一圈女人又恢复了方才的融洽，继续东拉西扯，直到我的贴身护卫提着油灯走过来，把我的行军床摆在房间的一角。

他认真地执行他的任务，想睡在我床脚保护我。但是我很坚持，而一干女眷又都站在我这边，于是她们便跟他身后鱼贯出去，只留下曼萨伯的小孙子和一名贝都因孤女。她徘徊不去，希望看到我上床就寝。小女生面带微笑，喜滋滋的，直到小男孩告诉我她是个孤女。

"'梅丝姬娜'，可怜的东西。她一无所有。"他的语调，可怜与鄙视兼而有之，两者巧妙地平衡，正表达出东方人对贫穷的态度。小女生的脸沉了下来，一脸忧伤的神情。

"她是个奴隶吗？"我问道。

"不是，只是没爹没娘。"阿哈马德说。他似乎认为这比为奴更糟，无疑更悲惨。

"奴隶，"他说道，"在希巴姆买得到，一名年轻奴隶要价五百塔勒（三十七英镑）。"

我暗示我想就寝，他们于是离开，留下我一人在房间里和一只老鼠独处。我走到露台上，俯视脚底下蒂勒的房子，以及朦胧月色下白茫茫的棕榈树梢。只有曼萨伯自家的房子可以盖在山脊上；"如此一来没有人可以，"他儿子告诉我说，"从窗口打子弹进来。"但是现在没有子弹射击，只有夜里朦胧的阒静，以及下方一层露台上一边抽烟斗一边轻声细语的说话声。温度十分怡人，华氏七十九度（约二十六摄氏度）。墙脚一团幽暗的灯火显示贝都因人的营火已经消残。底下的绿洲被锁在干谷中，犹如镜框中的一幅画；在这之外更大的一幅镜框装满一片寂静。在欧洲有几个人能体会夜里的万籁俱寂：即便只身露宿在阿尔卑斯山的草原上，我们也会听到潺潺的溪流声。但是在这里，从这一村到下一村之间，除了起风时刮起的风之外，便一无所有。在无风的晚上，听不见水声的静谧是如此万籁俱寂，以致你会想象自己在这不毛的静谧中，听到了荆棘防护下沙漠灌木丛生长的声音。

第七章
往约耳高原之路

他入境随俗，很快地习惯了以当地人的生活方式生活，而这是有必要的，假如你想在阿拉伯旅行得既充实又愉快的话。

——尼布尔，《游记》[1]

第二天早上我被窗台底下传来的呼唤大家起来晨祷的声音唤醒，那声音既强而有力又美丽。过了不久，士兵就过来整理床铺，而曼萨伯自己也现身道别。由于还没有别人出现，我于是留了一面小镜子在他手上，当做给他女儿的礼物，他带着几分惊讶收下它，又代表他女儿表示却之不恭的喜悦，很明显他没料到会有这样的好事。他用着迷的眼神看着红色锦盒及流苏，好像他对别人的奢华还是抱着好感；他的的确确是最迷人也最富于人性的修行人。但是他的心灵不是那种想着早餐该吃些什

---

[1] 尼布尔（1776—1831），德国历史学家，创立原始资料鉴定法，开创了历史研究的新纪元。

么的世俗心灵，所以当我们下楼走进早晨清爽的空气中时，我很心满意足地撕下了一大块马卡拉面包。

六点钟。贝都因人适才开始套马鞍：我们离开他们，沿着短短的下坡路走下山壁，来到一道灌溉整条干谷的暖泉，蒂勒的花园和他们的繁荣便从这里开始。曼萨伯的女婿已经开始洗涤他性感迷人的裸露的上半身了，如果说他的身体属于什么异教神明也不为过。看到这番景象不免让人同情那些从一而终也自甘平凡的主妇们，她们逛过梵蒂冈博物馆之后有感而发地说："大家说来说去都是赫拉克勒斯、巴克斯，且给我一个琼斯先生吧。"① 也许是因为他对自己的外貌如此得意，我们也就不想浪费时间赞美那些经后天努力才把自己装点得美丽的人，这可能有失厚道，也可能是我们与生俱来能省则省的本能使然吧。

我在这里辞别了年迈却迷人的圣徒，跟随士兵走上湿润耕地的田埂，穿越整条干谷爬上对面的山壁后，来到一处开阔地，地势以几乎令人察觉不出的坡度微微向北倾斜，我们的旅途便是向北行。它们是名副其实的干谷，但如此宽广低平，令人几乎看不出来；这些干谷最后融入了海岸平原，从外观看起来景色十分单调乏味。然而，晨曦在干谷上撒下一层朦朦胧胧的媚惑，而苍白的洋槐树在干谷四周亭亭玉立。走了一个小时的路程之后，我们疾行赶路的驴子商队在后头出现，我们便在一个

---

① 赫拉克勒斯，希腊神话中力大无比的英雄。巴克斯，希腊神话中的农神，象征大地丰饶物产的神祇。琼斯先生，英语中代表平凡却真实的人。

"西卡雅"的白色小穹隆顶旁坐下来等候他们。这西卡雅是某位已故的善心人士所捐赠的蓄水池，每天会有人来注满水以供来往的旅人饮用。

到目前为止，我只碰上我所雇用的贝都因人中的三名：萨伊德、他的外甥萨利姆，以及萨利姆十岁的弟弟穆罕默德。穆罕默德是个瘦巴巴的小男孩，总是随时露出一张笑脸，他的头发像老鼠尾巴，生长在像青蛙的小脸上头。他们都是穆尔西迪族的贝都因人，他们的家和放牧地都在哈德拉毛山脉的最高峰塞班峰附近。

萨伊德是个乐天、友善、蓄着胡子、个头矮小的男人，他的嘴唇丰厚饱满，鼻子高挺，不高的额头被岁月刻画了几条平行皱纹。他毛茸茸的鬈发从额头往后梳，像女生那样扎成宽松的一束后围绕在头上。他精力充沛，体格壮硕，身材就像罗马神话中的次要神祇，但不是黄金时代的雕像而是偏向巴洛克时期。他讲话时头偏一边，总迎合别人的心意说话。他有一双西班牙犬似的大眼睛，在涂得一片靛青的脸上显得非常友善且格外黄褐。他解释事情时会张开双手，而手掌、指头、拇指等所有部分，都会向外张开到不能再开的地步。他的外甥萨利姆眼皮厚重，像一只假装睡眼惺忪的猫，上唇则又厚又翘。他年纪很轻，我原本认为他很难搞定；但事实上，他对我表现出最有侠义之情的耿耿忠心，从不会让我的驴子走出他视线一步；而假如我想照张相片，或不小心瞄到左一朵右一堆的沙地小花就想摘采，他可以一个小时内让驴子停下来二十次，甚至我还没开口要求，他就看穿了我的心意。去年秋天这三个人曾陪苏丹来过内地一趟。他们在马卡拉很有名，而如果再加上两个人的话——一名叫阿哈马德·巴·果尔特的沉默的年轻小伙子和他表哥，后者的名字也叫做萨伊德——他们这五人帮可就凑齐了。萨伊德二世现在围着弹匣带、拿着一把法制步枪出现了，步枪的枪托上多加了块圆木头，也和哈德拉毛地区所有枪支一样覆盖着羚羊皮。他看起来是个郁郁寡欢的年轻人，一张脸瘦削细长，下巴底下留着一小簇黑毛，活脱就像埃及坟墓里的一尊泥像；一条靛青色破布缠裹在他软木塞颜色的鬓发上。他的鬓发，一条被槌平成蛇状的银制臂环，以及小指上的两只银戒指，使他散发出一股放荡不羁的气息，而他的确也具备一种拜伦式的浪漫性情，常走着走着就独自一人爬上骆驼商队经常走的路径之外的大石头，或突然从遮羞布里抽出一管芦笛，并走到我们前头吹奏出如呼呼风声般的单调的贝都因旋律。就我所知，他的郁郁寡欢就在当天结束前我邀请他们一道享用贝都因咖啡时消失无踪；我后来发现他不悦的原因，不过是懊恼要保护"骄傲得不和他们共同进食的基督徒"，因为他曾经和欧洲人一起旅行过，很明显他们独自进食的事实让他久久无法释怀。

　　这四个人现在和六头疾行赶路的驴子迎头赶上了我们，这些驴子在堆积如山的行李的覆盖下几乎看不见身影，而这些行李上除了一层麻布，还外加了一层苍蝇。这些苍蝇像黑色尘土般沾在任何不是太陡斜的地方；到了旅途的第二天，当高原空气变冷之后，我们才摆脱它们的纠缠。

我们现在逐渐朝分水岭往上爬，在真正的沙漠和海岸之间，横亘着有好几天路程的约耳高地乱石累累的荒原。这是一片辽阔单调的地形，但只是更大、更单调的阿拉伯高原的边缘，这高原由佩特拉朝阿曼向南倾斜。位于外圈的约耳高原被切割成一如夏天池塘的干涸泥底，而这些刻痕就是沟谷。有时候它们是古代城市的发祥地，有时却既荒凉又狭窄，只有鸟类和树木会在潺潺的夏溪旁筑巢扎根。约耳高原长期来一直是风、阳光和居无定所的贝都因人驰骋的游乐场。内地城市的居民对这个地区所知不多，也没有兴趣，他们之所以跋涉横越约耳高原，是因为非得这么做不可，因为他们被高原困在内地，距离海岸有六七天路程之远。现在远远地我们开始看到太阳底下微微起伏的石灰岩高原，这是第一段阶梯，但还不是约耳高原本身——萨伊德说——我们在第二天晚上才能抵达约耳高原，它在海门干谷的尽头，而我们行将进入这条干谷。

我们愉快地向前赶路，这条干谷逐渐收束它低平但相距遥远的谷壁，形成一条辨识得出来的干谷地形。快步走的驴子踏在坚硬的土地上所发出的整齐清脆的声响中，有一种欢欢喜喜的特质，而跨坐在驴背的行李堆上也是个愉快的经验；假如你能掌握其中诀窍，知道如何以随机应变的性情和保持平衡的本事来应付胯下坐骑的上下震荡或变幻莫测的摇摆。事实上，骑驴就好像在人生的大风大浪中载浮载沉，你必须用冷静的目光一边前瞻突发状况，一边保持怡然自得。我自己的驴子叫做苏韦迪，是一头健壮的小牲畜，有一对毛茸茸的耳朵，脖子粗厚，毛色和阴天时的斑驳天空一样灰沉沉的。当我问它叫什么时，他们告诉我说它没有名字，不过是一头"希马"（驴子）罢了。"这不可能，"我说，"它一定有个名字，不然你们怎么分辨它和其他希马间的不同？"这个时候，拿着树枝在我旁边蹦蹦跳跳的小穆罕默德朝我笑了笑，并告诉我它的大名，很明显地，他的长辈认为我对它的名字不屑一顾。

我们沿着一条还算平坦的路走到了距蒂勒两小时路程的拉斯布。这里有几座土厝和一栋刷灰泥的房子，而路径从一座西卡雅旁下降到干谷里的河床。这里的水塘和贴着谷壁的棕榈树，看起来就像经过园林设计师的精心设计，以烘托出整体效果。这里有一畦畦湿润的菜圃，主要种植低矮的卷心菜，他们唤做"芭塔塔"。水塘里有小鱼和青蛙，水上飞舞着红色蜻蜓。从这里，我们真正开始循着干谷堆满白石的河床行进，偶然遇上零星散布的水塘，水塘边长着高大的洋槐树；"纳斯布"树则伸展着长叶，形成一丛丛怡人的绿荫；而"阿什尔"树则生长在开阔地，苍白叶片大而椭圆，上头覆盖着一层白色细茸毛，树梢上开着艳紫的小花，穆斯林说花里住着小精灵。

在靠水的地方，植物成团成簇地生长，但当我们走进四周环绕谷壁的幽闭地区时，尽管依然看得见一些开阔地的植物，景象却有所改变。这儿有绽放白花的"哈尔马勒"，这种植物有毒，对人和牲口都有害，大约两英尺高，散布在四处。另一种较高大、长得像夹竹桃、绽放白色天鹅绒般小花的灌木，也生长在这里。还有一种黄色"加拉古拉"，洋槐属，但长得低矮，萨利姆说假如把这种植物煮开喝下，将会精神错乱。在白色峡谷中，水塘边的绿色植物依恋着池水，景色秀丽，风光旖旎。现在我们两边都是谷壁，将我们左右包抄住，谷壁如此高耸，以致我几乎看不清悬崖上方在日光中振翅飞翔的野鸽子。一半由风蚀所形成的粗大石柱和岩石表面，看起来就像一双大手鬼斧神工的杰作。这些悬崖峭壁由石灰岩构成，底层则是沙岩。这嶙峋巉岩的天际线衬托出枝桠歧曲的灌木丛，可以想象若逢雨季时节，它们的表面应该是一层淡淡的嫩绿。早晨的微风和阳光在崖顶上漫步，但是我们走的地方却空气沉闷，温度缓缓上升。驴子低头扇着耳朵，在一堆堆白色卵石间寻找落蹄处。萨伊德二世抽出他的"马祝福"（芦笛），光着脚丫从这块大石头跳到另一块大石头，一边吹奏着曲子。突然间，其他三个人不约而同地抽出刀子。我原以为他们打算戳刺驴子露在行李下方的后腿和臀部，但他们只是想在芦笛手后头起舞；他们的步伐轻盈快速，手底下露出的弯曲刀尖举到齐眉高度。他们看起来相当快乐，一点也不像亚丁人之前向我描述的一个超乎想象的"守纪律、有秩序的政府"的子民。

　　九点钟时，我们来到一块垂悬半空的大石块，有点像两边开放的岩洞。从石块上滴下的涓涓细流，一定使得这个地方早在我们之前数百年就成了旅人的休憩所。我们便在这里度过这一天酷热的时辰。

　　我们的士兵使用手边能找到的每一样软东西，为我铺了张床。在此同时，贝都因脚夫四散开来工作，捡木柴，煮咖啡，然后才开始张罗午餐正事。

午餐由萨伊德掌厨，用我新买的锅子。它是由一团米饭和红辣椒粉——叫做"碧丝芭丝"——所组成。就在即将大功告成之时，萨伊德将捣碎的烂鲨鱼肉拌进去，这种烂鲨鱼肉使得哈德拉毛的每支骆驼商队闻起来就像队伍中有某个东西死了好一阵子。他拿起一只渗着油的羊皮袋倒油进锅子里，再捡起地上一根小树枝搅拌，最后装满我的盘子，由士兵送给坐在隐蔽岩架上的我，而士兵和四名贝都因人则蹲在地上以手指从锅子里抓饭吃。

我们就在这里休息到午后两点钟。荫凉处十分舒服，而且我们不需要一直追着阴影移动。在阴影覆盖处以外的地方，就沿着我们来时的路，有一片平坦的石板地夹在两片高耸的岩石间，在太阳下闪闪发光，就像一条通往神殿的大道。萨利姆此时人就出现在那儿，他正把驴子从水塘边带回来。芦笛手萨伊德二世仰卧在一块岩石上，手里握着短刀，看得忘我出神，那是他今生的骄傲。一名脱了队的贝都因人，一个留胡子的高个儿，他之前和我们不期而遇，头晕目眩地说他头痛；现在他躺在另一块岩石上，眼睛上覆盖着一条沾了古龙水的精梳棉毛巾。至于黑奴则正在一角拿几粒包谷哄我们那四只倒霉的鸡。我们的旅程一开始虽有些意外的小插曲，但它遵循的线路却一成不变；这是意外与规则的互动与激荡，每天的惊奇被身体的需要织入一个恒常不变的生活纹理中，一个世纪又一个世纪，迫使人们走上同样的路径。这的确是在野外旅行的魅力所在；等到人类的交通工具达到尽善尽美的地步，以致物理法则不再能限制我们在陆上、海上或空中的旅行，届时我们将不再与这个地球有贴肤之亲，这种与地球上的动植物、石头合而为一的快感，在同一种律动掌握下物我合一的感觉，将永远不再出现在我们的旅途中。

我们在两点钟重新上路，而萨伊德和萨利姆一边为驴子套鞍，还一边哼着特别为这个时机准备的奇怪小调。"哈巴里，哈巴里，哈巴里特，哈巴里"；歌词里有种单调，但他们以几种不同的调子重复不断地唱着，直到办完事为止；不过，驴子似乎喜欢这小调，耳朵后翻聆听着，等调子停下，它就知道行李都绑妥当了，便会自动自发地上路。有时候他们把歌词改了一下，唱着"哈特，踏特，易达克"，也是不断重复唱。"哈特，踏特，易达克"就是"请别嫌弃收下来吧"的意思，但我想在把行李绑到一头牲口背上时，这样唱给它听实在不太妥当。事实上，是萨伊德自己编出这些歌词，他脑袋里想到什么就唱什么。他做饭时习惯坐下，并以低沉、专注又快速的声音唱歌给自己听，像极了天主教神父连珠炮似的快速念诵弥撒经文。

离开了我们的营地后，我们在两点半来到鲁拜布，这是个穷乡僻壤，却是几条干谷会合的开阔地。来自左边的两条干谷名叫贝纳沙和莱亚克，它们通到盖伦莱亚克；在鲁拜布东南方远远在望的是安阿那山，我们从它的外缘绕过胡迪干谷和巴尔克角的谷口之后，就会进入海门干谷荒凉的隘路，沿着这条干谷便可以抵达约耳高原。

范·登·默伦① 和英格拉姆夫妇的队伍都是遵循这条路线，而且绘制了地图，所以在我抵达希巴姆以西的新疆界之前，我不打算采集任何地质标本。我在这里只是复述贝都因人告诉我的话，并没有劳神费事地求证或比较不同的说法。其中一个原因是，我发现我依然很难听懂我的贝都因脚夫在说些什么；虽然他们说着流利的阿拉伯语，但他们会促狭地突然改变发音，并在每个词的词尾加上独特的浓浊爆裂音，仿佛后头存在一股能量。当你第一次听到这种念法时，会发现这比特定的独门念法（像把 j 念成 y）难懂得多，因为后者可以很快辨识出来。

当我们从开阔地走入四周环绕崖壁且寂静无声的海门干谷时，在我们面前出现了一些废墟和扭曲地面，它们记录了地表饱受风吹雨打的历史。悬崖的上半壁陡峭且割痕累累，被风切割成一条条横向凹槽，宛如剧院包厢，我们可以想象史前人类从凹槽中观赏着这里扮演的风风雨雨戏码；日光、风、雨、太阳和霜的演出，对象是禁锢在地壳下的蠢蠢欲动的力量。陡峭的坡壁上覆盖着一层树木，准备在雨季来临时复苏重生。这些树木有许多品种，鹨鸪、小乌鸦和黄鹂鸽出没其间。夏天当溪水流过河床上的白石，而坡壁上一片绿意盎然的时候，这片禁锢在崖壁之间的谷地看起来一定像个乐园；但是眼前这片光秃

---

① 请参见他的著作《哈德拉毛：揭开它的部分神秘》(*Hadhramaut: Some of its Mysteries Unveiled*)。

秃的景象令人震慑。人在其中显得微不足道，光着脚板排成一线在寂静崖壁间迂回穿梭。驴子的脚蹄时而失足，时而喀哒喀哒作响，任何一小丛棕榈树绿洲或一小片玉米田都会让人产生久旱逢甘霖的快慰，也让人突然明白这整片土地荒无人烟的程度如何之大。

那天并没有出现这样的绿洲。我们沿着未开垦过的孤寂谷地行走，直到三点二十分来到一处叫做哈拉夫的地方。在这处像圆形竞技场、四周环绕平滑崖壁的地方，干谷转向，步道上升到更加开阔的地方，并爬升到一处叫做拉赫巴的地区。我们沿着河床西岸行进，踏过从崖壁剥落下来的古老的碎石岩屑；这些干谷虽然荒凉壮丽，却只是垃圾堆及约耳高原的出口罢了。在约耳高原上，数个世纪不断的夏季暴风正在切割新的山脉，切割下来的垃圾物质则倾倒在这些谷地里。暴风雨还侵蚀石灰岩崖壁，在沙岩山脚洒满雨水。在这些造化鬼斧神工的地区旅行的骆驼商队，有可能被突如其来的山洪冲走，山洪会将沟谷注满水，而将人和牲畜冲得不见踪影。

两旁小山谷里依然生长着一些香料，人们会把香料带下去马卡拉贩售。不过，在我们行走的交通要道上却不见香料的芳踪。我们周遭生长着其他许多植物：洋槐；一种叶小而黑的矮树"胡末"；像金链花科的"阿夏里克"；我在亚丁见过的、树干红色的"阿布"；像橄榄树、当骆驼秣料的"萨拉克"；"道拉阿达比"，也就是"沙漠玫瑰"；开着黄花、给骆驼吃的"朱比德"；"卡勒斯法"；"喀塔拉"；一种颇像洋槐的植物"喀拉德"，当我们向上爬升到约耳高原时，一路上越来越常出现。一种无味无臭、像薰衣草的植物"阔海勒"；还有一种当地人叫做"朱大"的灌木，叶子黏答答的，且十分光亮，仿佛涂上亮光漆般，没有动物会吃它。在这里我也第一次看到一种奇怪的沙岩岩块，里头镶嵌着一粒粒像铁一般的铁锈色岩石，边缘十分坚硬，无法和周围质地松软的石材紧密接合。到约耳高原的一路上，我发现越来越多的这种岩块。

在这期间我们只遇上一队下山的骆驼商队。一路上蹦蹦跳跳的小穆罕默德现在已经疲倦，却仍拒绝我让他骑我驴子的邀请：我下驴来让他骑，他对我的好意会一笑接纳，但才过了大约十分钟，他又下驴，说他休息够了，要我放心。谷底现在是下坡而且地势逐渐开阔，伙同干涸的溪流就躺在我们右边底下的深处。谷壁好像被人用巨大的刨子刨光磨平过，谷壁上方露出多云的暮空，我们背后则出现一片三角锥丘陵。四点四十五分，在一处陡峭荒凉、遍布大如屋之巨石的山坳里，我们卸下驴背上的行李，开始搭帐篷。

这个地方叫做拉希，很明显经常有人在这儿扎营，四处散布前人留下的营火灰烬。士兵把我的床铺在一块岩石的背风面，而当晚餐准备好时，我加入他们，围绕营火坐下，打破了士兵对欧洲人的传统看法。他们用一口麻袋铺在一块最平滑的石头上，欢迎我加入他们，并用我的名字芙瑞雅称呼我——之后他们便一路这样叫我，直到旅程尽头。然后，他们才告诉我基督徒很"骄傲"，他们很显然对这点一直耿耿于怀。

"我们升起营火，"萨伊德说，"但他们看不上眼，想要自己单独开一个炉灶来做饭，还叫我们坐得离他们远远的。他们骄傲得很，甚至坚持要骑马走在前头，我们这些乡巴佬只能跟在后头。"

我尽力抚平他们的伤口，而和我过去经常感受到的一样，我感觉当一天工作完毕，在晚上和同伴围绕营火坐下聊开来，是保持关系融洽、维系友谊的不二法门。我从不曾和贝都因脚夫发生任何不愉快的事，我在他们身上只找到友谊和要把我伺候得服服帖帖的热心。我将这善缘主要归因于我们共进晚餐的事实，另外就是除了那气冲冲的贴身护卫之外（只有他一人有这样的感觉），我没带其他专用的仆人。

当夜幕已低垂时，我们听到另一支商队的骆驼踩踏石头所发出的叮叮当当声。我们默不作声，希望他们和我们错身而过，很自然怀疑夜里来者不善。然而，他们在我们露宿的岩石转过弯来，叫着"呀—哈呀！"来和我们打招呼，还向我们借了烙铁去煮饭。他们比我们会享受，携带了"桑"（大盘子）来盛饭，还有挂在铁架上的马口铁餐具，不像我们得用手从饭锅里舀饭吃。不过他们是打垦殖区来的乡下人，行李比我们少多了。他们当中一名身强体壮、五官粗大的年轻小伙子很快走上前来，和我们一起围着营火坐下来聊天。他把一条白色羊毛围巾当头巾，上头绑着"哈尔马勒"树枝遮阳。他是个活宝，五官鲜明，一副无忧无虑的模样，逗得我们笑个不停。没多久我爬上床，从我的床上可以看见这伙人围着余烬闲适自在地蹲着，明灭扑朔的余火由下往上照得他们的脸时亮时暗。驴子幽暗耐性的身影一半隐藏在它们身后的阴影中；它们背后耸立高插着黑压压的岩石，头顶上则映照出一条条火光。我想起童年插画版童话书中阿里巴巴岩穴洞口的图片，想着想着便睡着了。

第八章
塞班峰的贝都因人

有时在客栈中除了发霉的面包外，什么都找不着，却仍不改其乐，任何可以如此旅行而仍感舒适惬意者，他将发现在也门旅行实是一大乐事，正和我在当地所感受到的一般。

——尼布尔，《游记》

第二天一整天我们都沿着海门干谷前进，并且持续爬升。

我在凌晨四点醒过来，量一量气温，七十四度（二十三摄氏度），是一个舒服多云的早晨。

我们在六点钟出发，沿着干谷的左侧行进，遇上了窝在岩石间睡觉的骆驼。骆驼走得比驴子还慢，租金稍微便宜一点，驴子六天的脚程，骆驼要走上八天，从摄影师的观点来看，驴子比较受青睐，因为你可以很快地上下驴背。这些骆驼四散在路上，骆驼主人除了网住扎起来的头发的发网之外，全身几乎一丝不挂；当我问他们这些骆驼会不会咬人时，他们晃过来，觉得很好笑。其中一名小男生弯下腰，抱住骆驼咯咯作响的脖子，我则赶紧走过去，一边做出像希腊饰带上浮雕人物的动作，一个既洒脱又协调的手势。

在这之后，我们来到第一座村落，扎明喀比尔，这村落大概有十五间房子，横陈在沟谷开口的谷地里。房子四周环绕着香蕉树、棕榈树和小米田。所有这些海门干谷的村庄都是贫穷落后小镇，并且隶属于巴赫布里地区的各独立"苏丹"。乡村和乡村之间隔着长条荒地。我们经过扎明沙吉尔的几间土厝，接着爬上崎岖不平、乱石累累的坡路"巴达的阿卡巴"来到马匹马。从这里开始，谷地隆起成一个高原盆地，周围环绕着被雨水冲蚀得秃了顶的山峦，山顶上躺卧着白云和阳光。我们左手边一个围有城垛、叫做扎雅达的土村，映入了眼帘。村子前面矗立着棕榈树、酸橙树和枝叶高张如伞的有刺酸枣——又叫"内布克"，拉丁学名为 Zizyphus Spina Christi[①]。有刺酸枣树是哈德拉毛地区仅次于棕榈树最有用的树木。它不需要灌溉，能够在较干燥的地方生长，内含粉末的苹果色浆果能提供贝都因人天然的食物，叶片、嫩枝能当做山羊的秣料粮草，树干还是城里所有雕梁画栋和雕花木门的好原料。

走过底下那些几成垂直的山隘之后，我走到这里，很高兴看到平底谷地的豁然开朗，以及周遭山峦与一般丘陵无异的正常坡度。

---

① Zizyphus 为酸枣，而 Spina Christi 则为耶稣基督受难时头上戴的荆棘冠，这是用来比喻酸枣枝上的刺。

所有未曾见过的植物和灌木开始出现。在灌木上开着舌状红花、大约四英尺高的"马大布";开紫花的"艾布布";开菜籽般红色小花的"朵拉";"古利拉";一种黄色的菊科植物"达阿亚";一种叫"胡达姆"的肥胖植物;一种叫"古鲁夫"、汁液可以卖钱的芦荟。还有多刺的叶枕,绽放令人意想不到的小巧玲珑的橘色花朵;蓬乱得像雏菊的黄色"杜外拉",在无水的干地上随处可见。

当我们快步走过冲积地时,贝都因脚夫一起引吭高歌,唱着不具意义的歌词:

"哇—唉—呆哪—呆哪……"

他们把这叫做"马歌奶",说是用来跳舞的;他们以一个下降沉落的音符来收尾,低声细吟,最后在空气的声波中慢慢消散,仿佛歌声比音波沉重。

他们很高兴我愿意成为他们讴歌的对象,于是很快地唱起了一首"栽马"。这是男人的歌,萨伊德解释说:"因为它教我们不惧怕死亡。"它的拍子较快,先是三个一重一轻的音节,接着是两个一重一轻的音节,最后才是一个重轻轻的音节。他们以急促的窄步配合歌声的节拍跑动。我们的一把枪也举了起来。一旁驴子显然早习惯这样的嬉耍,于是竖起了耳朵,开始自动自发地快步走动,行李咯哒哒哒地响。准备成为盘中餐的四只小公鸡中的一只,想扯开嗓门啼一啼,却无力绝望地啼不出声音。它们一路上两脚朝天地被绑在一摞行李顶上,旁边就是饭锅和水壶,当它们看着身边的世界颠簸摇晃地和自己错身而过时，只能无奈地将小眼睛睁了又闭、闭了又睁。看到它们这幅悲惨的模样，我很想在它们郁郁而终前，就看到它们被宰杀烹煮来吃。

现在十点钟，我们再次看到干谷在眼前收束紧缩起来。一座村子的封建塔尖"海门"兀自矗立在谷口上方一座丘陵上，塔底鲜少耕地，而当你从西南方接近时，会看到许多洋槐树。

我很惊讶，旅人在游记中对洋槐树着墨不多。它体现了荒野精神，朴素无华得如此细致，纤细却又不失优雅。它波浪状的树干摇曳得如此轻盈，水平舒展的树枝和扎根抓地的石灰岩水平地面，恰恰形成此一动彼一静的对照。它是一种轻柔的洋槐（金合欢属阿拉伯胶树），有黑色的豆荚和长得比叶子还长的刺。在它们纠结成一团的尖刺底下是柔软淡绿的叶片，而它香味扑鼻的黄色花球，就像唐怀瑟朝圣杖 ① 上的花那样令人惊讶。它弱不禁风的优雅轻盈，就像日本盆栽般，线条简单利落又不失装饰性，和背景中乱石嶙峋的粗犷笨重形成强烈对比。我不知道究竟是它扭曲的树干撑起它被风吹平的枝叶华盖，抑或是这样的对照；我只知道洋槐树就像一名奔放在荒凉峡道中的婆

①　唐怀瑟，十三世纪德国抒情诗人，后成为一段普世流传的传奇中的英雄人物。话说唐怀瑟受维纳斯宫廷的诱惑，生活极尽奢华，但很快悔恨交加，并决定到罗马朝圣以求赦免。然而，教皇告诉他，就像他的朝圣杖不可能再长出叶片，他的罪永远不可能被赦免。唐怀瑟只好绝望地回到维纳斯宫廷。不久后，他丢弃的手杖长出了绿叶，于是教皇派使者找回唐怀瑟，但他却再也不见踪影。许多作家将这段传奇加以编写，其中最有名的就是瓦格纳一八四五年完成的歌剧《唐怀瑟》。

娑舞者，就在你峰回路转的当下，突然着了魔般的静止不动。

当我们骑驴经过海门时，看到了许多洋槐树。我们从山丘底下经过一段被人遗忘的低矮城墙，来到了干谷谷底。然后，我们在一些山洞里水色如翡翠的水塘边扎营，山洞短浅，经常有风灌进来，并不是很理想的荫蔽处。洞里的石灰岩地面皱褶得如东施效颦般模仿扭曲的树根，而洞里除了被水侵蚀的岩石所反射的强光外，并没有什么要小心的。然而，一些村民注意到我们而走下来围成一圈。我们的士兵借着把我的辣椒饭移到另一个山洞，设法使我无法打入他们的小圈子。他对那些不庄重矜持的女人，表现出一种维多利亚式的不敢苟同，而我偏偏认为庄重矜持既沉闷无聊又窒碍难行。此外，他还是个笨头笨脑的人，一旦脑袋里出现任何想法，便牢牢抓住不放，秉持那种脑海里不是每天都会冒出新点子的人的韧性。他其中一个想法是，此次远征大大小小的事都由他一手来安排。我和四名贝都因脚夫都不受这种一厢情愿的想法的影响，下午我们两方的默契便互相揭示，而场面令人啼笑皆非。我们沿着一条崎岖不平的羊肠小径走，这条小径紧贴谷壁，时上时下，忽高忽低。萨伊德在我和驴子旁边走边聊，一旦看到前面路面崎岖难行时便伸出手紧紧将我按压在驴鞍上，直到我安然走过为止。我自己倒不会迫切期待这样的帮助；他每按压一下，我的裙子上就多出一幅靛青色的五爪印。但是当时我们正起劲地谈论上一次穆尔西迪战争的历史经过，萨伊德的好意是一个心不在焉的人的反射动作，他会伸手按住一只瓷盒，或任何若从驴背滚落到石头路上就会损坏的东西。走着走着，护卫突然间走上前来一把拨开萨伊德的手，说男女授受不亲，不可以乱摸淑女。萨伊德茫然不解地望着他，但他还是继续前进，像小女生般扭动洋红短裙下细瘦的臀部。萨伊德看着我，我笑一笑，他笑一笑，在不发一语中达成协议：且将我们的士兵送进他的归宿笨伯候判所"林波"① 吧。然后，我们继续谈论像部落战争这样的正经事。

　　萨伊德告诉我，穆尔西迪部族的祖先是穆尔巴·阿布达拉·班海姆和穆罕默德·巴·萨利姆·贝格狄姆。他们的发祥地在塞班峰的悬崖峭壁上，他们的后代子孙今天依然拥有这块地方。多安的巴苏拉部族有同样的血统，而这些是马卡拉政府唯一不会从其中掳掠人质的部族，因为他们出了名的忠贞不贰。他们和马卡拉东北方的胡穆姆族有血缘关系。八年前他们和胡穆姆族大动干戈，当时有五百名胡穆姆族人袭击三百名穆尔西迪族人，在塞班峰上留下七十具死尸（这些战争中的死亡人数因说故事人选边的不同而异）。希赫尔的艾德勒斯出面为胡穆姆族调停，而招待我们主人蒂勒的曼萨伯则出面为穆尔西迪族人调停——然而他并非穆尔西迪族名正言顺的曼萨伯。真正的曼萨伯住在北边的埃萨尔干谷，当时这里正和邻近的部落交战。

　　我们的芦笛手萨伊德二世刚刚和他们打完仗回来。此时，

---

① 　林波（limbo），地狱的第一层，在但丁《神曲》里，是异教徒死后灵魂所居之地。

他就像往常的习惯那样在小径旁边的岩块间爬上爬下，并不时插嘴进来。我问他是否达成了和平协定。

"没有，"他说，"我们两边都感到害怕。但是没区别，我们还是能安然无恙地做买卖。"

他抽出庐笛，扯开嗓门，高声唱起"唉—呆哪"，于是他们全跟着他扬声高歌，乐音像钟响、似风声，似乎是属于岩石与溪流的天籁。

但萨伊德是个真正的诗人，他知道哪种场合下唱哪种题材最合适。他以低沉音调、短促颤抖的音符，对着他的外甥唱起"卡西达"①，如此严肃认真，如此辩才无碍，以致我一开始以为他唱的是攸关钱财的事或家庭纠纷。因为有时候我坐在欧洲小城的板凳上，听着谈话流水般从耳际流过，除非扯到钱的问题，否则我几乎不曾听闻这么严肃认真的语调。所以当我问萨伊德他唱的是什么，而他回答说是诗时，我感到又惊又喜；而当他开始为我唱歌时，我又遗憾听不懂他的歌词。问他歌词的意义为何也没有用，因为他只会说"是诗"，然后又一头栽入他的诗歌，一手摸着我驴子的鬃毛，另一只手悬在半空中。他西班牙犬似褐色眼睛里满是喜悦，蓬松的鬈发则娴雅地在颈背卷成一绺发球，这家庭主妇般的发型和他小而结实的赤裸的上半身，恰成极为有趣的对比。

---

① 卡西达，一种阿拉伯诗歌形式，包括六十到一百句诗词，用单一节奏吟诵。

我们在一点十五分离开海门，整个下午沿着一条同样叫海门的干谷行进，只有在行经一处叫做安克登的坍方时，才在左手边路过一间土厝。这坍方是一处荒凉的地方，但一旦我们爬上坍方上头的"阿卡巴"（斜坡）时，上海门顷刻间变得美丽而具野性，狭窄的谷地里出现越来越多的树木和体积更大的石头。

小径高拔而开敞，沟谷再次在我们面前收束紧缩起来，而将我们闭锁在岩壁当中。岩壁茂盛的绿意，造就一种诗情画意的风景，通常只能在画中看到。这里没有房子，几个怯生生的人穴居在沟谷中随处可见的山洞里。在这里拦路强盗要发动攻击是如此容易，而要察觉强盗行踪却又如此困难，旅人路过此地不会被洗劫，足见当地政府之大有为。我们的沟谷向左转，树越长越高，绿油油的灌木丛越积越厚。饱受风吹雨打又被风刻蚀出罗纹图案的岩壁，一旦越来越逼近我们，敧出的岩层就显得更为狰狞。我们只碰上一队从多安的胡赖拜出发要往印度去的旅人，另外在一个转弯处遇上两个苗条的贝都因小女孩，她们跑上前来和芦笛手打招呼，原来是他的妹妹。

我们一直都在爬坡，天气则始终多云。他们说进入约耳高原晴朗无云的气候带之前，通常都是这样的天气。我们现在非常接近约耳高原了；干谷的两边越来越低浅。我们越往前走，空气越干燥，植物一种接一种消失，直到最后我们来到开阔的谷肩，从这里开始这片乱石累累的地块朝大海缓缓下沉。时间将近五点钟，暗云蔽日，天空呈现沼泽般的黄褐色，在我们的右手边就是塞班峰，但现在笼罩在氤氲的雾气中。

"山峰哪，山峰哪——"他们对我大喊，因为他们对这座山——他们祖宗的故乡——抱有异教徒泛神与神话的看法，正如希腊人觉得一草、一树、一山、一石皆有灵。

我们现在真的身处穆尔西迪地区的中心了。我们左转稍往下走到海西，在这儿，开阔的浅干谷口有些田地和几间土厝，我们今晚将在此打尖过夜。

萨利姆和萨伊德二世跑去拿草绳。我们沿着可通航的河床（现在是干的）前进，干河床就像一条铺着石板、两边有树木夹道的林荫大道。这里的树大多是"喀拉德"，有点像洋槐树，但更加粗壮，树皮有皱褶，生长在裸露与地势较高的地方。田地四周围着大石块或荆棘，当洪水从约耳高原涌现，进而灌进干谷这大漏斗之前，这些石块和荆棘便可用来挡水防洪。洪水不是年年都有，但遇到会做大水的年份，海西的穆尔西迪族人便得匆匆忙忙地播种收割。

开阔地上有几间方形土厝，我们在萨利姆的妹妹米莉安的土厝门前卸下行李。她是一位新婚才一年的少妇，穿着一身黑，本身的肤色是乌木般的深褐色，穿戴着项链、手镯及银质腰带。她正值豆蔻年华，身材苗条，又有一双像她哥哥一样柔和惺忪的眼睛，也就显得标致漂亮。她站在门框中，腰上夹抱着一名瘦弱、不快乐的婴儿，其他妇女则从邻近的土厝里走出来聚集。

在一间土厝的背风面用树叶搭起屋顶，并在地面上以石头围成一个直径约三英尺的圈圈当做炉灶：这叫做"马嘎得"（闲坐处），空地上随处可见这种中央土地隆起的聚会场所。我们围成一圈坐下来，而我的床就放在近旁。我们泡咖啡喝，咖啡是用浆果皮拌姜一起煮的清淡饮料，但不是很能入口，你得在约耳高原冷冽的夜里品尝才会觉得舒畅，而它的温暖滋润了这些身上大部分只涂着靛青染料的人。在海西这里，高地的空气够冷也够湿，足以让咖啡在此大受欢迎。部落的族人，外甥内侄，堂兄表弟，都聚集在一起帮我们，也和我们分享美食。我们一只命运悲惨的小公鸡被宰杀了，就葬身在饭锅里。我们急着快速将它们拿来祭五脏庙，因为它们随时可能死去，而如果不是以安拉之名割断它们的喉管，宰杀它们就成了一桩非法的事。它们已经对世事提不起任何兴趣，当我们的士兵在它们面前洒着小米制的美食时，只是以呆滞的眼光望着远方。就在萨伊德忙着把红辣椒末不断倒进我们的晚餐里的当儿，炉火边聚集了一圈黑压压的人。

村民很友善，彼此都有血缘关系，长得也很像，有着相同的大嘴、高翘的嘴唇、翼状眉毛和长脸。他们蹲着讨论从马卡拉到多安、控制在他们手中这段通商要道的交通。他们谈论着萨伊德二世的法制步枪，以及普通商品的价格。他用三英镑十五先令买了那把步枪，而每个弹匣四便士半，或四塔勒。短刀和刀鞘被视为各自独立的商品，前者十五塔勒（一英镑两先令）、后者三十五塔勒（两英镑十二先令）算是好价钱。萨利姆的刀鞘是漂亮的银制刀鞘，价值三十塔勒，但刀子不是什么好货色，他们估计只值五塔勒。而萨伊德二世的刀鞘虽貌不惊人，里头的锋利快刀却价值三十先令。他抽出刀子，在熊熊的火光中爱不释手地翻转，并且轻轻地在自己垫着厚厚护胸的肋骨上试试利刃的锋芒。我离开一边喃喃低语一边抽烟的他们，在床上躺下来写完日记后入眠。

第二天早上七点十五分，我们出发上路。旭日初升，天气晴朗，温度五十六度（约十三摄氏度）。米莉安的邻居跪在土厝外研磨做面包用的玉米，在一块稍微凹进去的石头上用石杵将玉米捣碎。米莉安站在一旁看着她，腰际抱着瘦弱的婴孩；他以动物般忧伤而智慧的眼神望着我们，突然间转过头去，捏着拳头挥打他妈妈的肚子，仿佛要遗弃这个不快乐的世界和这世间光怪陆离的种种现象。

"呀—伊布尼"（我的儿子呀），米莉安说，感到难为情又骄傲，一边在长袍的皱褶中摸索乳房。婴孩吸着奶，恢复了原来的姿势，在这充满变数的宇宙中至少这个因素是肯定的。他斜眼看了我们一眼，忧伤又腻烦的眼神，因为已经得到所想要的，也无法想象更进一步的事。假如这样的生活不会让人感到腻烦的话，什么才会？

我给米莉安一些我带在身上当做礼物的小东西。他们不会想要钱，她目送我们离去，在旭日中粲然而笑。

"她漂亮又可爱。"我向萨利姆说出我观察的结果，他走在我的驴子旁边。

他以有其妹而荣的神情抬起下巴。

"你什么时候也要结婚？"我判断他大概有十八岁，也该讨老婆了。

"我结过婚了，结过两次，"他说，"我注定是孤鸾命。"

"为什么，发生什么事了？"我问道。

"第一个老婆离我而去。我嫌她饭里放了太多辣椒，她就站起来离家出走了。"他腼腆笑着，仿佛这只是个笑话，因为他知道我对辣椒的感觉。

"那么第二个老婆呢？"

"啊，"萨利姆说，"她不听话。我损失惨重。"他叹了口气补充说道。

究竟这损失是伤他的心还是伤他的荷包，我就不得而知了。但我还是带着敬意望着他，心想他毕竟已经结束两段婚姻，一定不止十八岁了。

第九章
约耳高原

马勒古法斯看到一种并非植物的生命；在那里的树木已经学会了沉默……在轻薄地壳的覆盖下，地球内部搏动跳跃着。

——《星辰之蛇》

约耳高原经常被旅人贬为一片单调无聊的荒野，一个冷热都令人难以忍受的高原，食物缺乏，饮水几乎不存在，一个生活艰困、不适合人居住、地势平坦、面积辽阔的荒野。

对我而言却非如此。约耳高原大得吓人，也大得迷人；它的大不仅是空间的辽阔，也是时间的亘古。当我们爬到它沐浴在日光下的高度时，人文世界便消失无踪了。在这里动工的只有大自然，造化以千年为单位刻画着地理景观，大自然时间的深渊以岩石的层层刻痕呈现出来。在这片高原上，我们踩着远古的海底。它曾经被举起、下沉、也许又被举起，这样上上下下几回合呢？它的贝类早在人类诞生前就躺卧在原始无人迹的海洋底下。它们被举起七千多英尺得以见天日。昔日海底已经硬化为石灰岩；现在以波浪起伏的地势向南向北延伸，乱石累累的地面在阳光下闪闪发光。造物主这位巧匠正在它被举起的地质上精雕细琢。数千年来的雕琢切割出塞班峰天然的垂直扶壁，一个挨着一个，规律地就像跨坐在分水岭上的沃邦^①要塞的翼壁。在扶壁底下，目力所及处以外，环绕着它们的是造物主计划中的未来山脉。他凿子首先动刀的地方，将成为未来的山坡和山谷，但现在以岗峦的形式存在，它们平坦相似的岗顶依然看得出远古时期海平面的痕迹，尚未凿宽的峡沟，由上往下望去，昏暗不见天日，仿佛是从高原底部挖出的土牢。

在这里，低浅的汇水盆地汇聚了倾盆降下的大雨。雨水打着漩涡，想找到最脆弱的漏洞突破重围，以与日俱增的水量侵蚀底下危险的峡沟。峡沟在这里只是小而陡的漩涡坑，是让洪水涌进来的漏斗头。就像低浅的圆形竞技场，这里的地面和谷口连成一片，而层次的规律如此奇特，看起来就像用石头松松垮垮砌起来的石墙基座。但它们并不真的松松垮垮堆着；尽管它们被风切割、吹蚀得状似各自独立的大石块，你会发现它们固定不动地牢砌在那里，虽然年代久远，依然保持长方形的棱角，属于山核的一部分。只有走过崎岖不平的地表、走入深邃亘古的骆驼商队，才硬是踩踏出一条光溜平滑的石子路。就在

---

① 沃邦（1663—1707），法国元帅，军事工程师，领导过五十三个要塞的围攻战役，著有《论要塞的攻击与防御》等书。

这千磨万踩得平滑光亮的岩石上，历来不知名的阿拉伯人刻镂着他们的名字。

在这个空旷的高度上，地球原始的力量与日俱增，想拿人类年岁的尺规来计算时间不啻荒谬绝伦。人类代代相传，转瞬即逝，不比这里矮小的植物更能久驻长存。人类留下的痕迹，不过是一只苍蝇落脚在正忙碌工作的工匠稳稳的手上而留下的蛛丝细痕。和约耳高原缓缓的抬升相较，人类的起源和历史便显得几乎微不足观。只有天不怕地不怕的贝都因人，能走过这片高原而不会感到心情沉重。他们衣不蔽体又无忧无虑，好似"提图斯凯旋门底下的蝴蝶"[①]，他们知悉这高原稀少的草原，热爱它只应天上有的自由。

我们从海西朝着这壮观却不毛的高原持续爬升，回头眺望，越过底下的低浅盆地，更远处是往海门的下坡路，以及昨天一路包夹我们的断陷谷。当我们向上爬升时，右前方越来越靠近我们的是高达两千一百五十公尺的塞班峰的扶壁状山壁，其中六片山壁从垂直线突出，略带红色，平顶。等到更接近时，眼前则耸立迈塔尔山或叫做阿姆塔尔的一大块类似岩壁部分，就像一栋建筑物独立出来的外围建筑，被一道隙缝和断崖的主结构分隔开来。我们的羊肠小径就在两者之间蜿蜒曲折，绕过一些漏斗状小洞。这些洞标示出特温尼和哈赖姆干谷的开端。我

---

① 罗马的提图斯凯旋门是为了纪念罗马皇帝狄度在公元七十年敉平犹太人的叛乱，征服耶路撒冷及其神殿而兴建的，留存至今。蝴蝶比喻大自然里人类的渺小。

们经过为数不多、弯腰驼背、树干敧曲的洋槐树，直至来到像埃及神殿大门的两片崖面面面相觑的地方。

在这里，我们怀着原始的敬畏之情，进入这块土地上最高的峡沟，发现累累乱石间的荫庇处又出现树木和绿意盎然的岩壁。贝都因人在当地自然神教信仰的驱使下，建立了一座神庙，也是他们祖先阿姆塔尔德谢赫的坟茔。深谷中的墓园围起了刷上灰泥的墙壁，贫瘠的土地中有一座圆冢，其上有穹隆顶。在拉贾布月的十三、十四日，穆尔西迪族人和他们的亲戚便聚集在一起烤羊肉，晚上就地就寝，睡得满坑满谷。他们的火堆余烬现在还历历在目。一两年前赫尔弗里兹博士在祭祖之日路过此地，但是他心事重重，还说贝都因人蠢蠢欲动，想谋害他性命。至于我，由于贝都因人几乎不曾想加害于我，我倒很遗憾我们不能在这里歇脚停留，自己也升一团营火，共襄敬拜部族之祖的盛举。我告诉萨伊德说，假如我们有幸能碰上刚好对的日子旧地重游的话，我愿意提供俎豆祭祀之用的羊只。

在峡沟舒服怡人的凉爽中，我跳下驴骑徒步行走。没多久我听到身后响起枪声，也看见我们的芦笛手在石块间跳跃奔走，钶足全力像一只要衔回猎物的拾獴。贝都因人跑起来有点内八，快虽快，却不甚雅观，至于他们其他的动作，和英国年轻人率性标准的动作相比，则丝毫不遑多让。我想他们赤脚走路，生怕踩到尖石，自然走起路来小心翼翼，跑步起来两腿轻微猫腿般向内侧弯。萨伊德二世跑得飞快，而萨伊德自己则满面春风，手里握着枪告诉我，他射中了一只"哇靶耳"。假如芦笛手能在它倒毙前抓到它，并以安拉之名割断它喉管的话，我们中午就可以加菜了。

我们的士兵满脸嫌恶又愕然的神情。"哇靶耳不是给人吃的。"他说。

"这不犯法吧？"我问道。

"当然不犯法，"萨伊德说，"别人不吃，我们贝都因人吃。它只吃草。"

这只小野兽现在现形了，悬吊在萨伊德二世手上，喉管被切开两次，一次是遭子弹射穿，另一次是以宗教之名行的宰礼。在我孤陋寡闻的印象中，它似乎是披着鼠皮的土拨鼠，毛皮比我在美国皮德蒙特①山麓所看到的、在石头上吹着口哨的土拨鼠还要柔软，颜色也较灰，当地的山地人也吃这种动物。后来我才发现那是藏身在岩石中的鼠兔。我觉得，拿它来当午餐，无论如何总比吃那恶心的鲨鱼肉要开胃吧。萨伊德承诺要把它的头风干，帮我留下来当标本。他能以枪射中一百多码外这么小的一只野兽，很有理由为自己百步穿杨的神准自豪。我建议他何不赋诗一首以资纪念，但他表示不擅长赋诗吟咏，所以我们还是随意聊天，并从各方面切磋琢磨《哇靶耳之死有感》这首诗，直到走出峡沟，转向西走上约耳高原沐浴在阳光下的原顶。这里的土地被风吹刮得十分坚硬，而地势如此之高，以致天空近得仿佛举手可及，也似乎以双臂环抱着

---

① 皮德蒙特，在美国东部，阿帕拉契山脉之东。

高原。

　　在这片不适合人居、面积辽阔的方形土地上，每隔一段距离便能看到只有一个房间的土厝；土厝旁凿有未围井栏的地下蓄水池，地面便利用倾斜度顺势将雨水导入蓄水池中。这些土厝因它们立方体的形状被叫做"木拉巴阿斯"，并且标示出约耳高原上的里程。十一点十五分，我们抵达位于拜恩耶布来恩（意为"双丘之间"）的木拉巴，并就地顶着太阳歇脚休息，因为没有树能在这么高海拔的地方生长。空气新鲜稀薄，热浪穿透空气扑来；我们正在分水岭上。北方的一切（由于我们向西行，所以北方是在右手边）汇聚成胡瓦伊尔干谷；而在南方，哈赖姆和特温尼干谷从我们的底下经过。沿着我们爬升的路线，在安阿那山的东南方，就是其他在左手边的干谷，它们会向西南行走汇聚成哈贾尔干谷，这条干谷乃是从海边迦拿往舍卜沃采行的路线。我们可以看到在南边的阿盖巴尔山，将我们和马卡拉及海岸隔开，还有在遥远西南方、哈贾尔上面的纳格什穆哈马德。有"诸色之后"之称的白光照耀在这一切之上；像铅笔素描般的阴影勾勒出在广大寂静中逐渐下况而消失不见的沟谷，没有鸟鸣，没有兽吼；大地和骄阳拥抱，而远方静止不动的层积云像石柱般矗立在看不见的海面上，只有白光能居高临下地俯视这一切。

　　和着饭一起煮的哇靶耳，结果肉质又老又硬，根本说不出是什么味道。我们一边休息一边慢慢消化，直到两点三十五分才出发上路，沿着分水岭前进。

将近三个小时，我们沿着约耳高原的平坦背脊骑驴前进。在这里生长着新的植物，以及高原下就出现过的鲜艳的亮绿色"左拉尔"和无所不在的"杜外拉"。此外，还有他们拿来外销的"萨布尔"（芦荟）、"凯达哈"、"古利特"、"示格勒"、叶子拿来当药煎煮的"拉"，以及一种叫做"得尼"的圆形灌木。"得尼"这种植物看起来仿佛原来打算投胎当仙人掌却临时决定生为荆棘般，它的树干分泌一种乳白色树脂，贝都因人便用这种树脂黏合草鞋鞋底。在地势较低处，它每条枝桠的末端都会长出放射星状的小树叶，但在高地则只呈现出纠结成一团的枝条，核心是浅灰色和深灰色。它的美是化石的美，是珊瑚的美，美得让人想起海底就在眼前；事实上，我们正踩在远古的海底上。几株枝干扭曲的"卡达哈"树依然在这里屹立不摇，但这里没有给它们足够的遮蔽，因为我们正踏在一大片空旷地上，从我们眼前布满小石粒的平地一直到远在天边的印度，两者间可说是一无所有。我们在一无障碍的自由自在中愉快地骑驴前进。

　　"在这里，地灵幻化为一头雄狮；自由自在意味着在它自身的荒凉空无中拥有并君临一切。"

　　"为什么在地灵中需要有雄狮？弃绝世俗、畏神敬天、吃苦耐劳的驮兽难道就不够神勇吗？"

　　"为自身创造自由，以从事新创造，这事工只有万兽之王有能耐达成。妄自接下僭越造次的权利，是忍辱负重、畏神敬天的灵魂最可怕的非分之想。"

琐罗亚斯德①如是说，而也许在他的语录中可以找到荒凉空无的秘密。因为它让我们得以暂时用孤绝的超然来正视我们的宇宙；好整以暇地权衡我们的价值，在几乎是永恒的事物面前重新评断这些价值。扬弃某些价值，有些则据为己有。不论我们权衡的结果为何，它不可能卑贱低劣，因此我们得以在时间老人雄伟可见的目光下重生；而当我们重回芸芸众生的人世间时，我们的步伐便会更为坚定踏实。

在我们的左右，干谷开口突如其来的漩涡下降并流干成为看不见的谷地。约耳高原坚硬的鹅卵石在驴蹄下叮叮当当作响。驴子也自动自发地放步疾行；也许有一丝雄狮的精神也潜入它们的灵魂中，因为它们把背上的行李摇晃得叮当作响，并且又是彼此嗅闻脚后跟，又是甩耳朵。至于畏神敬天的灵魂，首先，没有一头驴子与生俱有这种灵魂，但它们把自己的沉思默想埋藏在心里，而假如你把什么都藏在心中的话，那么你爱怎么想就悉听尊便，不必去在乎周遭世界的想法了。我就如此这般默想着，一边看着苏韦迪厚实短小的脖子与肩膀在我和我的行李底下一上一下地晃动，也许他其实就是雄狮中的一头，只是没有人知道罢了。

我身后的贝都因人与士兵此刻正高声合唱着一首军歌。他们手握武器轻快疾行，其中两人唱半句，另外两人则以雄壮

---

① 琐罗亚斯德，古波斯琐罗亚斯德教（祆教）创始人，据说二十岁起弃家隐修，后对波斯的多神教进行改革，创立了此教。

短促的喉音接下去唱完。他们一而再、再而三反复唱着，此起彼落地唱和着，一路上唱个不停。过了一会儿，我开始计算，结果在他们以嘶吼声结束之前，一来一往间居然重复唱了一百三十次之多。不过，昨夜在拉希加入我们而现在迎头赶上的农夫则不曾开口唱歌；他说他是个阿拉伯人，不是贝都因人。

时间便如此流逝，很快我们在路上又碰上了其他插曲。几个模样阔绰的城里人跨坐在绣花行李上，肩裹披肩，头上圈着头巾，前面有一两名黑奴兵开路，正经历从哈德拉毛内地到新加坡或巴达维亚①漫漫长路的第一阶段路程。我的护卫和这些黑奴兵见面时互相亲吻致意，步枪握在背后。我们从这些人口中得知，萨目部族那天早上抢了一名旅人的驴子和枪支，而我们即将进入这部族所在的约耳高原地区。目前穆尔西迪族和萨目族之间关系友善良好，所以我们的驴子安全无虞，但有个人隶属一个敌对的部族，而且萨伊德说："萨目大有权利洗劫一空。"这个人应该花钱请部族里的"萨安拉"（镳师）护送，就可以安全无恙。

我们的士兵不以为然；他对常设政府深信不疑，还开导了我们一顿，而这番话听起来就像日内瓦制定的公约。正因为如此，贝都因人洗耳恭听却面无表情，我注意到他们现在比方才更加提高警觉了。但是在这片辽阔宽广的土地上，我们看不到人迹，只有一名折取荆棘的妇人。我们转向北行进，头上是寒

---

① 巴达维亚，即今印尼雅加达。

冷清澈、挂着一抹斜阳、散布丝丝霞光云彩的天空，从被霞光照得通红的下陷地望过去是马塔纳的土厝，这也是我们今夜要打尖过夜的地方。向更远的地方眺望，一座叫做穆拉山的小丘陵拔地而起，形成一个优美的三角形；在所有细节一览无遗的清爽天气中，前面几株树梢平顶的"喀拉德"树，让这座山看起来像极了富士山。

五点二十分，我们抵达营地。有两栋茅屋，第三栋已倾圮坍塌，茅屋间有一株发育不良的矮小树木"卡达哈"，这就是一座家园了。等我们生起营火，一名面带笑容的男孩不知从什么地方窜了出来，并蹲下身来和我们共享晚餐。没有人招呼他，大家把他的不请自来当做理所当然。

"他从哪里来的？"我问道。

"也许从山洞里钻出来的吧。山谷里住着人。"

他和我们一起坐着吃饭，然后来无影去无踪地又消失在黑暗中。

当晚我们有十个人围绕营火席地而坐，包括从拉希加入的两名旅人。天气很冷，风呼啸刮过石头并卷成旋风将营火吹出烟熏炙我们；但我们头顶上的树叶却没有在风中颤抖，这些叶子如此细小，结构如此密实，如此紧密地贴着它们的茎，以致打从出生来便对这风习以为常了。不过，打赤膊的贝都因人却冷得浑身打哆嗦，只好用破烂的棉布披肩将自己团团包住，披肩里有许多用线绑住的鼓胀突出部分，显示里头藏着烟草、茶或糖。

我披着亚丁的雷克上校好心借给我的一件羊皮外套，口中祝福他一声，然后于心不忍地看着小穆罕默德。他一边拨弄着装盛我们煮沸晚餐的大锅底下的树枝，一边没命地咳嗽，而即使染得一身靛青，看起来还是一副病恹恹的样子。我试着让他穿上我的一件斗篷，但没几分钟他又脱了下来。"一点星星之火可能会烧着它。"他说，又补充说靛青染料能保暖。

从我们认识的第一天起，我便因为送这位年纪虽小却能吃苦耐劳的人一只玩具口哨，而不慎污辱他的人格。在海西时，当我把鞭炮送给贝都因小朋友时，穆罕默德带着一丝大人的大量却优越感十足的微笑看着这些小孩，但是这部族里的大人们却一把将这些闪闪发亮的东西从幼童手中抓过来，在黑暗中把玩着。十岁的穆罕默德已经过了（也或许他还没有到达）玩玩具的年纪。他总是安分地做好分内的工作，并且把驴子的燕麦铺洒在地面的麻布上。这些驴子都是识途老驴，深谙出外旅行之道，它们小心翼翼地吃着，唯恐鼻息不慎将一顿晚餐吹跑了。它们井然有序地在我们散落一地的东西当中进进出出，看着我们吃晚餐。

我们所做的一切都是许多世纪逐渐发展出来的一套仪式中的部分，而仅仅这一套仪式便足以让贝都因人得以熬过生活中的种种艰辛，在心神祥和中旅行。他们以心照不宣且习惯成自然的正式礼貌彼此相待；而我从未看见有人推辞任何小工作、畏苦怕难，或在忙碌一天后等着别人站起来做。你只要想想两个朋友相安无事地一道生活有多么困难，以及旅游书籍里四处充斥、徒然留下许多想象空间的词句"这里就是如此这般，我便离开了"，你就知道贝都因人令人愉快的礼貌值得大书特书，尽管他们一直生活在劳顿与饥饿之极限边缘。带着自家仆人旅行的人如果和贝都因人走在一起，有可能发现他们争吵不休、贪得无厌且难以相处；但几乎所有和他们单独相处的人，无不对他们刮目相看。他们把你当做患难与共、肝胆相照的兄弟看待：他们减轻较为羸弱的异乡人手上的工作，增加他们旅途上的舒适。在过完相对较为舒服的一天之后，你得以坐在所能找到的最好的位子上，看着他们愉快地劳动，尽管旅行途中你骑马，他们步行。这时你会明白，即使荒原旷野社会也存在社会规范与约束、体面生活的规则，就像任何一个人类社会。

我们的行李被放置在背风处，围着火排成半圆形。我们就坐下来背倚行李观看生米煮成熟饭，同时萨伊德以玉米和水做成面团，放在余烬中烧烤。两名年轻人从羊皮囊里倒出食用油涂抹大腿，说经过忙碌的一天后，这么做能让身体充分休息。就在这个当儿，萨伊德轻声说道，有人在阴影中走动。萨伊德二世的枪放在他身后，靠在鞍袋上，枪上盖了片麻布防潮；说时迟那时快，他转过身去，抹了油的脚一脚一边跨在我袋子的两侧，接着给枪扳上扳机，并像靠在胸墙上那样斜靠在我的鞍袋上。我们的士兵，也就是我们的官派护卫，把他的枪留在棚架里。萨伊德叫他不要动，并要我一如方才继续谈话。什么事都没发生，不再有声音或动静——但稍后我们即将就寝时，发现少了一条缰绳。我们回头去吃晚餐。

萨伊德二世立刻放下他的枪，并且对着我们开始吹奏芦笛。

玉米松饼在余烬中烧烤，被烧得红通通的小树枝跳跃起来，像回光返照似的腾空而起，并扭曲成火红的棒子，然后才落地成灰，或散成火花被风吹走。在这幽暗的光影中，只有男人有红玉髓浮雕装饰的弯刀闪闪发光，而萨伊德二世靛青色手指上的白指甲，在按压芦笛上五个风口时也闪烁着微弱的光芒。他的芦笛是海边的管芦苇做成的，一头是褐色，然后渐渐淡成绿色。这芦笛由于使用频繁而闪闪发光，它似乎在音符中汇聚了永恒空洞的风声。当我离开他们，在黑暗中一路抓着鞍袋摸索着爬上床时，我听到鞍袋中冒出一个声音对我说话。那是"迪阿伊夫"（农夫），多安来的农夫，他正看守着他的财物，急切地想确定我不是强盗。

我必须态度强硬地对待士兵，才能说服他相信，我打算睡在外头，而不打算睡在茅屋里。我告诉他把我的床摆在靠门的地方，而他和其他人可以睡在里面；但他不愿这么做，径自在房脚边躺下来，扁平的黑脸在月光中闪闪发亮。这是稍后的事，因为我离开他们就寝时，他们都围在营火旁聊天讲话。我睡着后又被吵醒，因为他们找到失窃的缰绳，引起一阵喧哗吵闹与争执不休，并且重新提高安全戒备。当晚除了我之外，没有人睡得安稳；而每当我正巧醒来，在月光下眺望我们小小的帐篷时，我总看到一两个兜着披肩的身影在火边打哆嗦守夜。

第十章
约耳高原之夜

在大洪水后存留我们的大地后土，在渐渐干了之后，看哪，就是这娑婆世界。

——《星辰之蛇》

我在凌晨三点醒过来，望着夜空的穹隆凝视了好长一阵子，夜空清澈宛如一口光亮的水井。不知名的鸟，也许是只猫头鹰，在幽暗处吹着哨音；一大片硬朗的月光照着我们这四下满布石头的世界。风依然呼啸着吹拂过寂然不为所动的树木，树叶受风面积小、质地硬，无法望风披靡。北风吹来朵朵白云，从云朵的疾驰飞奔中看得出风神健步如飞的脚步，它卷起如惊涛骇浪般的云层，后者忽明忽灭，并在月光中被吞噬消融。冰冷的空气闪烁着微光，月亮爬得老高，而对面的西边天空则在一条灿烂的星光大道的辉映下显得柔和。那里的天狼星和双子星领导着一列众星尾随于后，与月娘形单影只所在的银白深渊遥相对望。这列群星就像一支行进中的行列，散发难以言喻的可爱；

它们在一片荒无人烟的大地顶上缓步行进，孤芳自赏地夜游。也难怪古老的阿拉伯民族膜拜这些亮丽的天体。在夜游途中，它们仿佛几乎摩挲到约耳高原不毛的地表；而这里是如此接近赤道，它们在地球巨大的圆周上移动，步伐似乎比较快速。霎时间，一大片乌云飞来，遮蔽了群星；乌云罩顶，天空下起绵绵细雨，一路点滴到天明。

接着麻烦来了。在经过一夜的搅扰不安后，每个人又倦又湿。由于喝茶加糖的人比我在马卡拉时所预料得多得多，我的糖已经告罄。萨利姆看不过去我无糖可吃，很快再出现时披肩里裹着一团小球。不幸的是，这糖不是他自己的；它是一路沉默不语的阿哈马德·巴·果尔特的财产。他提出抗议，但没人理会他。他们说没有人会吝于施舍一点糖给一位远道而来的女士，也就是一位客人。事实上，喜欢抓起一把把糖丢进茶壶里的人是他们，而不是我。也许这正是阿哈马德·巴·果尔特心中的感受。一个早上的时间，他都一人踽踽独行；他太过不擅言词，根本没法保卫自己的财产权益。到现在为止，我只听过他说了一句评语，倒是句和蔼可亲的话；每当我靠近他到能听到耳语的距离时，他便摆出一副校长颁发奖状的高姿态，自言自语道："贝都因人喜欢你啊。"我很抱歉强占了他的糖，但我确定他也吃了不少我的糖。喝茶拉近了我们彼此之间的距离，增进了我们的友谊。到了早上六点，气温上升到五十三度（约十一点六摄氏度）。七点半时，我们朝穆拉山的方向往西北前进。

今天早上约耳高原地区呈现出黄褐色，看起来像达特穆尔高原。我们继续看着低谷下沉：从左边依序过来是从古姆拉延伸过来的希顿干谷、土鲁姆威干谷和贝利干谷，以及哈萨和塞赖布。以上这些低谷都下沉汇聚成哈贾尔干谷；在右边从穆拉山延伸过来的希里干谷汇流入胡瓦伊尔干谷，而克努恩干谷、从哈萨延伸过来的布格里特干谷，以及从塞赖布延伸过来的加尔扎比干谷，都一并汇流入埃萨尔干谷。我们将会看见从塞班峰到多安的约耳高原分水岭是如何汇流成四大系统。海门干谷带着哈赖姆干谷及特温尼干谷从马卡拉以东的地方奔流到海；分水岭南麓其余的地方则汇流入哈贾尔干谷；分水岭北麓先是汇流入胡瓦伊尔干谷，直到过了穆拉山后，所有低谷则转汇入埃萨尔干谷，埃萨尔干谷本身则下沉成为多安干谷的北部，接着又形成内陆哈德拉毛干谷。

当我们穿越这些峡谷的谷口时，就像夏日蚂蚁遇上地面坑洞便绕路而行般蜿蜒前进。我们可以看见地面下陷形成干谷的过程，也可说是干谷密集发育成长的过程。干谷的形成就像人世间的俗事般，最先由几乎察觉不出的意外所决定，而这意外在此地就是地表看不出来的下陷。受到地心引力的牵引，雨水聚集在凹陷处，并向下推挤挖掘；水蚀硬土于焉开始。挖掘的方向时而向左时而向右。被拘禁在谷壁间的积水的下钻力道，所到之处无坚不摧，总残暴地切穿地表。于是乎一条干谷诞生，它的行走方向永远地定了（若非永远，至少是一段漫长的岁月）。我们也看到了支撑峡谷下半部的巨石柱是如何形成的。那是顺着被水切开的峡壁涓滴流下的细流的杰作。细流向峡壁里侵蚀，留下突出于两细流间的巨石，便形成了石柱。此地的地貌被水切凿塑形，就像从大理石块雕刻出雕像般，整个雕刻过程就如同一出扮演了亿万年的剧码。我一边骑驴，一边想象一开始是哪种奇怪的海潮把这些物质冲刷在一起，这些物质就像我的思想般，既远在天边又各分东西。它们被从如此遥远的地方辗转运送到这片空无一物、相对来说也了无思想的地方。这些四散的碎屑破片是希腊，或巴比伦，或哥特森林，以及天知道哪个幽暗世界遗留下来的。它们在这里活跃奔放，一如在自己的故乡，仿佛约耳高原是一座雅典娜神庙，或某处人们能静谧沉思的地方。我一路骑驴，一路有看不见的魅影相随相伴，而伴随魅影同行的也许是萨巴人亘古沉思的今日回响，这些沉思在古时想必在这条路径上来回穿梭不息。这个世界太大了，小小的人脑竟能大到足以理解这大千世界，这毋宁非常惊人，也经常让我诧异不已；而也许我们人类的首要之务就是动脑思考。贝都因人像顽石般无意识地活着，他们属于无言无语的大自然；未来操在我们这些有知有觉的人手中，可是明白这一点只是让自己难受罢了。

我们经过了古姆拉的土厝，从这里开始就是"班尼萨穆"（偷驴者）之地。接着我们来到哈萨之地，突然间我人已站在上约耳高原的边缘，远眺着这片平坦的高原，它以肉眼几乎察觉不出来的褶曲向北倾斜，直到视线不能及为止。小蜥蜴在这里到处跑窜，它们有着美国蜥蜴强韧的下颚，尾巴直挺挺竖得半天高；萨利姆管它们叫"侏迷"。

我这会儿留在驴背上拍照。萨利姆按住驴头和鼻孔，并且扳来顶在自己的肚皮上，以防止它喷出的鼻息撼动了正拍照的我。茅韦迪这头驴子显然不喜欢照相。有一回在路上稍作休息时，我问萨利姆为何他和萨伊德不愿陪我走到多安更过去的哈德拉毛干谷。

"我们乐意奉陪，"萨利姆说，"去那一段没什么大不了的，因为你会和我们结伴同行，还有那名代表政府的奴隶。但是回来这一程我们就得自求多福了，到时其他部落族会拦路抢劫。"

"你们可以一起走到舍卜沃，然后跟我回去。"

"不成，"他说，"我们会害怕。我们不是那个国家的人。"

"你们愿意带我下行，走到西南方的哈贾尔和迈法阿吗？"

"不行，"他说，"我们不喜欢去迈法阿。"

"你们之间有战事吗？"

"噢，没有，但是我们不喜欢他们。我们的市场是马卡拉，我们就在马卡拉和多安之间旅行。"

这个部落间严格谨守的贸易本位主义，不允许贝都因人在自己势力范围外的任何地区从事任何贸易，对于旅游至此地的人来说，这一点可说不胜其扰：他在向导刚派得上用场时，就得和他分手了。

十一点十分，我们来到塞赖布的土厝，并扎营准备午餐。阴影下气温七十度（约二十一摄氏度），气压二十四点一度。土厝大约长二十、宽十六英尺，墙壁用大石块和泥土砌筑到三英尺高，往上就用扁平的小石头嵌在被太阳烤晒得硬如水泥的泥土里。这些避风遮日的栖身处全按照相同的蓝图搭建。房高不超过六七英尺，如此一来人们扎营时可将平坦屋顶的边缘当做桌子，用来摆放枪支、披肩，以及杂七杂八的东西。土厝旁有积水坑，坑道旁通常会砌起一排排石头引水道来收集雨水。

这是个令人心旷神怡的地方，而在我们脚下有一凹洼地，洼地里有一座被封闭弃置的泥塔，显示那里过去曾有一股水泉，也告诉我们已接近约耳高原区的尽头了。

正当我们坐着休息时，一支骆驼队伍在远方出现，然后走了过去。队伍里的贝都因人逗留了一会儿互通讯息，然后亲吻彼此的手，追他们的骆驼去了。我注意到他们大多数人的嘴奇丑无比，这或许是因为经常在烈日下噘嘴翘唇的缘故，因为他们从不戴北阿拉伯人遮阳蔽日的头套。他们离去后，我看到萨利姆正准备动身上路，于是提出一贯立场的抗议，抗议不需要顶着大太阳匆匆忙忙赶路。“匆忙是魔鬼作祟。”每天下午当我们赶路时，我就会复述一遍。

他们则异口同声地回答：“而拖延乃慈悲为怀。”但仍继续套马鞍。

“如果现在不出发的话，我们就得在约耳高原多待一个晚上，那样就得再买秣料了。”萨利姆解释道。

我建议了一个折衷办法：我来买秣料。结果每头牲口所费是九便士，而我们可以多待一个晚上，不需要吃完饭就赶路。每个人都很满意这种处理方式，过了一会儿，萨利姆走上前来到我休憩的一小方荫凉处，问我是否满意。"耐心对待旅人是一件好事。"他补充说道，脸上散放品德高尚的光辉。

我同意处事有耐心总是好的，同时避免做出任何具体的推论。即使如此，他们还是说服我在下午两点半动身。

我们现在离开了约耳高原，接着非常缓慢地走下坡进入达赫姆干谷。这条干谷汇流入埃萨尔；在它缓和低矮的地貌中，在分水岭以北处坐落着第一个村庄达赫姆。这村落位于地势开阔的上干谷盆底约莫只有四英亩大的平原上，村里有几株有刺的酸枣树，以及一座四方塔，守卫着塔旁的房舍。不过，在走过荒无人烟的约耳高原之后，这小村看起来是个文明世界，萨伊德还管它叫小城。

我们从它的左手边经过，走过几处低矮的斜坡，来到布瑞以拉；而萨利姆继续向前行，到前头的一座穆尔西迪村庄买秣料，因为达赫姆和布瑞以拉两村都隶属萨目族管辖，我认为这就是他们不愿在这里过夜的原因吧。意大利一句俗话说得好："能相信别人固然好，但是不相信别人更好。"贝都因人对这句俗话想必能心领神悟、透彻明白。他们在此地买的秣料卷曲成一条粗绳，一头驴子除了得喂食价值四又二分之一便士的玉米外，每天还要供应它半条到四分之三条的干草；至于骆驼则只需要吃榨油器榨剩的渣滓。他们把渣滓压成薄饼状喂食骆驼，根本不用花钱买骆驼的粮食，因此，驴子被认为是较具贵族气息的牲口。

布瑞以拉是个干燥不毛的地方。它位于一处几乎没有树木的地势下陷处，聚集了一些立方体土厝，村子旁有一些田地。我们在下午五点来到这里。我们把驴子赶过一扇门，赶进一处大小恰巧容得下这些牲口的院落，然后把行李安顿在院落后头两间厢房中的一间。这些厢房破落又没有窗户，还被没有遮盖的炉灶所冒出的黑烟熏得乌漆墨黑。油腻腻的墙脚边几只叠起来的食盘，地面上的一两张灯心草席及一管水烟袋，就是这间客房里所有的陈设。价值一塔勒的石轮和三塔勒的磨石，则是该家家庭主妇最贵重的财产；此地硬邦邦的赤贫宛如与周遭硬邦邦的土地相互呼应。即使是那些身穿黑衣的小孩子，看起来也一副退缩胆怯的样子。小女生的头发剪成丑陋的马桶盖，覆盖在额头和太阳穴前，只在眉毛上方留下一小条大约半英寸宽、叫做"喜拉卡"的空隙，其余的头发照例是挽在后脑勺收束成一条猪尾巴，每两个礼拜绑一次。当我在这几间房子蹓跶时，这些小女孩就躲躲藏藏地跟在我身后，而当我驻足在平原上方她们氏族的祠堂前时，她们就逐一爬出来，但和我保持一段安全的距离。那是个朴拙的墓冢，大约长四英尺、宽三英尺，墙壁刷上灰泥，十分粗糙，但四个墙脚却有装饰；而在一面墙的中间，则依从古示巴的方式以牲畜的头角加以装饰，有"瓦伊尔"（野生山羊）、"德哈比"（羚羊），以及当地人叫做"沙伊地"的山羊——后来人家跟我说，这个口语词汇指的是野生雌鹿。

当我回来时，我告诉士兵当晚要吃烤羊大餐。我们的鸡已经全军覆没，一只过劳而死，其余三只则和米煮了，祭了五脏庙，而我可不想再看到任何不幸的鸡活生生倒吊在鞍前的弓上。

一想到可以吃一顿大餐，大伙儿一阵快活。

一只肥羊被揪进屋来，在我面前展示，但要价十三塔勒。贝都因人带着三心二意的严肃神情坐着看它，直到我冒失地撂下话说太贵了。接着他们一个个站起来，将羊全身上下摸个透彻，然后讨价还价砍掉几塔勒。可是还是太贵了，因为我身上只有五塔勒，只好说没必要找一只大肥羊。大伙儿立刻同意，于是又揪进一只惊吓不已的小羊，全身乌黑，只有尾巴末梢一点白。他们照样全身上下摸了一遍。我花了四先令六便士（三塔勒）买下它，而不到两分钟的工夫，他们就以安拉之名在院落里宰了这头羊；一名妇人坐在门口剥皮的当下，煮羊的水就在大锅子里烧滚。我们来自拉希的同行旅人结果原来是一名屠夫，所以剩下的工作就由他代劳了。他以一把匕首在草席上庖丁解羊，将它瓜分肢解，仿佛羊就是任凭列强随意宰割的非洲大陆。他用羊肠当绳子，捆住屠体里的五脏六腑、七杂八碎，然后全部交给女眷，由她们拿到房里和着白米一起煮。至于羊心和羊肝这两样特殊的美食，则拿给我放在咖啡平底盘里煎熟，当做餐前开胃菜。

看到这顿全羊大餐如何让我大受欢迎，而当高高一摞全羊大餐堆在向同行旅人借用的锡盘上出现在众人眼前时，大伙儿又是如何乐不可支、无言已对，我不免感到几分感伤。在我们饥肠辘辘的注视下，操刀的屠夫沿着大餐边缘切下九份（有一份是给招待我们留宿的主人的）。他们把一份放在我的盘子上，无疑是上上之选，接下来每个人依序选一份，而在迫不及待办完这分配工作后，大家坐下来以令人难以置信的速度大快朵颐；只有萨利姆暂停下来告诉我说，他留了一点肉没煮，准备给我明天吃，因为他全身上下每根神经都流露着彬彬有礼的侠义之风。

我们用完咖啡后，我回到床边并开始梳洗，能洗多少就算多少。此时，贝都因人则蹲坐在烟雾中。萨伊德二世横躺在一个角落里，玩弄着松开来横陈在他下腹的弹带。弹带前面有个口袋，里头除了火柴和一个地址之外别无他物，而第一个子弹包里装的不是子弹匣，而是他用来装点眼睛的一小罐眼圈粉。他很快地抽出匕首，并开始在上头吹气，当水汽从亮晃晃的刀面消失时，他带着一抹喜悦的笑容转身面向大家。他瞧见我在脸上敷面霜。他把匕首递给小穆罕默德，要他跟我要些面霜来擦拭他的刀面。我心里很是舍不得，因为面霜很珍贵，但我还是挖了一小块放在刀面上，心想庞德街的莱思布里奇小姐看了不知作何感想。穆罕默德小心翼翼地捧着面霜回到熊熊火光处，大伙儿看了无不乐得大叫。

"好香啊。"萨伊德二世说，一边闻着。所有人都把匕首递给他，要求分一杯羹；最后只剩下一点，他拿来涂抹在自己腿上，还说这比"油膏更好"。

在这之后，我们就睡下了，但睡得没有在旷野露天香甜。我们在东方露出一片贝壳粉彩时起床，并在七点半离开了布瑞以拉，从干谷继续向上爬，跋涉过我们在约耳高原的最后一段路途。六点半时的温度是五十八度（约十四点四摄氏度）。临走前，由于我们的主人不属于穆尔西迪部族，我便送了一塔勒给女主人。她是一位和蔼可亲却操劳不成人形的妇人，她做小姐时保留下来的一管六英寸高铜制踝饰，是她所拥有的唯一一件女人的虚荣品。她告诉我萨目族的两名族人目前被当做人质关在马卡拉监狱中。

在为驴套鞍的小院落里发生了一件不幸的事。萨利姆和多安来的屠夫紧抓一只麻袋不放，两人都声称麻袋是自己的。一向和蔼可亲萨利姆，有时会出人意料地大发雷霆，这也许能说明他为何会离两次婚吧。他朝着屠夫一头撞过去，萨伊德和我们的士兵在一旁拉架。吵架是一件严重的事，这一点可从每个人都急着要平息纠纷中看得出来。大打出手的两个人终于被拉开来。士兵以代表政府的立场训了我们一顿。他说他自己会在旅途结束时，为双方做个是非了断。

没有人太去理会他。贝都因人对他的自以为了不起所表现出的不在意，对他而言一定是心中永远的痛。不过，他的虚荣不是他个人的虚荣；这虚荣起自他父亲与祖父被买下、被从非洲带过来后所隶属的皇室，早已和他纠结缠绕、密不可分：他对这皇室忠心耿耿、绝无二心。他自视为皇家代言人，身份卑微却能通达圣意，但这是个危险的想法，也是造成世上大多数迫害的原因。他没有不怒而威的天赋，反而像个大惊小怪的护士，总是如数家珍地嘀嘀咕咕细数他既冗长又单调的责任，像极了我们对不称职女管家的碎碎念，对于这些话贝都因人一向置若罔闻。然而，现在他很快乐；当天剩下的时间，他口中念念有词地轮流说着他政府的优秀程度以及这次抢麻袋风波，并告诉我，他在抵达多安时会叫双方对麻袋的所有权发誓，然后让麻袋物归原主。

"但是，"我说，"假如他们'两个'都发誓麻袋属于自己呢？"

若非我的阿拉伯语太差，就是这个问题已经超越他小小脑袋的负荷，我并没得到满意的答复。他和萨伊德继续讨论秉公对待穷人的抽象好处，但他的语调却是用来讨论可有可无的美德时那种无所谓的语调；在此同时麻袋已被萨利姆所占有，而萨利姆党派和屠夫党派的人数是四比一，我们只能希望在这个状况下，正义与政府的力量恰好站在人多的一方。

我们经过第二座也叫做布瑞以拉的村落右边，村前有一座堡垒以及一株喀拉德树，接着我们抵达约耳高原的平坦地区。这里的地势比较低平，但其他方面和我们先前走过的地方没什么两样，若硬要说有什么不同，就是在我们身后远处塞班峰的边缘横陈在地平线上，线条波浪起伏，散发粉红与紫红的色泽，宛若轻烟。

我们右手边的海里特干谷会同许多支流一起汇流入埃萨尔；在我们左手边，曼威干谷则奔向多安。这里十分炎热，炽热的太阳在白热晴空中发威：它照耀着小石头的坚硬边缘，每一处都不放过。他们说有时会有几株草为约耳高原带来一丝绿意，但现在它光秃秃一片，就像一张放在骄阳烈焰下的烤架。我们经过了哈杰以及巴卡米斯的土厝，并在十一点十分时在那里休息，和两名要到马卡拉探望孩子的妇人谈话。她们说马卡拉是个民风颇不纯朴的地方，因为那里的妇女在短裙下不穿底裤，就像多安的妇女。这样有失厚道的风评也许并非事实，但这毕竟只是妇人之谈罢了。我们动身离开，一路上骑驴来到遍布平坦大地的卵石的西侧，此时那些卵石因落日夕照而闪闪发光。我们的身影在卵石上摇曳摆动，仿佛有一挂帘子走在我们前头。散落一地的熔岩碎石呈斑驳的暗褐色，就和贝都因人的皮肤一样。

我觉得头痛不舒服，很高兴看到大家就地四散开来，好在披肩里装满柴火，因为这意味着营地就在不远处。这可怜的棉布披肩几乎什么工作都派得上用场；就连要缝补麻布袋，他们也从披肩上扯一条线下来缝。五点四十五分，我们来到了约耳奥拜德的土厝。这里没有散落一地的木头，因为有妇女从多安来此捡拾。在我们的右边，可以看见埃萨尔干谷的断壁，但因距离过远，变成模糊不清的地层断裂。温度上升到六十一度（约十六点一摄氏度）。

我们一行人渐行渐少，因为萨伊德二世和沉默不语的阿哈马德·巴·果尔特加速向前赶路回家，而来自多安的屠夫在麻袋风波后又始终不发一语。然而，等我们围着营火坐下来，他走上前来，友善一如往常，并且开始热心公益地煮起一种混合面粉、水与糖的食物。当混合物发硬成为一条面粉团时，他便在上头洒上更多的糖，并挖个洞把油倒进面团中央，接着邀请我们前来分享——的确风味绝佳。我们自己的糖已经用尽，但屠夫恰巧受托带包糖给多安的一名商人，于是我们先"暂时借用"，等到了干谷的小店再去换一包新的。他在几经犹豫、三番蹄躇后才这么做，因为贝都因人对交托给他们的商品非常小心谨慎，毕竟他们的信用和生计就依赖于此。萨伊德告诉我，他们每个月会在马卡拉和多安两地间往返三趟左右。

"空过一生，"他说，"总是在赶路。"然而他不会乐意以约耳高原有益健康的环境来交换干谷里的舒适。

想到我们的旅程这么快就要接近尾声，他们就变得友善起来，并再三感谢我一路上和他们分享食物。"真是旅途愉快呀。"萨伊德说。

萨利姆正把咖啡倒入两只灰色的碗里，贝都因人拥有的所有陶器就仅止于此了。

"现在我们都在，"他说，"所有人都在一起。而明天呢？"——他向外张开双手——"大家都各奔东西了，都去哪里了？"

提出这个如此感伤、古老又普遍的问题之后，我们默默看着黑暗中的星辰。突然间，我们很惊讶地看到黑暗中闪烁着一圈小光点。我认为是一盏提灯随着驴子的步伐上上下下跳动着。

"也许是，"萨伊德怀疑地说，"但不会有人在夜里旅行。很有可能是'格迪里亚'。"

他们告诉我，格迪里亚是斋戒月第二十五夜有时会出现在夜空中的强光，而出现格迪里亚时，不论许下什么心愿，都能心想事成。就在这个时刻，光又再度出现，更加靠近我们，还传来一阵践踏在石头上的脚步声。很明显这是人的脚步声。顷刻间，黑暗中有个声音吆喝着，三名来自干谷的庄稼汉出现在火光光圈的范围中，头上和身上都裹着夜里御寒的布块。他们是朋友，从萨伊德和巴·果尔特那里听说了我们的来到，发现我们行程延迟（因为我喜欢好整以暇地旅行），于是连夜赶来保护我们。

对于这片善意，大伙儿感激不尽，于是围绕营火的社交圈变得更大了。我离开他们，在皎洁的月色中回到床边，享受露天而眠的最后一个晚上——事后证明未来几个月我都再没机会露宿。

因为只剩下一小段路，第二天早上我们好整以暇地上路。驴子知道离家不远，也快活轻盈地疾步前进。很快地，在约耳高原一片坦荡荡的平原上，以及更远方约耳高原一望无际的坦荡上，我们看见前头出现多安干谷越来越宽的裂缝及对面的崖顶，右手边是一个皇家空军基地的起降地，前方悬崖边上则立着两座小型土造瞭望塔。

第十一章
多安的生活

我们的住所欢迎来访者，夜访者和我们在这里是平等的。

——《穆斯塔特拉夫》①

如果有人问我人生第一大乐事为何，我会说相形之下的快乐。我们很难想象除了天使以外会有什么人抱着一把竖琴永远坐在天堂里。凡夫俗子的人生需要变化。这就是绿洲沙漠魅力无穷的秘密了；一抹不经意的绿意，经常因为周遭的万里黄沙而显得弥足珍贵。举世闻名的喷泉——赫利孔、巴杜希留或所罗门王赠送给示巴女王的萨勒萨比勒之水②——都是在干旱之

---

① 书名的意思是"精神发现"（Mustatraf），该书为伊比什哈（活跃于一四四〇年）所编的百科全书，内容涵盖伊斯兰教、行为、法律、精神特质、工作、自然历史、音乐、食物和医学。
② 赫利孔，位于希腊南部，在希腊神话中为阿波罗与缪斯的居所，象征着灵感的泉源。巴杜希留，即希腊神话中的史坎曼德河。萨勒萨比勒泉，《古兰经》中记载的天堂中的喷泉之一，只有诚实者能饮用。

地的佳泉。阿尔卑斯山的破晓之美一半归功于山下还在沉睡的世界。带着猎狗狩猎一天后，炉火旁一张温暖的座椅，或当风儿呼啸时，一间门窗紧闭的房间，都属于这个相形下喜乐的范畴。当暴风雨撕裂汪洋大海时，希腊牧人深知安全松林的快乐；而我认识的一位妇人告诉我，她之所以嫁给她先生是因为他说的话总是出人意料——我想，这是结为连理一个富冒险精神的好理由吧。

这种微妙的意想不到之乐，这个为生活调味的盐，正是跋涉过约耳高原之后，站在断崖边居高临下俯视多安干谷的报偿。

干谷大约一千码宽，地势陡然下降一千英尺左右，两边是壁立千仞的峭壁。断壁下布满碎石的边缘聚居着小村落。村居像燕巢般由泥土筑成，所以只有在阳光下才能将土厝与背后泥土区别开来。往下俯视，可以看见缓坡上有五六幢土厝。在土厝与村民在白色溪床两边圈出的方块耕地之间，是种满棕榈树的干谷谷底。棕榈树梢在昏暗中闪烁着光芒，宛如一条锦蛇或一道河流，蛇的鳞片或河的涟漪在阳光下粼粼闪烁。当眼睛看腻了一望无际的旷野，目光自然落在圈起来的绿意上，并且一路追着它，走出阴影，走进阳光，穿过夹着它的两片栈道，一直到它在远方拐个弯不见为止。这条棕榈树之河被约束在铜墙铁壁之间，换句话说，它被拘禁在约耳高原地表的一条裂缝当中，看起来就像永恒臂弯中的生命一样英勇、丰饶、乐观，充满了僻静的休憩所及阴凉处。

在哈德拉毛旅行的困难在于必须爬下陡峭的崖壁进入这些

干谷，爬下断壁上辟出的栈道。这些路也许都年代久远，上面铺着鹅卵石大小的圆石，就像利古里亚①地区要挣脱两片山壁夹束的山路；只不过难走得多，也陡峭得多。十四世纪有一位也门女王遗爱人间，留下"谷地山路上的饮水泉"，她又修复了陡峭的崖壁小路和那"如阶梯般步步高升的山路"。（她是大名鼎鼎的女王，而她的丈夫赖苏里德·马里克·埃什拉夫对她如此一往情深，以致在她死后甘为她服丧一个月才续弦再娶。）我们爬下从断壁上挖凿出、有时底下悬空的栈道，如履薄冰地前进，花了五十分钟时间才抵达布满碎石的缓坡。在这里石灰岩崖壁埋藏在沙岩的岩床里。

贝都因人开阔的约耳高原现在在我们身后，也在我们头上了。现在的空气比较沉闷。这里住的都是农夫，他们放下手边的工作抬头看我们，鹤嘴锄有一半还嵌在地里，但没人开口打招呼。萨伊德领着我们这支小型商队，在棕榈树下沿着隆起的河堤前进，树荫像高耸的大教堂的阴影般洒落，驴子则踏着轻快的步伐在底下的干河道中行进。沿着干谷向北走，很快地我们就来到了迈斯纳阿的总督城堡，它坐落在干谷边，泥土筑成，高大正方，迎面可以看见许多屋顶和台阶。主人鸣炮欢迎我们。我们穿过嵌饰铁突饰的雕花门，走上堡垒里夹在两面墙间的一条蜿蜒曲折的通道，又在不同的角度穿过两扇门。每回进门时都有人和我们握手寒暄；就这样我们穿过一条狭窄的过道

---

① 利古里亚，意大利西北部的大区。

来到一间有大柱子和灰泥墙壁的房间。房间里两位总督穆罕默德·巴·苏拉和他的兄弟阿哈马德·巴·苏拉站起来欢迎我。

他们身旁围绕着来自同一个部族的随从，就像我身边的穆尔西迪族人一样是全身染成靛青色的贝都因人。他们都拥有步枪，步枪或挂或靠在墙上，像一条条雕饰，而所有人这时全拥上前来一睹我为快。会客室前方，坐垫或地毯上聚集着这家族的一些成员、此地小兵营的营长，以及一两位来自邻近城镇的邻居。他们裹着五颜六色的遮羞布，身穿白色夹克，裹着头巾，一副盛装赴宴的模样。我把鞋子摆好后席地而坐，并拿起常用的陶碗喝咖啡，仆人则在一边照料水烟袋，每隔一阵子就奉上一巡水烟，让每位兴致高昂的来宾都吸上一口。

未来十二天我要和巴·苏拉家族共度，必须跟他们混熟；而想在任何地方找到比他们更讨人喜欢的家庭，恐怕不是件容易的事。这两兄弟和乐融融地住在堡垒里，彼此分担统御此地的重责大任。他们治下的贝都因人十分爱戴他们，说："巴·苏拉是我们的父亲。"高地族人正是这么叫他们氏族族长的。干谷里的人同样对他们以及他们大公无私、坚定不移的统治赞美有加，他们对此地的统治实际上独立于马卡拉的苏丹之外。他们兄弟俩年纪都还轻，长得极像，都有一双温柔的褐色眼睛和一张大嘴，嘴唇丰厚，笑口常开。他们的脸同样呈长椭圆形，既不尖也不圆，还有一双万能的长手。唯一的差异是穆罕默德留了一圈稍微鬈曲的黑色颊须，而阿哈马德只在下巴留了一簇山羊胡。在他们之前，他们的父亲以坚若磐石的权威统管这个谷地，而在两年前以高龄去世，在他充实的一生中共娶了十个老婆。穆罕默德已经娶了六房老婆，阿哈马德也娶了四个；这些细节是我后来才知道的。这回初次会面，我们只是停留片刻，交换礼貌性的问候罢了。接着有人带我穿过堡垒里另一条曲折的通道，走到我的房间。

这间房间原本属于老总督，现在房间的女主人是总督的遗孀甘妮雅。她腰带上挂着房间的木钥匙，带我走上狭窄的泥土阶梯，来到一扇有雕花图案的门前。这是有六扇雕花窗棂的大房间，穿过窗户有回纹细雕的圆弧，可以望见底下的低谷。我们得弯下腰才能看见窗外的景色，而为了让坐在地上的人方便，窗户都和地板切齐。

多安的豪宅一律大同小异，房间也都以精雕细琢的木柱支撑。内墙覆上雕饰木板，房门上方有圆弧拱，壁面上凿出一个个壁龛，壁龛里白天放着枕头、棉被。雕刻手工很细，而古色古香的有刺酸枣树木板则贵重暗沉。铁制浮饰上镀上一层锡，像失去光泽的银。天花板由一段段棕榈木搭建成，椽与椽之间形成像鲱骨的人字形。支撑天花板的是雕有图案的柱子，柱顶的上楣有扁平的波斯式样。每扇窗有四小片，每片窗的圆弧状开口上都雕有窗花格。而由于没有玻璃，所有窗板都十分厚实，关上时可防子弹射入。另外，每扇窗底下都有小圆孔，外接一条排水管，敌人胆敢来犯时，可从小圆孔倒东西下去退敌，圆孔后还有洞可插入枪管。因为谷地只有近年来才宁静无事，许多人对于小城间的战争依然记忆犹新。当时老巴·苏拉被围困在自己的房子里，然而现在却如此平静祥和。而假如有人开了一枪，枪声就会在两面谷壁间荡漾回响不止，仿佛永远无法逃脱这个监狱似的。此时后宫三千就会冲到雕花窗旁，俯视着横陈眼前、挨着谷壁边的所有小城，并猜想来者究竟是贝都因人还是士兵。假如没有进一步事情发生，她们就会大失所望地走开，告诉我谷地近年来变得何等风平浪静。

他们对自己的房间感到无比骄傲，并以挂在墙上的铜盘数量来展现财力；铜盘挂得厚厚一层，有时彼此相叠。由于铜的价值不菲，铜盘可换成现金，所以后宫佳丽们把它们视为可随时支配运用的银行存款。女奴通常会小心翼翼地勤加拂拭，没有别的东西能得到此种殊遇，所以铜盘经常亮得光可鉴人。墙壁的其余地方则挂着伯明罕镜子、落单的盘子，以及一排排锡咖啡壶——咖啡壶一个接着一个，几乎碰触在一起，从房角一路向上排到天花板。除此之外，房间里别无长物，只除了有时会摆一座来自桑给巴尔的柜子，这种柜子雕刻精美、钉有铜钉，在科威特和巴士拉也看得到。房间地板上铺着地毯，地毯底下的泥土硬化成平滑的垄线，像有罗纹的沙地，这种装饰性波状花纹也用在楼梯上。楼梯扶壁上用泥土塑成装饰带，有些地方被磨平、磨白，甚至磨损得像用壁画颜料画上去一样闪闪发光，其边缘也呈锯齿状。多安和哈德拉毛最灵巧的工匠利用起泥土来就像用灰泥一样得心应手、巧夺天工；而的确，没有一件东西比得上他们古色古香的宅邸的气派尊贵与装饰华丽，但不幸的是，他们开始鄙视传统而崇尚来自欧洲既粗制滥造又俗不可耐的东西。当我再次走下楼来到会客室时，我发现阿哈马德爱不释手地看着芥末黄窗玻璃，这是他花大钱从马卡拉用骆驼一路驮运上来的，打算用来装潢盖在旁边的新居。新居会在六个月到一年后落成，届时他就会搬进去而把在旧堡垒的房间留给儿子。

他带我去看他的新居。他找的石匠们一边唱歌、打拍子，一边将泥土拌和干草做成的泥板砌在泥土夯打的地基上。这房子只有最低的一圈是用石头堆砌，其余部分，甚至高到七层楼，都是用泥土和剁碎的干草做成的泥板砌成。这些泥板长宽各十八英寸、厚三英寸，必须先在太阳下曝晒一个星期，然后以泥水浆一个个砌起来。驴子以小跑步背来用羊皮袋子装的水，供搅和泥土。墙壁开始成形了；它们稍微向内倾斜，就像古代的示巴建筑；而即使是最大的倾盆大雨也不会穿透墙壁达一英寸以上，它们可以数百年屹立不摇。白色灰泥图案装饰着窗户的外观，或把白灰泥涂成长带状并和天然的黄褐色交错轮替。当我说，我认为这些房子比欧洲的新市镇美观时，两位巴·苏拉都不愿意相信我。但是他们承认也许他们古老的雕花门，要比刚从西方订购来、用机器打模做成并漆着褐色亮光漆的唬人东西美观大方。文明的阴影正快速笼罩在这些封建制度下的谷地上空。只有缺乏现代交通工具所造成的交通不便，才能抵挡住我们卫生却粗俗的文明。

我在客房里要求的第一件事是洗个澡，以及一个人静下来和我行李内的灰尘奋战一番。贝都因人帮我在哇靶耳的头上洒上胡椒和盐巴防腐，但是你绝对想不到这么小的一个东西闻起来竟那么腥臭。趁我没看到，侍卫把它丢进了茶壶里。总督遗孀和我发现这事后感到十分嫌恶，但也对男人普遍的笨手笨脚油然生起恻隐之情。不一会儿她拿来一锡壶的热水，锡壶有个壶嘴，我站在浴室洗澡时就能用壶嘴淋浴。一如所有哈德拉毛的房子，我的房间有自己的浴室。浴室的一角摆了一口四英尺高的陶瓮，每天都装满了水。地板向一侧倾斜，连接到一条排水管，排水管再把水排放到墙壁下方的山坡壁上。污水粪便也同样排放到外面的空地上，粪坑底下挖了一条很宽的竖坑，竖坑两边各搭建了一个小平台供人站立用。而由于没有卫生纸，墙壁上有个壁龛，里头塞满了一块块在太阳底下晒干的山坡泥土。这些浴室假如有人整理的话，的确能干净而不恶心，而它们的坏处只有一般社会大众才感受得到——假如浴室下面刚好是一条街道的话。几天后我不舒服时，多安的女眷们很肯定地告诉我，一切肇因于我那香喷喷的肥皂。我无法让她们相信她们的污水可能比霍比格恩特① 牌香水更不健康，因为人们总是迫不及待地相信对人有好处的总会让人感到不舒服。

我花了好几天工夫才理清迈斯纳阿堡垒里的居民究竟谁是谁，因为这里是个大杂院，像兔子窝，共好几层楼高。堡垒围墙和大门内区域搭建了好几栋房子，屋里的居民有人离了婚又再嫁再娶其他亲戚，使得家庭和家庭间的族谱纠缠不清、无从

---

① 霍比格恩特，法国出产的一种著名香水品牌。

追溯。我的女主人甘妮雅则关系单纯。她只有一个女儿和一个叫纳西尔的儿子，她会又怜爱又心疼地看着儿子说："可怜这孩子，他没爹呀。"这话说得如此频繁以致我很确定已经在这男孩心里造成了情结，因为他郁郁寡欢又沉默寡言，和他身边那一大群嬉笑玩耍、聒噪吵闹的表兄弟大不相同。

他姐姐倒也爱嬉笑玩耍。她进来时，小小的眼睛在蒙面巾的两条细缝中游移漂浮，只有在论及婚嫁时，她才会严肃起来。再过两年等她十五岁，家人就要帮她安排婚事了；十五岁是没爹小孩的完婚年纪，一般人家的女儿出阁的年纪更小些。不论年纪多大，整件事的安排都不会让小孩自己知道。嫁衣裳是"为表姐做的"，她只有在为了终身大事而洗头发时，才能猜到发生了什么事。接着人们会用一种调和了油、腊和姜黄，叫做"萨比巴德"的油彩把她的脸庞涂成黄色；手和腿则涂上一层褐色图案。而在婚宴的第三天，新娘子必须脸上盖着红面纱坐上一整天，等入夜洞房花烛时才由新郎揭开。第二天早上，新郎会在枕头上摆十塔勒；等度过第二个晚上，他会在一只托盘上放一条手帕、十塔勒、一叠丁香、香料，以及焚香；在这之后就不再给东西。我停留期间，这座村里有人嫁女儿。她是个反应迟钝、心地善良的女孩，名叫法蒂玛。她盛装打扮，一身珠光宝气；她还告诉我她这身打扮要一直穿上四十天。她的黑色婚纱上挂着一片纯银胸牌，边缘滚了圈棉花，腰带上丁零当啷地垂悬着银制流苏，赤裸的脚上套着金踝扣。我问她她的先生是否亲吻了她，如果是的话，亲吻了哪里，因为她这身繁复华丽的打扮使得她不论哪个部位被碰到都不会觉得舒服。我这唐突的问题问得她一头雾水，也让她被一群"手帕交"调侃了好几天。她母亲在完婚后陪了新娘两个礼拜，刚刚才离开。

这些女眷们有的浓妆有的淡抹，视当时是否有悦己者而定。我可怜的甘妮雅只是把头发中分。"因为，"她说，"我是个寡妇。"她的母亲来自邻村，是一位笑口常开、讨人喜欢的老妇，早已放弃这些费时费力的虚荣装饰，对于这个世界和她孙儿们的闲扯淡，满脸皱纹的脸回应了一抹若即若离的微笑。但是当穆罕默德的太太这位城堡女主人走进来时，就像一艘挂满风帆的帆船，手镯和腰带摇晃得窸窸窣窣响，项链装饰得光鲜亮丽，脸上的笑容富贵又气派。她虽是半老徐娘，依然风韵犹存，尽管她的女儿努尔已经嫁做人妇多年了。努尔是我在这后宫的主要朋友兼良伴，她会端来我的三餐，并坐下来和我说说话，一只眼睛望着窗外的谷地和底下的熙熙攘攘。她有一双目光柔和的眼睛、一张大嘴，以及和她舅舅一样的细长指头，也有着同样讨人喜欢的个性，对任何到访的客人都表现出一种随和的善良。她先生三年前离开她到异地工作，就像哈德拉毛大部分的男人一样；而每隔两艘或三艘船班的时间，靠港的货轮都会捎来他的信。由于这是她第一次独守空闺，她得以回娘家和家人一起住；等到第二次，她会留在自己的新家，因为这是多安当地的风俗。男人外出工作，一走就是十五、二十载，常在国外另结新欢，因为他们的老婆几乎从不踏出谷地一步。他们主要是从多安去索马里兰、阿比西尼亚 ① 或埃及，而上哈德拉毛的男人则往东移民到荷属东印度群岛或马来西亚。

这种在他国落地生根的习惯是颇为晚近才有的事。巴·苏拉家成员告诉我，他们还记得以前任何旅人都会被根据他去过的地方而称作马卡威人或马萨威人等等，因为当地人离开多安悬崖圈住的范围是十分罕见的事情。不过，通商贸易的痕迹想必曾使这些谷地的居民风光一时，因为即使在伊斯兰国家早期的商业帝国式微后，我们还是能在内陆深处找到通商的蛛丝马迹。他们在东征西讨的年代在叙利亚和埃及落地生根，形成当地阿拉伯人口中的十分之一。他们最早被称呼为哈里斯人及爱胥巴人——这两个字都源于舍卜沃 ②。

文献曾提及在征讨埃及的伟大征服者阿姆尔·伊本·阿斯的大军中，有一位来自萨达夫族的掌旗手，而萨达夫是哈德拉毛的一个部族。此外，述莱亚·伊本·马里穆恩也在历史文献中留下了记录，他来自迈赫拉的马达迪部族，后来迁移到埃及，他在伊斯兰历九十八年（西历七一六年至七一七年）率领埃及大军远征君士坦丁堡。大部分离开阿拉伯的萨达夫族人都前往埃及或北非，但伊拉克的库法也有他们的踪迹。他们和金达部族有密切的联盟关系，而金达部族也大部分由哈德拉毛人所构成。在库法逮捕刺杀先知穆罕默德女婿阿里的人也是哈德拉毛

---

① 阿比西尼亚，即今埃塞俄比亚。

② 请参见 Abd-el Haqam 47B fol.2，以及海姆达尼的著作第九十八页。——原注

人。据说当金达部族反抗伊斯兰统治时，哈德拉毛人前去救援金达；而他们当然拒绝逮捕金达人赫吉尔，理由是他们有亲属关系。在推翻波斯帝国的战争中，哈德拉毛和萨达夫族人在萨伊德·伊本·瓦卡斯的大军中有六百人。当时他们想必富裕发达且博学多闻，因为也门全部税收的十分之一来自他们，而他们的司法官还被特别带到一笔。这也门"第八大财宝"就住在哈德拉毛某处的哈姆拉。当伊斯兰政府最后大获全胜时，他们在阿拉伯西南部派驻了三名总督，其中两名在也门的萨那和杰内德，一名在哈德拉毛。

这个地区古代享誉一时的鼎盛文风，却没能在多安干谷维系下去，因为这里没有真正的学校，只有几位慈善家愿意教导任何迫切想阅读《古兰经》的人。司法官本身的学问是在麦加待了十年学来的；任何对他感到不满的人可上行或下行谷地求教另一位司法官，而如果还不济事，最后的办法就是前去马卡拉。我所遇见的女人都是目不识丁的文盲。至于这些女眷们如何打发每天从早到晚的时间，我则想不通也弄不懂。她们不做刺绣不事女红，虽然自己动手缝制衣服，但这事情简单得就像缝制麻布袋。她们缀上亮片、珠子与箔片的精致胸牌则送给专业师父制作。她们有时会洗手做羹汤，或在一旁监督下人做饭，而在忠诚的族人随时会出现并等待饱餐一顿的家里，这意味三不五时就忙得团团转。不过，她们一天内大部分时间都是在堡垒或底下的欧拉村里挨家挨户串门子。

这种串门子有它的礼数。尽管我们刚刚在穆罕默德太太家里见过面，但半小时后又在阿哈马德母亲的房间里碰面时，也不能免俗地得再握过一回合的手。每位初来乍到的访客都要一一和在场所有人握手致意，轮流举起每位女眷的手亲吻，有时为了表示更大的尊敬，则可亲吻年长妇人的额头。假如你正好在讲话，恰巧没注意到有人刚走进来，她就会大声地拧响手指，直到你转身去行礼如仪为止。对方会回应一句"哈亚"或"平安"。从外头来的访客身上会裹着"舒卡"，这是一种四方黑色披肩，两边有穗边，她们将它罩在头上和身上，披肩下端两角绑在一起，而上端两角披在一只手臂上。这披肩美丽地垂覆在身上，令我百看不厌，披着披肩的女士看起来就像会走路的塔纳格拉陶俑[①]。即使在堡垒里，从这户走到那户，她们还是会披上这披肩并戴上黑色蒙面巾，原因是有可能在狭窄巷道中碰到男人。这种蒙面巾沿着鼻子缝了一条银线，还开了两个眼缝。不过，在室内时她们只在下巴下围一条印度丝巾，以及一件斜挂在一边肩头的黑色无袖长袍。

除了守门警卫马哈穆德以外，没有男人能在无预警的情况下闯入这个圣地。这位警卫用一条铁链从上面控制碉堡的大门；他是一位得天独厚的家臣，在巴·苏拉家里出生长大，是个笑口常开、精力充沛的小伙子，一头鬈发，圆圆的下巴留了撮山羊胡。他通常会像被一群母鸡簇拥着的矮脚鸡那样大摇大摆走进来，身上的白色夹克正面有一颗颗纽扣排成的两三种颜色的

---

① 塔纳格拉陶俑，在希腊塔纳格拉小村古坟中发现的赤陶小雕像。

袖口链扣。他会取笑行为较低调、把面罩拉下来的外来访客。我生病时，他会走上前来，说："Taib, taib。很好，现在怎么样了？如果真主愿意的话，万事顺利。"他把我的话当耳边风撇到一边，难道他不是个男人吗？——而这群三姑六婆言不及义的闲话不就发生在他房间下面，难道他只当做噪音？有时候，当女人的喋喋不休似乎没完没了时，我不禁要同意他的看法。他告诉我，他想要的是一个来自埃及的欧洲老婆。他说，他现在的老婆蓬头垢面的，所以他从不跟她说话。

"你为什么不叫她梳洗干净一点呢？"我问，心里边纳闷她的模样，因为这地方普遍卫生标准不高。"也许你比较中意的是安静沉默的老婆吧？一旦你让她开口，她就会说个没完没了。"

马哈穆德看着我，仿佛这是他从没想过的想法，并且很明显地打定主意继续保持沉默。他寡人有疾，眼睫毛往内翘，老刺痛眼睛，而我没有什么良药可以治疗这种疾病。他小小的圆脸望着我，五官因为失望而纠结在一起，像一张婴儿的脸。

"你得找个医生看看你的病。"我告诉他。

"趁你到埃及找第二任老婆的时候。"努尔加了一句。

想到这愉快的念头，他又踏起雄赳赳气昂昂的步伐，昂首阔步地帮我去提水。水是从峭壁中的一股泉水打来的，我认为那里的水质比堡垒里的井水好。他每天总会不惮其烦地前去打水，用一种涵藏微妙施惠舍恩之情的好意。"要不是我的话，"他似乎是说，"你这可怜东西该怎么办呀？就只能无助地坐困愁城了。"

第十二章
胡赖拜与罗巴特

我纳闷人格高尚的他何以会吝于付出；

人付出不会因此有所损失，何以要吝于付出？

虽然施予使得财产减少；

但是荣誉却不减反增。

——伊本·埃尔-鲁米

两位总督通常会到我房间来吃饭，让一干女眷们闻风落荒而逃。他们会不拘礼仪地进来，穆罕默德带着一张稻草桌垫，阿哈马德手里拿着一两只盘子，然后两人就坐定下来，其他事交由甘妮雅来张罗。她面对两位大人如此纡尊屈贵而感到惶惶不安，也就尽可能保持缄默。她会为我们带来堆得老高、上头浇淋了油脂和胡椒的米饭，以风味绝佳的卤汁烹煮成的肉块，以及一道叫做"哈丽莎"的当地菜肴——捣得像麦片粥那样匀称滑口的肉片和面粉糊，中间放一杯溶化奶油，每个人抓一把肉糊时就蘸点奶油搭配食用。

与此同时，阿哈马德和穆罕默德愉快地谈天说地，而我越来越喜欢他们了。他们带了一个人来，萨伊德·穆罕默德·伊本·伊阿辛，他是个上了年纪的迷人的商人，在红海沿岸做棉花买卖，并且用阿拉伯文写信给利物浦。他也有一张长形脸和一张讨人喜欢的大嘴，这是定居在这些谷地中的居民典型的特征；而他们彼此间令人快活的好性情，在他身上演化成一种来自人生历练与心地善良的特殊的成熟味。他也许一度是四海漂泊的尤利西斯，现在定居下来安度平静的晚年：

> 我一直就像长期漂泊的尤利西斯，
>
> 或像夺取金羊毛的那位英雄，
>
> 历险归来时满腹人生历练与智慧，
>
> 与双亲一起生活，共度余生。

伊本·伊阿辛返乡回到老婆身边和位于干谷头罗巴特村的老家，留下儿子在国外继续做买卖。由于他是 A.B. 君的朋友，而鼎鼎大名的 A.B. 君又在这个地区十分吃得开，他于是邀请我第二天去他家吃午饭。

我一大早便出发，安步当车，因为我想在路上看看这座小城。罗巴特是干谷里最后一个城镇，棕榈树在此告一个段落，而村里有三条杳无人烟的峡谷通到约耳高原。在罗巴特与迈斯纳阿之间，拉希德与胡赖拜攀附在干谷左侧的断壁上。走路不到一个小时的路程就能经过所有这些小城，我带着侍卫和一名贝都因向导上路，沿着棕榈树的戟状树荫。

棕榈树是多安当地的大宗贸易商品，一株发育美好的棕榈树能卖到五百塔勒的好价钱。每成交一笔生意必须缴给政府百分之六的利润，而每株棕榈树每年被课征四分之一塔勒的税，相当于一块地的土地税，也大概等于一天的工资——工人一天的工资是三分之一塔勒，也就是六便士。当我们沿顶着华盖的树干，在绿荫的阴影下行走时，看见有人爬到开着乳白色佛焰苞的树上施肥。"味道真臭。"他们告诉我。我想这些为了气味而大费周章的人们，照理说应该对漂浮在街上的气味更加讲究才对。

我离开右手边的拉希德，转向一条又黑又窄的街道。街道夹在胡赖拜两排层层相叠的房子中往上爬升；这街道如此狭窄，以致对街窗户的小木条可垂下来当做鸡的栖息地，不怕小偷和狐狸的偷袭。这是上谷地主要的城市，城里有市场和清真寺。城市名的意思是废墟，而它也许是托勒密①和海姆达尼所提及的多安，是普林尼作品中的托阿尼（Toani）的首都。无论如何，它是个古老而自给自足的城市，以宗教的纯粹而自豪，但这宗教使它有暴力倾向。就是这座城市的谢赫在一八四三年将遭洗劫而身无分文的冯瑞德送回海岸边。五十年后，本特②夫妇因为向导的警告而避开胡赖拜。这之后的旅行家，范·登·默伦以及英格拉姆夫妇则认为它是个宜人的地方，而假如没有这城

---

① 托勒密，活动时间为公元二世纪，古希腊天文学家、地理学家、数学家，建立地心宇宙体系学说。
② 本特（1852—1897），英国探险家与考古学家。

市的地方望族萨伊德·阿哈马德·巴尔家族老大不客气的态度，我也会认为这是个宜人的地方。

我有一封信要转交给萨伊德，而人们告诉我他家就在小城最北端的断壁下。我们一行人还没走几步路，一个讨人喜欢的陌生人不知从哪个地方冒了出来，并对我们表示欢迎。他曾经在亚丁当过职员，看到欧洲人让他很快乐。他来为我介绍一路上我所想看的一切。他带领我到主要的清真寺——一个有许多圆柱子的安静地方——还有一些次要的清真寺，实际上比较像一些虔诚的屋主搭盖的私人礼拜堂，低矮而被人遗忘，旁边有露天水井。这种水井都位于这些小城中的拥挤区域，污水从这里下去，井水也从这里打上来，两者混杂在一起。

我们来到市场，我在约耳高原时已经从贝都因人口中听说了这个市场的种种盛况：它只是一条狭窄的巷弄，摊贩便坐在高高的门阶上，大腿上摆着篮子，背后的黑暗房间衬托出他们的身影。他们用漆成红黄两色的秤子来称肉的斤两。这时正是生意繁忙的时候，小孩子把我团团包围；但是所有的人都很友善。他们问着问题，站着要照相。队伍越拉越长，就这样我们一路来到高耸的宫殿，其雕花殿门和灰泥城垛就矗立在断壁的壁面下。

就在这里发生了可悲的错误。那名陌生人走到门前呈上我的信；等了好长一段时间后，我们得到没有人在家的回应。我感到怀疑，而其他每个人都知道这不是真的。事实上，萨伊德本人出门了；如果他在家的话，是不会允许这场灾难发生的。但是他的妻儿都在家，众所周知他们不喜欢基督徒，后来有人告诉我，他们也不愿意和基督徒碰面。然而在哈德拉毛，在此之前与之后，这样不留情面地拒人于千里之外绝无仅有，而这种吃了闭门羹的影响可是极具破坏力。满腔热情接待我的陌生人走回来，一语不发，深深觉得受到羞辱，而且心事重重。群众中有些人散开了，有些人默不作声，有些人交头接耳。陌生人迅速带领我走下坡来，因为我们必须从城东到城西穿过一整座小城。

他不愿开口讲话，并且避走开阔地。他匆匆忙忙沿着小路走下坡，路面如此狭窄，使得我得选用房舍之间的小道：我们这趟下坡路走得好像在逃难。到了接近城市地势低洼的一边，我们不得不走到开阔地。一到开阔地，人群又出现了，而看到我们俩逃难似的行色匆匆，群众开始看起来来意不善，因为最能引发人类狩猎动物本能的莫过于看到有人在逃亡了。他们闪躲过建筑物以便追上我们。我做出结论，这位带路的陌生人丧失了理智，他很快会引发一场大灾难。我不愿意再匆忙赶路，于是停下来和聚拢过来的居民拍照。

这暂时控制住场面：离我远的人继续往前推挤，但离我近的人却迟疑不决。我走上前和最前面的人谈话，并以要将他们分组拍照为借口开始问他们是否见过法国人。没有人回答，但是后头的人想知道我在说些什么，他们兴致盎然，因为他们看到我在微笑。我转身面向我的向导，他因陷入不耐烦的煎熬而咬着指头。我们继续更加缓慢地走下坡，群众在行进被打断而静默了一两分钟后，现在又渐渐骚动起来。不过，我们就快走到小城的尽头了。突然间，一个老头子从他的房子里冒出来，我在总督的会客室里见过他一面，他是个笑口常开的白髯公。他走上前来笑容可掬地向我打躬作揖，但一听说发生了什么事，就立刻设法闪人；他没有邀请我到他家里坐坐，反而忙不迭地催促我继续向前走。我开始讨厌起胡赖拜了。当我们来到城里最后几间房子的时候，总算发生了令人高兴的事。我的三名贝都因跟班萨伊德、萨利姆和小穆罕默德从他们不旅行时暂居的土厝里冲了出来，迫不及待地和我微笑握手。群众在一旁围观，心有戚戚焉，也变得比较友善了。我的保护人乐得甩开我，立刻消失得无影无踪。我拍了张临别照片，为了强调胡赖拜这座城市和我就算不是友谊深厚，也算好聚好散。接着我径自离开，继续前进，后头跟着我的士兵护卫和板着一张臭脸的贝都因随从。

萨伊德·巴尔家族这回粗鲁无礼地拒绝招待外地来的异乡人，令人难过得谈都不想谈论这件事。我必须重复一次，这次的不愉快是我在这个地区绝无仅有的一次：这件事也显示出，一般而言，出门在外的旅人游子是如何得仰赖这些封建主子的鼻息，看他们的脸色，因为他的性命的确操在封建主子的手中，而他们对他的态度不但会被所有小老百姓争相效法模仿，还会被变本加厉地夸大。过了将近二十分钟，我们带着被撕裂的感情来到罗巴特城，这城市夹在两道峡谷之间，在像监牢墙壁的断壁突出处一层高似一层地搭盖起来。

这里的棕榈树比较稀少，而这地区的荒凉高地到了这城市后便陡然下降。萨伊德·穆罕默德的儿子在外面的街道上等候我们的到来，萨伊德则亲自在门前的台阶上欢迎我们。他们热切欢迎，洋溢一片友善之情。在一间低矮有圆柱、房门雕花的房间里，我们在地毯的一端坐下，士兵和他的枪则厕身于地毯另一端的家仆当中；胡赖拜的不愉快已经被抛诸九霄云外了。

在场有另一名客人，是个笑口常开的老头子，曾为英国政府做过事，也曾因为治理雅法伊族人有功而被任命为巴哈杜尔汗（Khan Bahadurh）。直到有一天，不幸地，这些族人想办法从他那里偷去政府的步枪；这事件发生后，他告老还乡，目前深居寡出。他告诉我他的部分故事，并心情愉快地谈论着世界大事，以及荡漾到这里的余波回响。令人惊讶的是，在这些偏远荒僻的阿拉伯小村里，人们对于世界政坛风云居然几近了若指掌。这个时候，在南阿拉伯，人们讨厌正准备侵略阿比西尼亚的意大利人。

"当我们走在马萨瓦的街道上时，"这位老巴哈杜尔汗说，"我们不得不向每个碰上的法国佬行礼致意，并把人行道让出来给他走；和你这个英吉利人，至少我们可以平起平坐。而当意大利国王驾临时，"他继续说，"一道命令颁布，说他所到之处，所有人都要俯伏跪拜。而你知道的，我们只会向真主屈膝跪拜，所以当天我们都足不出户，只有奴隶和最下等的人才出去谒见国王。"

"而且，"房间另一头的奴隶加入这个讨论说，"他们还把国旗挂在清真寺顶，仿佛这是他们自己的房子而不是真主的家。赞美颂扬真主。"

我们撇开这个敏感的话题，转而谈论棉花的悲剧。棉花的价格从四十英镑惨跌到十先令，毁了许多人的生计，也毁了萨伊德·穆哈马德的事业。接着我们谈到干谷里的情势、此地的贫穷和百业凋敝，以及巴·苏拉政府的卓越——他在困难重重中依然能维持和平，而且几乎不受马卡拉的管辖。他们统治的实力，来自他们具有掌握东贝都因人部族的力量，后来我得到结论，这个力量是这个地区唯一真实的实力基础。以目前的情势看来，多安的安定只是波涛汹涌的汪洋中的一座孤岛。干谷以西的部族是通过囚禁在马卡拉的三十几名人质来掌握。在埃萨尔干谷谷口附近战火方炽，只有巴·苏拉统治下的村庄还能平静无事。北部在哈贾拉因与希巴姆之间的一条狭长的三不管地带，目前暂时达成停火协议。当地的贝都因人认为接受金钱来一笔勾销血债是一件可耻的事，这使得维持和平的努力难上加难，也使得他们冤冤相报、无止无休。

即使是马卡拉提供的协助也是利弊参半，因为将近两百五十名在多安干谷落脚的雅法伊族外籍佣兵，在这个时候便惹是生非。他们在百姓的屯田上放牧山羊而招惹民怨，被申斥后便拥兵自重，准备开火射击谷地里的一座碉堡。这事态的结局如何，我无从得知，但是无疑地巴·苏拉有办法摆平。当天我回家时碰上了雅法伊族佣兵团的团长，我拿他底下士兵的行径稍稍挖苦了他。

"他们从来就不调动移防，"他告诉我说，"这就是一切是是非非的缘由。他们在这里一待就是二十年，他们以为自己能为所欲为。"

团长本身是个雅法伊人，头上裹着巨大的头巾，踽踽独行；他有一张清瘦的长脸，神色严峻却显得老态。就像他部族的族人，他会突然间变得和蔼可亲、妙趣横生。他自己也已经在多安待了三十年，当初来此地时还是个红颜少年，选择这地方是"因为他最好的朋友在这里"。

午餐后，萨伊德·穆哈马德带我去看他养在一方小阳台上的蜜蜂。它们住在一个像排水管的泥制水管里，水管上覆盖着一条毛毯以保持温暖。水管的一端密封，上面挖了些小洞让蜜蜂得以爬进爬出；另一端则连接到温暖的屋内，并且用一圈像竹篮的塞子将洞口塞住，每年把塞子拔出一两次，用烟熏出蜜蜂后采收蜂蜜。哈德拉毛的蜂蜜名闻遐迩，普林尼也曾带到一笔。蜂蜜装在圆形锡罐中外销，有一股浓郁的重口味，无疑是有刺酸枣树的关系，因为它的花朵正是蜜蜂的主食。

看了这些蜜蜂后，我上楼到内室，和十到十二位女眷一起坐了一会儿，谈论女士们最钟爱的话题——衣服。谈话中如果少了衣服当做对话基础的话，恐怕就是身处伊甸园都会觉得遗憾。无法想象在东方国度的女眷内室中，如果撇开衣服不谈还能做些什么。我是第一位拜访这些女眷的欧洲女性，因为英格拉姆太太没有爬上这些阶梯来看她们，而她们成群结队等候着看我，即使我躺下来入睡时也一样。我现在因为出现某种疾病的初期征候而全身打哆嗦，一心渴望休息。她们带来草席与被毯为我盖上；一名阿比西尼亚女奴把我的光脚放在她大腿上，正用双手挤压按摩，以便纾解两脚的疲劳。这比我以前所做过的任何一次按摩都更为舒爽。这时来了一位美少女，她是阿塔斯的萨伊德家族中的成员，是哈德拉毛当地的贵胄，也是先知穆罕默德的后裔。她纤细修长得像条猎犬，马黛茶①肤色的脸上有一双大眼睛，脂粉未施，笑起来羞涩而灿烂。在我离开前，因为我说我订做了一件多安的礼服要带回去，萨伊德的太太便为我带来贴着亮片的刺绣，好装饰在黑色礼服的腰臀处。她还送了我一些银珠子，就是那种所有女性都喜爱戴在颈项的珠子。

我带着这些代表善意的礼物，向这些可爱的人们道别。萨伊德的儿子带我走一小段路，身后跟着罗巴特所有的小朋友。这些小孩本身并不讨人厌，但是他们的小脚扬起了滚滚尘埃，他们还以一个接一个的短跑向前冲刺，希望尽可能看清楚我整张脸。他们一路跟着我走到胡赖拜的郊外，在这里一群可怕得多的生力军沿着小山丘如洪水般蜂拥而至。他们是我今天早上的敌人，他们的加入让送行行列膨胀起来，而当我的士兵侍卫笨拙地想以枪支痛殴他们时，他们就怪吼怪叫地唱歌来报复。他们的骚扰让我很高兴看到迈斯纳阿友善的棱堡矗立在头顶上的天空，也庆幸终于能在自己的客房中静下来养病。晚上吃饭时，我和巴·苏拉家族提及胡赖拜的小孩。他们深表关切。

"我会把几个小孩抓去监牢关起来，"穆罕默德说，"教训教训他们。"

我希望他说到做到。

---

① 马黛茶，一种巴拉圭茶树叶片加工成的饮料。

第十三章
卧病于迈斯纳阿堡垒内

> 她卧病好一阵子之久，她罹患了麻疹，而没有水蛭的
> 话，她是无药可救了。
>
> ——《亚瑟之死》[①] 第十七章

在我抵达多安的第一天，努尔的母亲和我一起坐着喝咖啡
时就告诉我说，在她大腿上号啕大哭的小不点儿罹患了麻疹。
她把他挂着许多护身符的绿色缎料衣服来个倒栽葱，让我看见
他身上的疹子。那时我就知道，从来没出过麻疹的我未来会有
什么样的遭遇了。他们告诉我，每三或四年，这些传染病就会
横扫这个地区，而我不幸地正巧碰上了其中的一次。几乎每个
走上前来、因信任你而要投怀送抱的小孩，当我仔细一瞧，都
有一张花脸。人们告诉我，他们不是彼此互相传染，而是从像

----

① 英国作家马洛里所著的亚瑟王传奇，一四八五年出版，共分二十
一册。

肥皂这种添加香料的东西上感染的。塔韦尼耶 [①] 在他的游记中提及"阿比西尼亚人与示巴王国"不用香皂，而也许这就是原因。即使是我送给那些罹患风湿病而发牢骚的人的药膏，他们通常也因为它的香味而敬谢不敏。东西方的医学理论是如此南辕北辙，我也就无能为力地避开临头厄运：我所碰过的每样东西，在我之前都被患有麻疹的人碰过。当我觉得病体支离时，我量了量体温，发现是一百零三度（约三十九点四摄氏度），这事实几乎让我如释重负，我当下决定不需采取任何进一步的防范措施。我度过了一个神志不清的礼拜。有三个晚上简直是意识错乱、胡言乱语。在我破碎而痛苦的梦境当中，我追逐着某个模糊不清的东西，它随波载浮载沉且活生生的，有人把它送给我，我却失去了它，而只有失而复得我才快乐得起来。我想，这个东西就是快乐的秘密吧，我们可以料想得到，它虽简单却难以捉摸；我只希望我能记得它究竟是什么，因为我通常是在破晓时分烧退睡安稳后才梦见它。我一直做梦，直到努尔手里端着我的早餐，穿得一身黑金两色，手镯撞击得丁零当啷响，迷人的眼睛装点着亮丽眼圈粉，头顶着光滑油亮的三角髻，出现在我梦醒的视线中，仿佛是我前一夜梦境奇怪的延续。

"'古迷'，"她会说，"起床了。"完全无视我的病情。当我告诉她我发烧时，她会心情愉快地回答"我们都在烧"，并让我摸她的脉搏，而她的脉搏的确跳得很快。她就像绝大多数人那

---

① 塔韦尼耶（1605—1689），法国旅行家，也是和印度展开贸易的先驱。

样在咳嗽。我很快便将父权体制下小城生活的健康视为一种迷思，因为我从没见过这么多人同时生病。但是除非真的病到无法下床，没有人会卧病在床。一干女眷们鱼贯走了进来，很惊讶地发现我坐在地板上吃完早餐后又爬回了床上。

"马希夏尔"，她们会这么说；换句话就是，万事如意，一切都好。然而，事不关己、袖手旁观的风凉话最是令人火冒三丈，而我最后被逼得以牙还牙，说所有的病都是安拉的旨意，而他们祈求的治愈根本就是不可能的。不过，我是自取其辱，因为她们所有人都会以谦和温顺、逆来顺受的态度回答说："赞美上帝。"即使在告诉我自己的小孩一命归西时，她们还是重复这句老话，对于人力所无法控制的天命，她们相当听天由命。"这里人们把数量多到可怕的事情交托给上帝去做。"我在日记中写下这句话。

她们告诉我说，疾病是海上吹来的热风所带来的。它把窗板吹得前前后后晃动，并且灌进谷地里的管风琴风管里。我望出去，听到呼啸的风声，眼前却只是文风不动的断崖。它们简单而尖锐的轮廓线，以及崖面上随着太阳的脚步起起落落的云影，就像井里的一只水桶，一桶复一桶斗量完日复一日的光阴。夹在这些垂直的峭壁间，一种禁锢幽闭的感觉压上我心头；它们就像夜里错乱的梦境，无从脱逃。

然而，在白天有许多事可以占据我的心思。

其中一件就是食物的问题。正如在我之前的本特夫妇所发现的，牛奶、蔬菜与水果几乎都无法取得。每个人都迫不及待地想把我所想要的一切给我，他们会抓来所有的山羊，从它们干瘪的乳房中挤出满满一小杯平底陶杯的羊奶，我则却之不恭地收下当早餐。他们有时会生吃红萝卜，而努尔会帮我加工料理一番；他们也会带肉来，但我病得咬不动。任凭我怎么说他们都不相信，我的喉咙痛得厉害，吃的饭最好不要加辣椒与油脂。我病得太厉害，甚至碰都不想去碰在蜂蜜里浸泡过的油煎面饼。我只吃鸡蛋和喝汤，以及我带在身上的好力克牛奶。有一天，我吃到了西瓜与苹果这两种奢侈品，这是沿岸一带孝敬给总督的礼物，大家便见者有份、有福同享。可是女眷们一口都不肯吃，而由于我在场，他们便为坐在我旁边的小孩弄来一片果肉肥美的红西瓜。他的小脸庞箍在一圈橙色缎布帽兜里，帽兜因为油渍与缀缝上的亮片而变得僵硬。

婴孩是女眷们的玩物，我想他们大概饱受神经紧张之苦，因为当女眷们喝咖啡时，他们便从这位女士易手到另一位女士，经常要忍受被搂搂抱抱好几番的苦刑。大一点的小孩跑进跑出，将最新消息挨家挨户地传开。他们自由自在地跑进我的房间，而其他任何人也是如此——奴隶与小姐、比城里女人健康的圆脸贝都因女孩，以及需要吃药的老先生或老太婆。对于每位访客，我一视同仁地友善接待：最肮脏的可以坐在地毯上，把地毯当手帕用，或三不五时地掀起地毯一角，把痰小心地吐在底下的地板上。这是中世纪古堡生活巨细靡遗的重现。这样的生活一切公共、公开，以致隐私与干净几乎是求之不得的奢侈品。而在另一方面，圣洁不但是可能的，经常还是必要的。

当我躺在床上时，所有的事情都会发生。年老的小贩"达拉勒"会来兜售手镯，他们的商品绑在一条手巾里，里头满是珊瑚、琥珀、银制腰带与刺绣。他们会在谷地里一座城市沿着一座城市地叫卖，也为我们带来流言八卦。

从底下的村子来了一位美女阿缇雅，她新婚不久的夫婿刚离开她去索马里兰。她身上痛得厉害，几乎站立不住，想来取药。但当时我在睡觉，门房马哈穆德把她带到楼上的房间，在那里用烧红的铁烙炙她的脚后跟。等我醒来，她下楼来找我，神情愉快，很显然已经完全康复。她羞赧地唱着"卡西达"，祝他先生早日安然无恙地归来。歌词是她先生的姑妈撰写的，这位新嫁娘以轻快甜美的声音唱出，既天真无邪又感人肺腑——五个短音，一个长音，一个短音——这样连唱三遍，接下来是五个短音以及一个长音来收尾，尾音下沉，音高降为牵肠挂肚的低吟。

"归来吧。你表妹夜幕低垂时独守空闺。"

小女生们坐成一圈笑开来。阿缇雅伸出她脏兮兮的小手，羞红了带着柔和眼神的一张脸。

"这有什么不对吗？"她说，"难道他不是我夫婿吗？我不应该希望他早日归来吗？"

"他这一去要待多久呢？"

"啊，谁知道呢？也许十年吧。这全看真主的旨意了。"

他们都叹了口气，因为这就是这些谷地怨妇的悲哀。而无疑地，所有怨妇都想着她们的夫君在遥远的天边另结新欢了。

"女人在这个世界的生活可不好过。"努尔说。

她们迫不及待地要在我的颈背试试烧红的烙铁，她们说这是治疗麻疹的良方。我躲掉了，但当我碰上像个女巫的老太婆时，可就没有这么幸运了。有一天，从哈贾拉因来了个老太婆，她身上穿着那个北方地区常见的黑色长袍，全身上下装饰着五颜六色的小方块，老迈的马脸依然染成黄色。她摆出一副圣洁的模样。她的先生休掉了她（这是非常明智之举），她现在年华已逝、容貌不再，人们也不再善待她，她只能一心归向真主。当她看到我无助地躺着时，猛然冲过来，口中念着咒语，并把靛青色手指和细瘦的手臂像风车般在我头部四周打转。每念一句咒语，她就绑起又解开披肩上的一个结（这种巫术是《古兰经》上斥责的），接着突然间弯下腰来在我面前吐口水。这么做是一番好意。

我们在城堡内也是祸起萧墙。甘妮雅的儿子纳西尔有一天哭哭啼啼地走进来，哽咽地告诉我说，他站在巷子时一段木头掉下来并砸到他的手臂。这条窄巷上方住了一户人家，他们跟这户人家因为一场离婚事件而结下梁子。足足一天时间，每个人甚至连老祖母也不例外，都靠在我房间各个不同的窗口哭泣；然而，女眷们还是像往常那样继续礼貌性地拜访，肇事的木头则被解释为意外掉落（也许真是一场意外）。不过，这个小男生孤坐了数小时之久，幽幽啜泣，心中忿忿不平。这样的积怨宿怨在东方家庭中是永志不忘的：他们足不出户，幽居在重重围墙间，日后的印象没有一件能抹煞掉儿时的记忆。即使是在这里，我们也可以很清楚地看到，这些在大妈、二妈、三妈等多位母亲手中成长的小孩，长大后一旦取得权势和良机，当年后宫间的争端嫌隙也许就会恶化成流血的冲突。

这种阴影便不时在每天的说长道短中明灭闪烁。有一天，我们听说他们有个亲戚在阿比西尼亚过世了，他是隔壁村的一位年轻商人，也是当地的一位地方领袖。甘妮雅告诉我这个消息时，正一步步努力培养哀伤的情绪，好让哀恸达到适合去致哀吊唁的强度。吊唁的意思是在举哀服丧之家公开痛哭流涕长达四十八小时。她打起精神从我房间的衣柜里取出一件缎布套装。在悲泣的空当，她还不忘深深叹息。不过，没多久她就忘了要哀戚流泪，因为她很喜欢那件上好的礼服，很高兴能穿出来让大家欣赏。她把胸前的银蓝色布块撕掉，转而缝上紫金色布，她解释道这样更适合在哀家穿着。努尔和我看着她盖上黑色蒙面巾，只在细缝中露出一双眼睛，接着走下城堡的台阶。城堡俯视着底下村庄的平坦屋顶；村里有一位老迈的吟游诗人，正一边敲打着像手鼓的乐器，一边在村民的门槛上唱着悠长的"卡西达"。努尔告诉我，他来自也门，而他们叫他阿布·阿勒万，意思是曲调之父。谷地以及谷底的棕榈树平静地躺卧在壁立的悬崖峭壁间。

"你们有人曾爬上这些峭壁，居高临下俯视约耳高原吗？"我问努尔。

"从来没有。"她说。

对多安的女眷而言，这些堡垒以外的世界一模一样、模糊不清、广大无际，也不可知；她们的夫婿消失在这个世界的深处，而从这个世界不时闯入一些印度小贩，带来机器制造的丝绸与天鹅绒，这些女眷们便以当地古老的方式将这些外来布料缝制成衣服。

当甘妮雅回来时，一桩大麻烦正等着她。她的黑女奴罢工。这黑奴是"在家里孩子还小时"以八百塔勒（六十英镑）的代价买回来的，而现在没人知道什么事让她老大不高兴。她既不听话也不回话；但她捎了个口信说她希望到楼上和她的女主人说话，所以每个人便客客气气地去听她说话。

甘妮雅下楼来时满心不悦并宣告劝说失败，她告诉我，穆罕默德作为一家之主必须去和女奴说清楚，并且问她是否想被卖掉。假如真是如此，甘妮雅说，一名哈德拉毛来的"达拉勒"能办妥这件事。不过她认为事情还不至于演变到那个地步。问题是这个可怜女人有个小女儿，这女孩五岁大时被以三百塔勒（二十二英镑）的代价卖给了盖顿（距离这里一天路程）的一户人家，而母亲渴望再次看看她的女儿。

第二天早上穆罕默德和她谈话，并且承诺很快就派人接她女儿过来住几天。这位女奴再次出现在我们家庭圈里，骨瘦脸颊上的小眼睛像过去一样笑眯眯的。

"母女被拆散真是苦了做娘的。"两兄弟走上来时，我跟他们说。

"的确是，"他们说，"苦了做娘的。这是安拉的安排。"

在西方，我们以摇摆不定又颤抖不停的手，尝试去除造成苦难的原因；但是这也不过是晚近的事，而且从形式宗教式微后才开始。东方依然保存着牢不可破的形式宗教，并且鼓励泛爱众而亲仁，而这方式处理的是果不是因。因为一旦你深入细究并企图改变事情根源时，你就不再是一位慈善家，而是一位革命家了。而你公正无私的行动有可能会让整栋大楼塌陷下来，因此，自古以来人类的导师便要求维持原状，不去改变最基本的东西。所以东方人接受奴隶制度，以善良减轻它造成的痛苦，他们认为这种身体上的奴役其实没什么，正如我们看待心灵的奴役一样，即使心灵被更加喜怒无常的主子每天写下的话任意摆弄。

我现在比较舒服，烧也开始退去。我能在房间里四处走动，并且成功地坚持要人拿热水进来让我洗澡。我的主人基于好意，有一个礼拜时间拒绝送热水过来。四十天不洗澡被视作对麻疹患者的必要要求，而我后来旧疾复发则被认为是太早使用肥皂和水的缘故。在此期间，我觉得自己的力气渐渐恢复了。我之所以知道自己正在康复，是因为发现我对食物重新又有了来者不拒的胃口。我现在能以生病时不可能有的内心平静，看着马哈穆德用破破烂烂的瓜皮帽为我们带来当天量的糖，或是女奴拿起她从别人腰带中抽出的短刀，擦拭掉刀上的油腻后拿来切割我们的午餐。人们告诉我，在特里姆有一位医生，而且那地方欧洲生活的舒适设备一应俱全。与此同时我咳嗽得让我身心俱疲，我担心这也许会转变成肺炎；从我随身携带的一本小书中，我知道肺炎经常是麻疹的最后结局。我心里一沉，万一我人在多安时演变成肺炎的话，我小命休矣。在特里姆和哈德拉毛干谷有车可以叫，而救兵会尽可能大老远赶来跟我在哈贾拉因碰头：从这里到哈贾拉因只有两天的路程。我们写信去求救，过了几天，我们听说好客的卡夫·萨伊德家族派了一部车过来。带着一车的礼物和大家的善意，我挥别了多安的朋友们。

　　他们告诉我，从迈斯纳阿往上走半个小时，在峭壁的一道裂口中有许多古代遗留下来的水槽。我透过我的双筒望远镜看到一个小房间，以及一扇往外开敞的低矮的长方形窗户，就位于壁面正中间、我住所以北的地方，那地方现在用一般方法到不了，肯定未来也会一直保持可望不可即的状态。在也门，悬崖上的墓穴也是处在类似的地理环境中。通往墓穴的门已经被拉特詹斯和冯·维斯曼发现了，但这山寨看起来像燕巢般筑在崖壁外头。据我所知，来到多安的游客没有人注意到这座小小的山寨，或造访过蓄水槽。我太虚弱，无法一探究竟，于是把这古迹推荐给皇家空军，请他们下一次飞行时注意。

　　巴·苏拉也向我提及库勒干谷胡赖拜村外有个以铁门深锁的房间，同样因为无路可通而无人造访。汇流到埃萨尔的阿可兰干谷——它的谷口我在约耳高原时一定曾路过——里面有个洞穴，有人在洞里发现一口箱子，里头满是被大火烧过像腊般一团漆黑的东西，旁边的墙上有一只枯手和一些用红字写成的文件。范·登·默伦与冯·维斯曼在蒂喀干谷与曼威干谷交叉的地方，发现了古迹遗址与示巴手稿，就在通往马卡拉的路旁不远处。而这就是到目前为止，在多安附近一带被人发现的全部古迹。正如其他证据引导我们相信的，这个遗址在示巴时代也许位于通衢大道旁，而随着马卡拉的成长，以及由迦拿路经阿姆德干谷的古路的没落，其重要性与日俱减，而这也解释了何以截至目前为止发现的遗迹寥寥无几。

我因为无法前去一探古迹的究竟而感到十分遗憾，但我身上的力气已经所剩无几。

他们给了我几头新驴子和贝都因仆人。我生病期间每天都来看我的士兵，现在以全副武装再度出现，不过头上多了顶白色羊毛滑雪帽，这在热带的干谷显得格格不入。我们在下午时分缓缓出发上路。

很快地干谷转向西北方，而且变宽了些。谷地里绵延的棕榈树之河到这里已经枯竭，取而代之的是有刺酸枣树，它们的树枝向外开展，树上结满了浆果。谷地两边的小镇越来越少，有时只看到一座有许多小窗户的金字塔状塔楼。绵延不绝的悬崖峭壁耸立在我们左右。

我们的旅程很短；走了一个半到两个小时就到了马特鲁。在这里一位热情好客的商人邀请我到他家过夜，他的新家坐落在村庄与峭壁之间，白墙上有一层层灰泥刷成的网状图案。这是一栋漂亮的房子，房间仿他故乡爪哇当地的风格漆上绚丽耀眼的色彩，让人觉得仿佛置身糖果盒中。前门上精雕细琢的雕饰，花了他五十英镑。家里上上下下都很干净，他自己和他儿子在整理家务。他们在红色天鹅绒床垫上为我铺上缎布棉被，然后，他们为桌子铺上白色桌布并摆上装牛奶的锡杯准备喝茶。

他是个有钱人，然而他告诉我，他宁可住在这寸草不生的干谷里，也不愿意留在爪哇五光十色的城市中。不过，他在爪哇出生的儿子看法与他不同，我发现从国外来的年轻一代与老一辈之间通常存在这样的代沟。

第二天早上我带着些许不安的心（因为我咳嗽得几乎说不出话来）在六点五十分时离开，踏上前往锡夫与哈贾拉因的漫漫长路。

第十四章
骑驴入哈贾拉因

此地堡垒围有城墙，因细故动辄刀光剑影，

此地部落必须拥地自重，人人必须头脑清楚，

披星戴月的旅人靠近村落时天色已晚，

只见村门守卫火柴点点猩红火光。

——阿尔弗雷德·莱尔[①] 爵士

我们已经把多安最窄的部分抛到身后，而它的棕榈树在公园似的林中空地上已经不见踪影了。山坡在阳光中闪闪发光，它们的轮廓线在早晨天空的苍白中显得模糊不清。虽然山壁现在比较宽，但感觉就像牢笼的墙壁。坡顶被铲平的山坡，犹如一根根支撑山壁的巨大石柱，靠在山谷被风吹得光滑的陡峭谷壁上。谷壁上刻着一道道水平沟痕，峭壁顶一样呈台地状。

伊本·穆贾威尔的书上说，在先知胡德毁了这一切之前，

---

① 阿尔弗雷德·莱尔（1835—1911），英裔印度公仆和作家，其作品对印度生活和人民有很深入的观察。

贝尼·阿德就住在这片土地上。他们为自己筑了这些高台来抵御蚂蚁雄兵，又在四处建造壁炉，以防止蚂蚁雄兵攻顶进犯。何以这传说要将微不足道的小昆虫，夸张到足以攻击阿拉伯帝国的先祖，我无法想象。（根据雅古特的说法，此地的蚂蚁力大到足以把骑士拉下马来。）至于这些高台，我觉得早期的地理学家就跟我一样，对于这些干谷的特异建筑感到印象深刻，而把它们归因于人类愚公移山、持之以恒的努力，而非造化的浑然天成。特别是我有几回碰上这里的人，他们从未读过伊本·穆贾威尔的书，却还是指着这些线条匀称的山壁上某些特殊的景观，说肯定只有贝尼·阿德才能创造出这样硕大无朋的建筑。至于我，在如此严酷的地理环境中抱病骑驴赶路，我想象这恰如地表一道裂缝的干谷仿佛但丁《神曲》中炼狱里的一环，又幻想漆成蓝色的贝都因人，长发随风飘荡，身披披肩，手持铁叉，在头顶上约耳高原的边缘手舞足蹈。

干谷越来越宽，谷底浅层的土地被开垦成梯田，以防止洪水来袭。有刺酸枣树随处可见，像孵蛋的母鸡般低头望着自己的树影。下陷的小路在夏天时想必是一条条滚滚的溪流。我们骑驴走在干燥的土堤上。如果迎面碰上对面走来的人，其中有一方就得沿着堤岸爬下土堤让路。我们有一回和一名赶驴的人为了谁该让路而争吵起来。他的驴子在一口大铜锅的覆盖下几乎不见身影，要赶它走下土堤实非易事。我大可让路了事，但我的黑奴不允许我这么做，政府的尊严也不允许我这么做。

小城就在谷壁两边遥遥相望，藏身在累累岩石中间。它们倒过来状似蕾丝花边的城垛，以及小而斑驳的窗户，只是让它们在周遭的自然环境中显得更加颓圮荒凉。在这片地理景观中随处可见身材苗条的牧羊女，身上缠裹的布块随风飘逸，身旁摆着盛放酸枣树浆果的小圆篮子。她们手里拿着一把斧头或一根长竹竿，借此将饲料从树上敲打下来。

> 在高耸的悬崖峭壁下，
> 修剪树的人迎着徐徐微风呈现出白茫茫的一片。

看到她们缠裹着布条、脸庞遮盖在黑色面纱下，却依然如此活跃，不禁让人莞尔一笑。有时候山羊喜欢自己觅食而自行爬上树。它们色泽光滑，黑白相间，短毛，脚踝秀丽一如法国妇人的脚踝。它们会灵巧熟练地将短鼻向前推进，以撷取椭圆形小叶；这种叶子藏身在有刺酸枣树的刺中，正面有三条纵贯的白线。

平原仍然光秃秃一片，等候取代雨水的"赛勒"（洪水）的到来。地表覆盖着一层坚硬的土块，所有的颜色都被太阳晒成一片苍白。灰扑扑的农夫以轻而尖锐的锄头，将土块翻开来到将近两英尺的深度；等洪水淹来后，他们将播种小米。贝达这个小镇规模和胡赖拜差不多大，土黄色金字塔状房子一层高过一层地爬向西侧谷壁。当我们来到贝达下头时，突然发现自己又置身于棕榈树丛间。这是新开垦的肥沃农地，上头栽种了一丛又一丛的小树，底下是草地与树荫，一大早显得十分清新可人。脚下是柔软、静谧、尘埃飞扬的小路。这里有繁多的花卉——风轮菜、一簇簇黄色雏菊、白色三色堇、有蜂蜜香味的黄色洋槐花球——鸟儿唱着由六连音组成、圆滑如水的歌曲，一如溪水般沁人心脾。这里挖了许多干沟渠，以三到四道水闸连接到大路，以便洪水来时可以分洪，将洪水平均分配给每株棕榈树，因为每株棕榈树的树根都挖有一道沟渠以便灌溉。而当我们离开这些令人心旷神怡的垦地、再度走到地势空旷的干谷时，我们看到了小麦田。大部分的小麦杆都长得干瘪细长，一副可怜兮兮的模样，但是周遭不乏一块块绿油油的麦田躲在有刺酸枣树的树荫下。当我骑驴经过看到这幅田家景象时，不禁认为这世间找不到比麦田上一块柔软绿荫更怡人惬意、更能消除疲劳、更生意盎然的东西了，所谓"芳草之轻柔柔于睡眠"呀。

在我们骑驴经过的这道包夹在两片峭壁间的地堑里，唯一另一个令人感到清凉有劲的景象就是，不时有一群鸽子在天空盘旋后朝它们筑在岩壁上的鸽巢飞去。在它们灰色翎羽的衬托下，周遭这一切显得如此不毛、干燥与赭红。我们的士兵很高兴终于能出发上路了。他把枪挂在肩上，扭着臀部，昂首阔步地走在我驴子的头旁，身上蓝紫两色的遮羞布刚洗过。他足尖踢起的灰尘，让你想象不到一双脚竟有这等本事扬起这么大的灰尘，而我们只能全吞下肚，这更增加了这片自然景观干旱缺水的感觉。

今天我们整段旅程是要经过巴·苏拉控制下的地区，而零星战火在右手边的干谷时起时灭。总督热心地尽其所能让我舒服地旅行，于是抓住一位恰巧经过迈斯纳阿的年轻萨伊德族人，叫他和我们结伴而行，以保一路安全。萨伊德族人全是第一支定居在哈德拉毛的伊斯兰教传教团的后裔。这部族的人在手无寸铁的情况下能毫不畏惧地四处旅行，虽然一种日益兴盛的现代化及世俗化运动（主要从哈德拉毛人的海外殖民地传回来）现在喧宾夺主地侵蚀了他们的影响力。不过，与我们结伴而行的人被视为平安无事的保证。他年纪很轻，朝天鼻，头上裹着蓝色羊毛头巾。他很沉默，直到我们一起用饭，并讨论起各个伊玛目的族谱时，他才变得平易近人，也才开始走在我身旁，不像之前和我们保持出淤泥而不染的距离似的一个人走在前头，身上的长袍被风吹得扑扑响。

我们横越谷地来到干谷左侧后，这道干谷就在矗立岩块上的盖伦城墙下转向东行。我们走过一段荒无人烟的路，来到与埃萨尔干谷的汇流处。这里有一块宽广开阔的空地，想必是滚滚洪水的奔流处，因为这里的地表都凝结成一条条裂痕与沟渠。右手边的谷壁退后到远方，留下一种自由自在、无拘无束的感觉。埃萨尔干谷本是一个繁荣富庶的大干谷，从马卡拉来到北约耳高原，有一半的水流经这里排出，正如我们沿着它的源头一路走来时所看到的。我们将它抛到身后，然后转向北走，穿过现在已是可怜兮兮的土堆的最后一座村庄，并横越西边洪水留下的干河床。

我问在我身旁快步行进的贝都因人关于战争的事，以及敌人的安营处。

"就在那里。"他说，手指着一处叫做廓卡的房屋群。我们距离居民有一段距离，但看得见他们在墙边弯腰干活。"那是他们的一座村子，不过我们不是在这里打仗。我们在埃萨尔的丘陵打仗。"

我们继续骑驴前进，干谷显得越来越空旷，日上三竿的酷热烤炙着我们。在一个转角处，我们遇上一株花开得十分美丽、他们叫做"阿德哈布"的树，并以它的树皮来煎煮药茶。它的花是黄白两色，形大而芬芳扑鼻，正如前面绿油油的麦田一样具异国风味又令人心旷神怡。我得到一个结论，这两种东西可爱的秘密在于，在这片风沙滚滚的土地上，它们却能不惹一点尘埃。

从马特鲁出发走上三小时又一刻钟，我们看到锡夫隆起的房子，挤在西侧山壁向内凹陷的山凹，山壁上是一座泥土塔楼，雅法伊族便是在这里守卫他们的城市。有一座白色宣礼塔；一处饱受风吹日晒的岩砌圆形广场，仿佛小城背后的峭壁挤满了面目已模糊不清的巨大雕像。这是一个三穷四绝的地方，房子建得像碉堡。在城市的外缘，巴·苏拉的代理人住在简陋的房舍里，他友善又带着几分紧张地欢迎我们，这是因为他被这城的驻军欺负，又被城里的人怀疑是间谍。锡夫是一个古老又死抱着传统不放的地方，与接待我们的主人和他妻子格格不入。他在吉达做汽车买卖，去过麦加与开罗。他们小小客厅的墙上挂着他们穿着法国人服装的照片，相片底下是一幅画着汽轮的壁画，笔法粗糙拙劣，但这种笔法却在现代艺术家口中被冠上冠冕堂皇的名号。所有该画的都画到了，两道漏斗形烟囱吐着白烟，船长靠在船舷上的脸蛋像一轮满月，天空中还有飞机。

然而，这里却看不到富裕的景象，没有迈斯纳阿的雕梁画栋以及贵族的气派。代理人自己也没有权力。他焦虑不安地不让邻居靠近，对于底下的骚动火冒三丈，并要求见我，谈话中说及他们为他造成的麻烦。雅法伊族的族长径自走了进来，大呼小叫，一把抢走我适才送给主人治疗眼疾的药。这个人赶也赶不走，袒胸露背，顶会仗势欺人，对待这矮小的总督既是鄙夷又是狎玩，好比禁卫军教头在欺负懦弱无能的罗马皇帝。接下来大费了一番周张寻觅新的驴子，因为我的贝都因随从已经走到了他们旅程的终点。时间一小时一小时过去了，群众大声嚷嚷着，妇女偷偷溜进来看我，而我只渴望睡个觉、静一静。不过，到了两点半，驴子备妥了。我下楼走入群众中，场面已经失控，屋里鼓胀着兴奋之情。一旦我真的出现，他们却又显得友善。英格拉姆夫妇在锡夫驻足停留，打破了该地对外地人不友善的纪录。因为就在这里冯·瑞德遭到洗劫，而本特夫妇几乎被迫走回头路，另外，四年前荷兰特使在这里度过了一个颇不愉快的晚上。然而，我和友善的瓦拉却在此出发上路。我骑的驴子身材如此瘦小，在鞍袋的覆盖下几乎看不见身影。有三名雅法伊族人挣脱他们的同伴，前来充当护卫。我们向北走，走过在阳光中闪闪发亮的白色洪水河床。

从多安向北走，安全感会逐渐递减。虽然政府威信行于此地，通讯线路保持畅通，但想在干谷地势低平又寂寥的地区通讯，可能得费一番工夫才成。锡夫和哈贾拉因之间的垦地寥寥无几，而我心中永远无法判断，这些荒凉不毛的土地究竟是无政府状态的成因还是后果。整体而言，我认为先是经常性的时局不稳毁了这里的农作物，接着就任凭大自然蹂躏这里的土地。在下午的阳光中，我们的确行经了荒芜破败之地。走过乱石累累的干河床，盖顿出现在西方数英里外的干谷树丛里。蒂勒的曼萨伯的祖父阿哈马德·伊本·以萨的祠堂就在这里，我若不是身体觉得十分不适，肯定会停下脚步前去参访。在干谷逐渐开展的地理环境中，这祠堂看起来友善而开放。但是我们转向东行，骑驴走在一处干燥荒芜的土地上，这是地球冷却凝结后的一块表皮，由石灰岩或砂岩构成。就在凝结的当刻，地壳塌陷成十英尺深的小峡谷，此处乃成了狙击手绝佳的藏身处。有刺酸枣树与洋槐树十分少见。不见水的踪影，每隔一段距离就会看到"西卡雅"（饮水槽）的白色小圆顶，这是某位过世的旅人敬神爱人的作品。在这荒凉的洪水河床中央，横亘着一条由白色巨石连绵而成的石河，红色表层已经被洪水冲刷掉了。随处可见盖得四四方方的观察哨所，一间土房上叠床架屋地叠着另一间土房，每面墙壁都有一个射击孔。除了在谷壁向内凹进去的山凹两边有民家之外，看不到有房子。这些可怜兮兮的民家猬集在大自然庞大的峭壁下，几乎隐身不见，一簇簇民宅彼此相距颇远。除了一位裹着黑衣的妇女三步并两步地快速离去之外，我们看不到人迹。

三名雅法伊族人心情快活地走在这片土地上，无忧无虑。

他们是面貌英俊、没心眼的男人，身材高挑苗条，走起路来大摇大摆："依我们的看法，要在游侠骑士与土匪强盗之间画一条线区分彼此，可不是件容易的事。"他们把枪挂在肩膀上，摇晃着枪支的同时，也露出后背与双腿肤色暗沉的肌肉。其中有一位年轻小伙子，鹰钩鼻，英俊潇洒，另两名则上了年纪。他们几乎衣不蔽体，只在腰际围了一条遮羞布和一条弹带，让人看了觉得不好意思。他们满脸皱纹，一脸德高望重的模样，头发用丝带扎起，小指戴了枚戒指，这会儿跟在我们落队的驴子后头，蹦蹦跳跳地在峡谷里走着。他们告诉我，每隔两年他们就会回到位于亚丁东北丘陵地区山村的老家。

"你两次回家间隔的时间难道不会太长吗？"我问。

"是长啊。"老佣兵说。他走在我驴子的后头，试着用枪戳刺驴子小而隐形的后半身，好让它走上正确的路。他神情忧伤地微笑。"所有的人，"他说，"都爱自己的家乡。异地他乡让人心情沉重。"顷刻间，当日头落到我们身后，他把披肩平铺在白色石头上，开始下午的祈祷，而他的同胞继续和我们的士兵前进，他们因为有个真正的官派士兵可以聊天而兴奋得完全把我忘了。

我需要帮助，因为我的驴子是如此瘦小，以致不断失足跌倒。有四次连人带驴一起摔倒在地，但所幸它身躯太小，在我们落地前，我一抬脚就跨过它的耳朵站起来了。雅法伊族人因为锡夫人提供这样弱不禁风的动物而感到大为光火。很明显，为了这件事大家闹得很不愉快，还惹出了麻烦。有好长一段时间赶驴人都没有出现，而我们大家都束手无策了；不过，萨伊德是个例外，他可以用驴子能明白的语言和驴子沟通，且技巧上得心应手得令人惊讶。最后，驴子真正的主人终于追上了我们。他是个长相漂亮、一头鬈发的年轻贝都因人，显然因为被总督临时抓公差而一肚子怒火。我向他问候平安，他也不愿意回答。他接过他的牲口，口中发出一些几经思虑却无人能懂的声音，把它们从受喜欢爬高的本性驱使而爬上的山脊赶回正确路径。赶驴人在生我们大家的闷气：当我们路过一处西卡雅时，他走到我们前头，把手伸进泥制格子栏杆里，找着水瓢就喝将起来。若不是我央求他分我一瓢水喝，并且和他称兄道弟的话，他大概会把水瓢放回去，完全没有想到我们也要喝水。喝了水令人通体舒畅，当天剩余的时光大家都相安无事。这样倒好，因为在长日将尽时，所有人都已累得人仰马翻了。

我们走的干谷向北行进，当日头落在谷壁背后时，我们远远看到前头出现哈贾拉因的岩块。岩块也是平顶的，但比一般峭壁高出一个台阶，所以从每个方向看去都是当地醒目的地标。在这里，耕地又出现了，有一畦畦的小麦和小米，以及一两座富庶繁荣的村落。在我们右边有一条蜿蜒曲折的山路，我的士兵说，沿着山路爬上谷壁，从那里人们可以在五天内走到马卡拉。从马卡拉经多安干谷往上走到哈德拉毛的确是一条最长的路线，人们只有在安全的考量下才会选择这条路，而在地理上它没有理由成为通往内陆的要道。

现在夜色笼罩着我们。那是一轮非常皎洁明亮的月亮，沿着尘土飞扬、深若壕沟的路径照亮着我们，这条路仿佛没有尽头似的。我们两边包夹着土堤，也就是说，我们走在沟渠里。我已经疲倦不堪，我的驴子还是每隔一阵子就把我摔在柔软深厚的尘土里。年轻的萨伊德在后头踏着轻快的步伐走着，还发出噪音驱策驴子向前赶路，又不时停下来在黑暗中从光脚丫里拔出小刺。每株有刺酸枣树下牧羊女折断树枝处都有许多刺。我渐渐因为疲倦而麻木不仁，算算我们已经在路上走了七个小时，而我的身体本来就十分虚弱。昏暗的夜色中，四峰骆驼朝着我们走过来，背上驮着一袋袋芦苇。我们必须爬到高岸的土堤上，上头有另一条路。他们如同鬼魅般从底下的尘土中经过，一个呈坐姿的黑影在芦苇包上晃呀晃呀。他们和我们打招呼，满脸疑神疑鬼，想来是因为我们带着四把枪，衬着夜晚天际线的背景看起来一定是来者不善的模样。

不过，现在我们终于能从高岸路径开始往下看，眼前出现许多注满月光的盆地，里头有昏暗的树叶窸窣作响的花园。一团漆黑的哈贾拉因在一座小丘上亮起一盏灯。我们在它的城墙下经过，一群蜂窝状屋顶圈着城里的水井；四下都是笼罩在昏黄月色中的平地。城墙下有许多被磨得光溜平滑的鹅卵石路面往上蜿蜒爬行；许多老旧的椽木从城墙上凸出来，沿着椽木流下污黑的涓滴细流。我们爬到岩顶来到一扇镶嵌饰钉的大门，门槛很高，我们敲敲门，里头传来一声高声喊叫。他们一直在恭候我们的大驾光临，可是我们来迟了。他们开了门领我们到马卡拉代表所在处；他是一名奴隶，站在清真寺旁欢迎我们，黝黑的脸庞隐藏在头巾与夜色的黑影中。这间清真寺也有一口蜂窝顶水井；它的宣礼塔先是四方形，接着是圆形，再接着在塔顶又是四方形，塔形则是哈德拉毛地区所能找到最古老的形式。它闪烁着幽幽微光，天上的仙后座照亮着它；然而这座城镇则一片漆黑。他们带领我们走到一面空墙，墙上有一扇门，这是一名萨伊德的住家。我们先在门口等候，他们则去找接待我们的主人，因为里头虽然有人，但在主人来到前，他们不会开门让我们进去。在天黑后抵达东方城市是个错误。最后雕花门终于向后敞开，我们被请到一处像卫兵室的房间，墙壁脏兮兮的，没有任何家具。雅法伊族佣兵闲散地走进来，把他们的步枪挂在墙上。我心里头闷闷不乐地想着，难道这就是我今晚要打尖过夜的地方，因为这些黑奴对于阿拉伯贵族的待客之道一窍不通，无法应付突如其来的访客，而似乎没有任何人注意到我们的政府代表。

然而，过了一会儿，那名萨伊德出现并带我到他女眷住的内室。有人在窃窃私语，有人在打扫整理，也有人在提出抗议，显示今晚我就要睡在女眷自己睡的房间里。他们匆匆忙忙地在一堆女人的杂物中铺上床单；我则欣赏着刻有浮雕的墙与门，并且试着全神贯注在它们上头，至于其他东西就视而不见。城里有头有脸的望族过来和我喝茶，他们告诉我，过去两天他们一直在等候我大驾光临。等他们离去，我推开窗板，将视线透过雕花窗棂沿着这中古世纪的干谷远远扫去，竟然看到一盏静止车辆的前灯。

第十五章
马什哈德的曼萨伯

我们在少年人眼中看见如炬目光，

却在老年人眸子中看到智慧之光。

——雨果 [①]

没有人丝毫在意哈贾拉因这位奴隶总督的存在。他窝在一个角落里犹豫不决，并且和我们的奴隶士兵称兄道弟。他被视若无睹的程度，犹如宗亲大会中一位苏格兰低地税吏般。在一个部族社会里，把权力交托给一个无足轻重的人是没有用的，他正是一个活生生的例子。如果我恰巧提到他时，说到他钦差大臣的头衔，总有人不屑地补充一句："你知道的，他不过就是个奴隶罢了。"

另一方面，萨伊德家族围着我坐下来，当马什哈德的曼萨伯兼族长阿哈马德·阿塔斯走进来时，大家立刻站起来，纷纷

[①] 雨果（1802—1885），法国作家，法国浪漫主义文学运动领袖。

向他致敬。他统治着哈贾拉因底下的谷地，这里是马卡拉鞭长莫及、管辖不到的地方。他定期过来巡视，身披厚重的绿色天鹅绒长袍，头上裹着黄色头巾。他手里握着一根有银制杖头的拐杖，拐杖总是先他而行。他威严稳重，慈祥仁爱，活力充沛，宽阔的脸庞围着一圈灰白鬈曲的鬓毛和胡子。一条红绿两色的天鹅绒绶带披挂在一边的肩膀上。他举手投足间显得十分轻快利落，具有呼风唤雨、大权在握的轻松容貌，以及身为父执的慈爱态度。他以明亮闪烁、宁静祥和的眼睛望着我，一边啜饮着茶。一位来自爪哇的年轻人急切地想炫耀他对欧洲文明也略知一二，厚着脸皮硬要我拿出我根本就没有的毕业证书。

"毕业证书，"他说，"凡是念过书的法国人都有——你不是念历史的吗？"

"毕业证书不是护身符，"我说道，"我们不需要一直带在身上四处走。它们只是证明你在大学里待过的文件而已。"

"我念过英文，"年轻人说，"念过六个礼拜；我从来没有听说过大学这个词。"很显然他怀疑大学的存在。但是马什哈德的曼萨伯看到我已经精疲力竭，便站起身带着他的跟班回房就寝。

第二天早上我打开房门时，一位五官完美的少女站在门前，身上是整套哈贾拉因少女所能穿到的最华丽的衣服，脸上的打扮也不惶多让。她的眉毛已经拔光，上面画了一道殷红的细线，就像她脸上黄色亮光釉上的一道漆。她的鼻孔也是殷红的，而一个像是阿拉伯数字七的绿色图案穿过她左边的眉毛，一路沿着鼻子画下来。她的唇形精雕细琢，上唇有一条刺青的蓝线，蓝线下有一个由点和横线构成的图案。

她的衣着比多安的仕女华丽，前摆遮到膝盖，后摆拖地。由亮片贴成的长条从肩膀垂下，背部的中央也以亮片贴了一颗星星。她摇摆得恰到好处的莲步，正好用最佳角度展现出星星在全身上下突出的地位。用银匣子装妥的护身符像皇冠般戴在她头上，上头还有一顶用珊瑚串成的帽子：在许多发辫下的两片耳朵，各自沉沉地吊挂着七只耳环。她两手各托了一只木制大浅盘，盘上放了鸡蛋和泡油面饼，给我当早餐。她穿着这身繁华缛丽的服饰，用一双年轻友善的眼睛笑吟吟地望着我，解释说这光鲜亮丽的打扮是为了尊重当天来哈贾拉因迎娶新娘的一名拥有学历证书的年轻人。他已经坐车过来，但他的骆驼还在路上，等他们抵达时，他和他的朋友就会把新娘子迎娶到她距这里开车要一天的新家。

就这样，我们开启了关于服饰的话匣子，持续谈到吃完早餐，这时其他少女也前来一展华服。有些长袍是用从印度进口的印花棉布做成的，但是一般的衣服，我认为是哈贾拉因的传统服饰，则清一色黑色，没有五颜六色，只在上头以银线绣上图案。他们说传说中的英雄阿布·扎伊德为了帮他哥哥报仇，向哈德拉毛的勇士开战；而他们订下的城下之盟是，此地所有的水井都要封口堵死，妇女则必须黔首黑面并穿着黑袍，前摆还得高于膝盖。长期来被迫听命行事后，他们索性把这屈辱当做一种流行，一直沿袭到今天。

我要求买一件长袍带走，而这件事引发了我主人的贪念。他是一个皮肤粗糙、唯利是图的老萨伊德族人，打算利用我客居异地的处境，狮子大开口猛敲一笔。他在我之前招待过英国皇家空军，这经验造成的结果经常令接下来的英国旅人感到沮丧——现在他以做生意的角度对待我们所有人。也许以小人之心来看待他不太公平，毕竟他太太就没有被金钱所败坏，反自愿提供袍子当礼物。如果我们把别人的一番好意当做可以花钱购买，这不但侮辱了对方人格，更是败坏对方的心，而当他们只是把我们当做掏腰包花钱的顾客来看待时，我们却又把他们想得很卑劣。因为没有什么事要比拒绝让别人履行一项义务更加污辱人却又不露声色了。当贝利雄 ① 先生在他女儿的众多追求者中挑女婿时，他青睐的东床快婿不是救过他一命的救命恩人，而是处事够圆融、愿意让贝利钟先生去救他的人。我们很容易忘记这个人性中的基本事实。我自己颇有罪恶感，因为我把女装的价格哄抬得半天高，可苦了将来到哈贾拉因一游的游客。我很不喜欢那名老萨伊德，他满脑子想的都是钱，而在得到所有他能要到的东西之后，他在我离去时甚至没有露面为我送行——真是一个西风东渐、物欲横流的可悲例子。

　　马什哈德的曼萨伯可不然，他第二天早上再度出现，周围洋溢着一股欢愉又可敬的气氛。他抓住我的手，领我到屋顶，从那儿可远眺干谷汇流处以及脚下平铺展开的原野。他从隐藏

---

① 　指马汀（M.E.Martin）所撰剧作《贝利雄先生旅行记》的主人翁。

在他族长长袍折袖里的一只口袋中，掏出了薄荷和丁香塞到我手上，并且把他的马借给我，让我骑行过城里好奇群众争相围堵的街道。街道上挤满了背着驮篮的驴子，根本无法施展任何马术。他把马让我骑，显示出这位老族长具有独立思考的精神，因为以他神圣又德高望重的地位，他大可不必在公开场合礼遇我这阶级次等的女性。

"他们不苟同我的做法，"他一派神色轻松说道，"那是他们心胸狭窄，目光短浅，我可不在乎。"他让我继续走到马什哈德，还动手准备一场欢迎会，我则爬上城后一座小丘看遗迹。

它们是无法辨识的一堆堆碎石，其中有些水槽。但是这些碎石显示过去这座山丘上一定盖有房子。达慕恩过去是金达部族的首府，今天依然是哈贾拉因的一处郊区，曾在金达王子伊姆鲁–卡伊斯的诗句中被提到一笔：

كَأَنِّي لَم الْهو بدمّون مرّةً   ولم اشهد الغارات يوماً بِعنْدلِ

> 仿佛我从来不曾在达慕恩快意驰骋过，
> 也从来不曾在安达尔目睹过的打家劫舍。

—— 海姆达尼

安达尔是我后来才找到的小城，我在阿姆德干谷时曾前去探访过。

这些城市是阿拉伯帝国早期富庶繁荣之地，它们不间断的繁华也许继承自更古老的年代。因为我现在已经来到哈德拉毛遍地散布示巴古迹的地区。他们告诉我在哈贾拉因岩石的最上头有一个示巴蓄水池。我爬过一小段路来到岩石脚下。岩石好像一管烟囱似的拔地而起，但身体虚弱的我根本爬不上去，只得离去。我跟着一小群失望的群众回头，顶着太阳坐下来，看着我在那里寻获的贝壳化石，这个时候一名留着鬓胡子的男人向我提了个问题。他曾经在肯尼亚待过，很惊讶于我不带仆人就出门远行。

"维持和平要比许多仆人伺候好，"我说，"而两者不可兼得。当我在约耳高原时，他们会和贝都因人吵架。"

"这倒是真的，"他同意道，"但是没有法国人会出门不带着仆人跟班的。你应该带一个，然后你住一间，他住另一间，任何时候你想叫他'小弟'你就可以叫他'小弟'。"

他对于欧洲生活及其享乐的描述，让大家莞尔一笑。我们随便走走逛逛，或看看底下的小城，城里正进行着各式各样让人兴奋不已的活动。现在新娘子在击鼓声中沿着墙下一条曲折蜿蜒的小路往下走，后头尾随一群着黑衣、蒙面纱的妇人。小女孩们脸上没有蒙面纱，身上穿着贴亮片的套装，宛如款款而飞的蜻蜓在她们中间穿梭。新娘子的护花使者在平地上等候，骆驼大队已经抵达，披挂着喜气洋洋的毛毯站在车子旁边。我的车子昨天晚上到别的地方睡觉，现在又出现了，为这假日随处可见的熙熙攘攘平添了几许热闹气氛。车子停靠在蜂巢状的蓄水池旁，一旦洪水来袭，大水便会被导入并积存在这些蓄水池里。我看到从哈德拉毛干谷前来的萨伊德特使，正从城墙底下朝着我攀爬而来。

等这位特使来到，眼前出现的是一个结实、热心又精力充沛的年轻人。他来自麦加，身上完全是一派欧洲人的打扮，不管是衣着、袜子或短裤，自来水笔或腕表，或头上的小羊皮软帽。他在巴格达住过，为侯赛因国王打过仗，任务是派驻阿卡巴为阿拉伯军队开飞机。他的名字叫哈桑，由于伺候过最近几次来访的亚丁驻外公使以及英格拉姆夫妇，他对于欧洲人的品位与行事为人了若指掌。

现在他以不像东方人的活力，忙不迭地将我和我的行李都弄上车。有一半以上的行李塞不进车子里，我们不得不回过头依靠贝都因人。他们同意以八塔勒的代价，为我运送大部分行李以及我那可怜的同行伙伴小萨伊德。我本以为能勉强腾出空间来搭载萨伊德，但哈桑用文明人高人一等的鄙夷神情看了他一眼，他立刻消失无影踪。不知从什么地方冒出一些脚夫，将我的行李搬下山丘。从婚礼看热闹的人群中被吸引过来的一小撮群众欢送我们离开，我在帆布遮阳车顶下往后一靠，心头漾起了愉快的感觉。这下我们总算可以舒舒服服地旅行，不需自己张罗打点就能倒头睡大觉了。

这段路也是景观乏善可陈的地貌。我们持续在土层硬化的红色小峡谷中蜿蜒而行，这里的地表就如同我们前一天经过的干谷谷底。如果算进新郎迎亲的车子，我们的座车是第四部从南方远行到哈贾拉因的汽车。眼前看不到任何像样的马路，但是我们的驾驶是一位聪明的柏柏尔人①，直觉知道在山坡上开车

---

① 柏柏尔人，居住在北非山区的高加索人。

可能会遇到什么状况。他迂回而行，一语不发，并且自动停车让我看一堆遗迹，如果不是地面隆起以及陶器碎片散了一地，走马看花的眼睛根本就认不出那是遗迹。

我们在酷热的天气中来到了马什哈德，发现曼萨伯穿着也许一度是睡袍的衣服正在楼上一间白色房间里休憩，身旁围绕着同样在打盹的忠诚跟班，房里八扇窗子全开，相当通风。他从狭窄仅能容身的楼梯连滚带爬地下楼，一脸愉快，满心欢迎。他打发人去泡咖啡，并把人都请出去，将整个房间让给我一人；他又打发人去打水和弄些"壳贴卡"——当地一种植物，他们用来做肥皂，有点像香味扑鼻、颗粒细小的木屑——并以丰盛大餐招待我。

这是个可爱的房间，四根柱子支撑着以屋椽搭成的屋顶。雕花窗上有白色的尖顶壁龛，门旁的石灰柱刻意做得像涂了灰泥般。一个角落里有煮茶和泡咖啡的炉灶，墙壁上挂着几把枪、几支长矛和仪队行进时用的军旗杆，以及一个朝圣时所用、直径一码的浅薄手鼓。在朝圣的日子，谷地里想必充满不绝于耳的咚咚鼓声。因为马什哈德是哈德拉毛的圣地之一，甚至有朝圣客远从也门的萨那来参加在拉比·阿瓦勒举行的盛宴日。曼萨伯一视同仁、来者不拒地接待他们，将他们安顿在自己的客房里。客房前方就是他祖父的坟墓，曼萨伯会在他自己涂了石灰的房间诵读《古兰经》给他们听，然后点燃四尊小加农炮中的一座，这是他特别引以为傲的部分。

他告诉我这个地方的历史，这里开阔、空旷又不毛，还保有最初开发建基时的特性。这里曾是一个三不管的无人地带，是部族间战争的战场；农耕和运输皆不可行。除了此地古城遗留下来、长期埋没地底的石头与陶器破片之外，宽广低浅的干谷了无人烟。曼萨伯的祖父就在这里定居下来，他是一个圣洁的人，名叫萨伊德·阿里·哈桑·阿塔斯。借着他在这片空旷低地手无寸铁却依然圣洁无瑕疵的生活，以及他对村人慷慨的照料，他为这荒野带来了和平，也在约耳高原一带的贝都因人当中赢得无与伦比的影响力。供应他生活所需的既非来自土地，亦非来自耕作，而是虔诚的善男信女自动自发的奉献。三座白色圆顶下躺着他雕花铜墓和其他三座坟冢，在他们旁边有两座涂了石灰的较小坟茔。祠堂的门槛上安放了一块刻有希木叶尔文字的石碑。

往外望，这片无天然险阻、裸露于外的开阔地平静、祥和。刻有蜂巢图案的圆顶，它们的白色因为风沙吹拂而呈现柔和的粉红色。在它们前面耸立着一座拱门和一扇雕花门，前头又有一个较小的圆顶。就在这些门外，搭了三座不高的平台当座椅，它们在阳光下闪闪发光，颜色则因时间的流逝变得黯淡。这里有一两位妇人正在闲逛，还有几名带枪的贝都因人。这空地的对面盖了一座小清真寺及宣礼塔，颜色和沙漠一样呈黄褐色；那里还有两座蓄水池，可以储存十立方码的水量，不过现在空空如也，壁上的石灰也因风沙的吹拂而呈现粉色。此外还有一座喂牲口喝水的大型饮水槽"西卡雅"，四周散布几座像盒子的方形屋。没有树，几乎看不到耕作，每隔一阵子只看到成群结队的牲口走过去；一头走失的驴子正四下流浪找水喝；一群群山羊在日落时分走回村子。这里不像谷地的封建城镇，既没有设防也没有筑墙。至于干谷本身，从这一头到另一头辽阔地展开来，远处的谷壁像牢墙般耸立，并随着日出日落变换颜色。

曼萨伯把马借给我骑（马匹似乎也镀上一层此地普遍可见的粉红色）。一大群人，几乎包括马什哈德的所有小孩，带我去参观盖本遗址，穿越洪水床的大石头后走几步就到了。这河床在洪水时节洪流滚滚，虽然马匹和骆驼过得去，腿短的驴子便无法涉水过河了。我的马是一头友善的牲口，习惯了传教式的踱步速度，对于四面八方伸出防止它逃跑的手感到些微不安——逃脱这种轻率之举，恐怕它根本无能为力达成。我们在教堂里总被提醒切勿犯下出了教堂就想不起来的罪愆，也许这匹马在宗教的气氛下被养大，早习惯防患于未然的做法，但是它明显乐得终于能和我一人独自开溜。我高坐于马背，从一座小山丘顶居高临下眺望这座灰飞烟灭的古城。

范·登·默伦先生在他的书中曾经仔细描绘过这个地方。这里丘峦高低起伏、绵延不绝，面积广大，到处有暗红色或黑色的陶器破片，以及一片片燧石与黑曜岩，在石头与希木叶尔石破片当中夹杂着红玉髓珠子或雕有图案的条纹大理石棚架破片。燧石、黑曜岩碎片与工具散落一地，数量之多令人难以置信，而它们的制作水准，根据好意为我查看的卡顿·汤普森[①]

---

① 卡顿·汤普森（1889—1985），英国考古学家，专精于上埃及法尤姆低地的两个史前文化的研究。

小姐的说法，和在肯尼亚发现的石器年代相仿。有些尺寸较小，但是制作水准和在埃及发现公元前二二〇〇年的燧石不相上下。无论如何，这些遗迹古物所属的年代，比截至目前为止所认定南阿拉伯古物所属的年代更久远古老。几座小山丘顶上有颓圮倾倒的城墙，城墙大略切割成方形石块，没有用灰浆便砌在一起。那里也有一口水井，井壁也是用未涂灰浆的石块砌到地下一个深度，接着便直接向下挖深。在更靠近马什哈德的地方，颓圮废墙所用的石块比较小，也比较粗糙，但以灰浆黏合。也许这古城在历史上几段时期持续有人居住，也许一直持续到阿拉伯时期。我倾向于同意本特夫妇的看法，黄沙在这些遗址附近流动，将它们越埋越深，而非如范·登·默伦先生所说，这附近一切古迹都被洪水冲刷走了。因为在古代，先民总会选择高地来建造重要的城市建筑或坟墓，而这些现在裸露出来的城墙破片看起来不像靠近平地而建，这些小山丘也没有被水流切穿的痕迹。对于任何一位考古学家而言，这个地点都很重要，因为借由它能判断地表下找得到多少东西。在我第二天早上离开马什哈德之前，曼萨伯送我一个在废墟中找到的条纹大理石镇纸，上头有两个希米叶尔印记，其中一个印记上刻有山羊头，另一个印记上刻有哈阿速姆这个名字。

马什哈德也在庆祝结婚大喜，从曼萨伯夫人的房间突然传出咚咚响的鼓声及妇人尖细的嗓音。曼萨伯把我留在楼梯底端后离去，我爬上楼找到了她，她是个年轻貌美的女子，和英俊潇洒的族长可说是郎才女貌的天作之合。她身边围绕着马什哈德所有的仕女，大伙儿挤在一个小房间内，眼前的景象令人眼睛为之一亮——她们的脸庞用油彩涂了各式各样的流行图案，包括绿色的下巴、脸颊上的绿色圆点等；而前额的头发涂了发油梳成波浪状后盖住一颗眼睛，头上或下巴底下则有五颜六色的穗带，以绑住"努克巴"（面纱）以及沉重的银项圈。新娘子身在她们当中，在婚礼这两天她必须覆盖头纱纹丝不动地坐着。她似乎全身软绵绵的，被手镯和巨大的踝圈压得喘不过气来。她伸出黄色的手脚让彩绘在上面的散沫花颜料图案风干，而咚咚的鼓声和朋友的手舞足蹈无疑是要让她在这令人疲惫的婚礼过程中保持心情愉快。这场婚礼以她下嫁给一位素昧平生的陌生人收场。哈德拉毛的几位仕女告诉我，整体来说，她们要离过一两次婚之后才会找到真正的幸福。

她们这里的舞蹈就像马卡拉的舞蹈，但因为她们脸上奇形怪状的图案而显得更加狂野奔放。她们伸出带满戒指既僵硬又沉甸甸的双手，一手在前一手在后，置于胸部下方，然后头甩着猪尾巴状的辫子旋转，面具似的脸庞朝一侧倾斜，看起来如同神像的脸般寂寂无动静，而双眼则因为甩头的僵硬动作而显得呆滞无神。一种低沉的嗡嗡声伴随单调的咚咚鼓声时起时落，不时会有些仕女发出抖动的颤音，并一边抬起手谦虚地遮住嘴里像响板上下鼓动的舌簧。

"你喜欢吗？"每隔一阵子曼萨伯的娇妻便会这样问我，殷勤、热诚又满心愉快，她原本留我下来直到午夜新郎前来迎娶而客人尽散的时候。但是我感到疲倦，便先行离开。我整个晚上都待在有梁柱的房间里写日记，伴着我的是一盏他们所谓的"吹刻"，也就是油灯。我"在凉风中纳凉，舒服惬意无比，身边是吃了一半的饭菜"。此地的建筑风格是每面墙都开有两扇窗，这使得房里每个角落都躲不过凉风的吹拂，以致住在阿拉伯房子里的人，感冒和中暑的机会一样大。

第二天早上七点半，我们在玫瑰红的晨光中出发上路。曼萨伯从口袋中掏出丁香、薄荷与口香糖作为临别赠礼塞进我掌心，并祝福我一路顺风；而与其说他是留我过一宿的主人，还不如说他更像笑容满面、忙碌又能干的慈母。没有过客会被拒于门外，每位从多安向北旅行的游子都会在这好客之家停留，吃顿晚餐，借宿一宿。他的收入要支付这些开销并非没有困难，因为他不像漂洋过海做贸易的多数人那样靠经商成了大富翁。假如永恒的无尽长河边摆上了筵席，当马什哈德的曼萨伯也踏上这人人必走的旅程时，一定会发现他的一席之地早已备妥。

第十六章
进入哈德拉毛干谷

啊！何时人类全体之福祉

才能成为人类的通则，而天下太平

也能像道道金光普照大地呀。

——《流金岁月》，丁尼生

我们已经走完了所有狭窄的峡谷，现在正快速接近阿姆德干谷与多安干谷（现在称作卡斯尔）交会处。干谷一路绵延，与其说像一处洪水床，还不如说更像一片平原，最后汇聚于同样开阔的哈德拉毛干谷。

在这里，硬化的沙地让我们行走起来轻松容易，而前方没有马路把景观一分为二也让人心情开朗。坐在车里，一旦车子驶离公路，便有一种独立苍茫的感觉。在我们两边是一堆堆古城废墟，或是埋在地里的花园，现在只看到地表微微隆起。每座小山丘丘顶都能见到古城松散的石块，仿佛小孩玩耍时堆上去的。除了旁边有一口水井的一座白色西卡雅，以及干谷右边、躲在阴暗树丛后的某座难以辨识的土黄色村落之外，废墟是这片风景中唯一的人文景观。光影的互动是当天的美景。阿姆德干谷在我们的左手边，中间是排成罗纹状的沙丘，显示沙漠正在飘移。现在我们来到沙地的边缘，来到两栋设防的房子迪阿尔布克里，它们独个儿矗立在这片景致中央。

不管从阿姆德或多安干谷上行哈德拉毛或从哈德拉毛往下走，所有旅人一定会路过迪阿尔布克里。屋顶上几个人影向我们打招呼。他们是好客热情的民族，来自爪哇有钱的客栈老板。在巴达维亚你也许会看到他们，父子与子侄辈成功地料理财务上种种繁杂琐碎的事项，经营着有电梯和自来水龙头的旅馆。但在这里，他们却和两英里外断壁下的邻村进行着一场百年战争。

外人也被卷进这场蒙太古与凯普莱特两家族①的宿仇中。此地以北同样地处断壁下的小城，站在布克里家族这一边，还不时骚扰它南边的邻居。布克里家族一边从自家屋顶上解释作战的地理形势，一边指着断崖边的一座白塔。这是他们的一处前哨站，他们声称从这处前哨站能直接朝底下的城市开枪射击。命中目标的几率大概百分之五十。布克里家两边都有沙丘步步逼近，虽说完全与外界隔绝，敌人若没有火炮进攻不易。它是由两栋像塔楼的建筑物所构成，一栋供男丁居住，另一栋盖给家族中的女眷，两栋房子周围则环绕一堵只有一扇门的平滑泥墙。几年前整座干谷还是一座遍植棕榈树的花园，但底下的那

———————————

① 莎士比亚剧作《罗密欧与朱丽叶》中不共戴天之仇的两个家族。

座"城市"却和约耳高原的贝都因人结为盟友，于是他们夜里摸黑过来将石蜡倾倒在树根上，造成棕榈树无一幸免地全部枯亡（再次证明战争造成哈德拉毛干燥不毛的说法不假）。现在只有少数几畦小米田填补了这些空白，可望在洪水来袭时得到浇灌滋润而形成盎然绿意。我下结论说，人们尽管杀得你死我活，但连树木也不放过，就太不应该了。很明显我道出的扼腕痛惜之情，让聚集在场的一家人心有戚戚焉：他们一直认为这种做法实在有失君子之争的风度。

当马卡拉的苏丹前来视察他辖下的希巴姆之地时，布克里和南边敌对城市议定了为期六个月的停火协定，好让苏丹舒服惬意地路过此地。由于停火协定还有两个月有效期，所以目前仍天下太平。当我们来到此地时，这家的一家之主正站在他的防御工事外，环视着在太阳底下晾晒的泥砖，与此同时一名男人坐在从胸墙垂悬下来的小平台上，正用灰泥为女眷厢房的墙壁涂上装饰性图案。他们告诉我，即使停火协定终止，大白天多多少少比较安静无事，因为他们选择晚上夜袭，而整个白昼的时间里，一般的来往交通仍然持续进行。

他们以和蔼可亲又平易近人的态度接待我们，好比我们身在英国穷乡僻壤的民宿中。有关哈贾拉因及城里大小事，我们知无不言，他们则告诉我们过去几天南来北往经过这干谷的有哪些人。他们带领我们爬上屋顶，将这一带风景尽收眼底。一楼没有窗子，屋内的楼梯一直通到六楼；楼梯容易攀登，墙壁的壁缘饰带以光滑的哈德拉毛石灰涂成波浪状图案，并磨光得像蛋彩画般。在每处楼梯平台都刻有一句祝祷文，颂扬并祈求真主安拉的保佑。屋顶有个露台，露台的斜面挖有射击孔，提供更为实质的防御。他们说从这里他们可以"用毛瑟枪"射击城市。我们看着城里有棱有角、轮廓清楚的房子，宛如太阳底下的方盒子。

"他们从没四面包围过你们吗？"我问道。

"有时候。但是我们备有四副双眼高倍望远镜，老远就能看到他们过来。"他们认为这就是充分的防守了。而在南阿拉伯，的确不曾发生滴水不漏、插翅难飞的围城。

根据史料记载，十八世纪时在也门的乌姆赖尔发生过长达七年的围城。敌人用铲子而非武器，一铲一铲破坏埋在泥墙底下、原是城里下水道出口的防御工事。在也门也是虽有战事，一般的来往交通还是照常进行。史料又记载，攻打宰比德的攻城人之一就站在城门头外，好让他城里的朋友为他送出食物来。这种通敌事件显然不被当做什么稀奇怪事，虽然在这个特例中，这顿友谊之餐正巧被人动手脚下了毒。停火协定的有效期可以持续到敌我双方均分了农作物收成之后。发动这些古代战争的最佳前提是，今天的敌人可能就是明天的朋友。

当布克里家族离开了有着叮零零作响的电车的巴达维亚后，心平气和地回归他们中古世纪的生活步调。虽然这家的一家之主告诉我，他认为新加坡更适合归隐。但他这么讲的时候，语气中丝毫没有渴望在文明臂弯休憩的憧憬之情，而范·登·默伦先生在哈德拉毛发现这种憧憬与渴望普遍存在。说实在的，我在任何地方都找不到渴望归隐之情。我也没有办法一如范·登·默伦先生似乎发现的那样，发现这里的居民向往荷兰统治胜于英国管辖。我于是得到一个结论，人们很容易在别人的意见中找到和自己一厢情愿的想法印证的说法，但是症结是大家都认为客套的门面话要比据实以告更重要。"心知肚明又实话实说固然好，但仍比不上心知肚明却顾左右而言棕榈树来得好。"

我纳闷鼓吹和平的人士对于布克里家族的行径会作何感想，或是对任何一名赚了一辈子钱、到晚年该退休时却又在自己的谷地打起游击战的哈德拉毛商人，又有何种观感。这就像十八世纪一名自治市的市民，临老却在苏格兰高地大肆活跃以度余生一样。假如人类真的迫切渴望风平浪静的生活，那么这里的人肯定有点不对劲。

就我看来，我不相信风平浪静的生活是大多数人所热切渴求的。我可以想象对冲劲十足的年轻人而言，活在一个战争较少但斗争较多的世界里是一件愉快的事，正如我可以想象一头活力充沛又年轻力壮的狐狸乐得被人追捕猎杀一样。如果你熟悉这片土地又跑得跟狐狸一样快的话，你也会乐在其中的。

我们难道不是全被这件事或那桩麻烦穷追不舍吗？

> 我似乎听见就在我背后
> 时光插翅马车步步逼近：
> 在我们前方四下横亘着

广大永恒又无边际的沙漠。①

　　只要我们肌肉结实、勇气过人，我们总"喜欢"和宇宙力量来个硬碰硬。让我们意志消沉的不是战争：如果你认为现代武器的恐怖会令我们裹足不前，那你就太小看一般人的英雄气概了。我们现在深以为苦的是，我们通常会被硬塞进一些见不得人的动机，然后要我们为此奋斗。为盲目的出人头地而奋斗再也不能满足我们的灵性需求。我们觉得自己在红尘俗世中已经进化到一个更加有意识要创造发明的地步；我们变得更不乐意终其一生只为了谋利生财而汲汲营营，不论财富穿上何种冠冕堂皇的外衣。但是为了一个要牺牲小我的远大目标，为了在人类茫然不可知的未来打造出某种愿景，人们却愿意不计后果舍生取义，一如有史以来前仆后继、杀身成仁的智士仁人。人们也会鬼迷心窍、误入歧途，受到江湖术士、新闻记者及专权独夫的蛊惑。且让爱好和平的人去谴责并提防这些人吧，且让人类战争的工具动机纯洁而锋芒毕露吧，只有在他灵魂真正有需要时才派上用场。

　　不过，哈德拉毛的人们尚未劳神费心思索这普世皆然的问题，他们只是不疑有他地为自己的城镇或部族挺身而战。他们从戎赴沙场的义无反顾、迫不及待，以及他们原可躲在远方安居乐业却宁愿返乡奔赴战场的事实，显示出我前面所说的：猎狐不是那么不道德，以及假若人类有比石油更能满足灵魂需要

――――――――

　　① 出自英国诗人安德鲁·马维尔（1621—1678）的名诗《致羞涩的情人》。

的远大目标，人类会乐得舍命一战、奋力一搏。

怀着这些想法，我们离开了布克里这好客之家，当初我们原是为了透过双眼高倍望远镜来窥视敌人才上前拜访。接下来，柏柏尔人阿里风驰电掣地载着我们穿梭于沙丘当中，朝哈德拉毛干谷前进。他开车技术高明，蜻蜓点水般快速驶过罗纹形黄沙地，以免陷入沙中动弹不得。坐在车中感觉好像置身园游会里的俄罗斯铁轨上。遇到角度最小的转弯处，他总得用一只手重新调整黄色头巾。

他这人沉默寡言，下唇突出，五官细小，眼白的面积在黝黑的脸孔中显得颇大。他会像块木头似的面无表情地聆听我们说话，然后突然间以正确无误又有用的资讯打断哈桑语焉不详的谈话，或是提供我有关我最渴望一探究竟的地区的事实。哈德拉毛干谷的汽车都是以化整为零的方式从约耳高原用骆驼运抵此地，阿里乃干谷中将汽车拼装起来的第一人；现在干谷有八十部汽车，而他正考虑尝试走陆路到也门。从那里运载商品过来的贝都因人说沿路只有一片断崖，又可以绕道而行，而汽车走的公路不但一路畅通到萨那，更通到麦加。萨那目前有十二段路程之遥，汽车公路开通后将大开朝圣之旅的方便之门，现在朝圣则必须走海路绕过亚丁。十世纪时，伟大的"柴德派宰相"① 侯赛因·伊本·萨拉马在哈德拉毛往麦加大道沿线建造

---

① 原文为 Ziadife Wazir，Ziadife，可能是笔误，或指 Ziadic 或 Zaidic，什叶派支系 Zaidy 的形容词，中译为"柴德派"。Wazir 则为"大臣"、"宰相"之意。

清真寺与宣礼塔、水井与里程碑，每一段路都盖了一座清真寺，而一段路据说是相当于二十四天路程的距离。

穿过我们走的干谷东侧开口，我们经过了十世纪时海姆达尼曾提及的小城阿杰拉尼亚。小城目前仅存十五到二十间民房，围绕着一座摇摇欲坠的斜塔，底下的平原种了些有刺酸枣树。小孩跑过来送我们一些他们叫做"冻"的浆果，它们尝起来粉粉的，果皮与果核之间几乎没有什么果肉。贝都因人将它们研磨成粉，当他们深入北境打家劫舍时，只带这种干粮上路。

随着我们抵达阿杰拉尼亚，我们也离开三不管的无人地带进入了示巴地区，这地方同样隶属马卡拉管辖。根据当地语焉不详、交代不清的传统说法，四百年前此地的雅法伊族首度从西边的山丘进入平地，并且逐一东征西讨，打下了目前凯埃提朝代的天下。我们经过了断壁下的福尔特，这是他们首次拥兵自重、巩固势力的地方，在山丘的乱石堆前耸立着像丢勒①所画的碉堡。

我们现在置身浩大的哈德拉毛干谷中，这是阿拉伯境内除了鲁马干谷以外最长的一条干谷，最宽处宽达七英里。由于它连接我们方才开车经过、现在在我们身后的卡斯尔干谷开口的缘故，谷地显得更加宽广开阔。希尔绪在一八九三年首度进入这条干谷。在远远的西边，沿着也门大道横亘绵延着像堡垒般守护着谷地的谷壁，消失在日正当中、尘埃飞扬的蓝色尘霭中。

---

① 丢勒（1471—1528），德国文艺复兴时期的著名画家。

这让人起了错觉，误以为地平线上是净空的，给人开放自由、无拘无束的感觉，就像一条松开来的橡皮圈。至于其他三个方向，视线内可见断壁环绕，远远望去，看得出断崖些微高低起伏，有隆起处也有下陷处。环抱断崖的风神在上头嬉耍，轻柔地抚弄吹拂。我想约耳高原的地平线甚至稍微倾向一边，但这也许只是错觉。这让我明了在这片土地还是死寂的阶段，在它形成的过程中没有波浪起伏的动作，了无动静，全无感受，只有时间的巨轮戛然滚过圈住这片谷地的崖壁，而这是怎样一幅沉闷的景象啊！动态的感觉赋予山脉生命力，不亚于动态赋予摇曳树木与潺潺流水的生命力，而哈德拉毛断崖这般无止无尽的单调无聊，一模一样的谷壁一片接着一片，给人一种死寂不动的感觉。

这干谷的宽度因为前来汇聚的谷地与凹进崖壁的山坳而大不相同。谷底如此平坦光滑，以至于飞机可以在此起降。现在地表呈现黄棕色，有一簇簇杂草丛生的草块，草色黄绿而粗犷。不过，在洪水来袭的年份，人们可栽种玉米与小米，而一大片青葱翠绿的玉米和小米田想必是一幅欣欣向荣又可爱怡人的景象。它的开阔难以形诸于笔墨，也平坦得不像谷地，但又包夹在断崖间所以算不上是平原，而地势封闭也称不上是岛屿，因为人们望不到断崖以外的景观。横亘谷地的是一条不及一英尺宽的水道，水道稍稍隆起。水道边缘沿线长了一簇簇杂草，或种植了一些洋葱。我们循着水道往南行进，看到左边远处出现海宁村的一座座屋顶，就裸露在从西边飘移过来的沙丘顶上。

当我们进入凯埃提王朝统治的安全地带，荒凉的景象因为村民劳动其间而露出一丝生气。妇女四处走动，头上顶着像巫婆戴的那种尖顶草帽，脸上蒙着布，身上穿着希巴姆的钴蓝长袍，前摆只到膝盖，后摆则垂地。当她们为躲避我们而四散惊逃时，这身打扮倒满适合跑路的；许多妇女长袍底下穿着白色或蓝色裤子，裤管不宽，脚踝地方皱褶成折袖。

我们又看见了棕榈树，此地房子彼此的间隔也比碉堡谷地的房子宽。在这平坦的地面，每次有骆驼或牛群来饮水时，水井便发出咯吱咯吱的响声，因为此地的地下水距地表不远（在盖特恩距地表只有四码深）。三头肩并肩的骆驼沿着一条为它们的扁平足设计的坡道牵引着绳子汲水，有时这拉绳汲水的工作由农夫中最穷困的人、蒙面妇女以及几乎一丝不挂的男人负责。吊挂着将皮桶从井底拉上来的辘轳的三角形支架，在坦荡荡的平地上，看起来就像荷兰风车般醒目显眼。

没多久我们来到了在风中窸窸窣窣作响的绿油油、稠密的玉米田，其中有几块田已播种四个半月，开始由绿转黄，准备让人们来收割了。而断崖下的平地上，环绕清真寺与宫殿的石灰土墙后，有一栋黄棕色建筑。就这样我们来到了盖特恩，这是马卡拉苏丹的表兄弟，阿里·伊本·萨拉·凯埃提苏丹的家。

这地方感觉有点像独立的苏丹领地。家臣仆从懒洋洋地坐在厚重宫门下的台阶上。他们领我们走一条便利楼梯，穿过里头迷宫似的走道，来到顶楼苏丹等候接见我的地方。苏丹青春年少，清瘦高挑，在一顶红色塔布什帽底下留着黑溜溜的直发，脸上带着小男生羞赧、害臊却讨人喜欢的神情。他带领我走进一间铺有地毯的房间。房里以油漆和欧洲窗板装饰，一张小桌子和四把椅子像孤岛般矗立其中。我们一边品茗喝茶、吃凤梨和小饼干，一边谈论哈德拉毛的历史与通往舍卜沃的道路。

在这里，就像在迈斯纳阿和巴·苏拉相处一样，你会再度感受到苏丹号令既出、风行草偃的权威。盖特恩的苏丹举止温柔、风度翩翩，有一双神情柔和的褐色眼睛，带着有点瞧不起人的微笑；但在他统辖的领地内，他的话就是法律，而对于西边难缠的贝都因人，没有人比他更有办法、更有影响力了。一直到两年前，他都是他马卡拉表兄弟派驻在希巴姆的总督；但他已经离开这个职位（这对当地政府的令誉美名当然是一大不幸），现在住在他父王盖的宫殿中——一八九三年本特夫妇曾在这里住过。他对马卡拉及海外的情况所知不多，只是住在这里照顾他的百姓。当他发现我对此地历史兴致盎然，便开始较随意地与我交谈，并告诉我贸易古路的阿拉伯传统，因为他有一屋子伊斯兰作家的著作，对于这些事他博学多闻的程度乃是我此行所仅见。

他告诉我，在盖特恩发现了许多示巴古文物与碑文；他已经把一尊从断崖底下出土、状极美观的铜狮，给了前一年住在他这里的博斯科恩上校。“早知道你要来的话，我就把铜狮留下来送你。”他这话说得让我满心怅惋。在盖特恩停留了一阵子的本特夫妇，走进从南方绵延过来的本阿里干谷，在那里他们发现了希木叶尔石材与地基（在小沟谷中也发现了香料），以及一条登上断崖"旅人络绎不绝且明显年代久远"的古道。从海岸通往希巴姆的本阿里大道比多安大道短，而且几乎可确定是古道中的一条。另一条古道必然是经由阿德默干谷到希赫尔。哈德拉毛干谷本身以及延续下去叫做马西拉干谷的路线，是介于哈德拉毛与佐法尔之间一段尚未被人发现的古路的开端。苏丹认为这条古道也许遵循哈德拉毛干谷到它在赛侯特的谷口，今天携带着鲨鱼干的骆驼商队依然从这谷口由海边向内陆旅行。在我踏上旅途的前几个月，英格拉姆夫妇首度探索这条路线，而他们告诉我说他们没有在干谷下半段找到废墟遗址的蛛丝马迹。然而他们知道有个古老河堰就在卡巴尔胡德底下，并且被标注在飞行中队队长利卡德斯的航空图中。这整个地区大多被淤泥掩埋住了。据说河堰遭到摧毁，破坏了周遭一带的土地，以致许多古迹遗址也遭到掩埋，从此湮没无闻。探勘这条路线在地理学上的价值不凡，所以进一步的搜寻依然是值回票价的。关于哈德拉毛贸易路线这个乏人问津的冷僻题材，我所能搜集到的些微证据，将放在书后另立一章陈述。

详细讨论过佐法尔大道之后，盖特恩苏丹接着告诉我说，他曾经和陪菲尔比[1]先生横越鲁布哈利[2]的一位贝都因人谈论

---

[1] 圣约翰·菲尔比（1885—1960），英国探险家暨阿拉伯学者，第一位从东到西横越阿拉伯"空白之地"的欧洲人。

[2] 鲁布哈利，位于沙特阿拉伯东南部，是全球最大的砂质沙漠，即使游牧民族也难生存，又唤作"空白之地"。

过。我问他对于瓦巴 ① 这个难以一探究竟的题目的看法。瓦巴是一座人去楼空的空城；当阿德人与塔木德人被消灭之后，精灵便鸠占鹊巢地把这城市据为己有了。"若有人越雷池一步，"海姆达尼说，"他们就在他的脸上洒灰尘（也许就是指沙尘暴），如果他还执迷不悟的话，他们就让他发疯。"此地住的是尼斯纳人，他们是低等动物，只有一条腿、一只手臂和一只眼睛；从他们那里衍生出在某种派对上会被人引用的一句谚语："纳斯人（真人）都跑光了，只剩下尼斯纳人。"著名的迈赫拉骆驼据说也是瓦巴精灵的骆驼的后代子孙。

关于这座传说中的城市的正确位置，众说纷纭、莫衷一是。这使得这个话题显得太过唐突，我不敢贸然一提。但是对环绕这城市的重重困难一无所知的苏丹，却心平气和、十足把握地告诉我，哈德拉毛的每个人都把它的位置定在哈德拉毛与阿曼之间。然而，地理学家却无法这么肯定。雅古特说："神秘之城瓦巴在也门。"雅古特引用莱斯的话说，它位于耶卜林的沙漠与也门之间。曾经提及尼斯纳人的伊本·伊沙克，将它的位置定在雅古特与海姆达尼闻所未闻的沙布泊与哈德拉毛之间。言论非常值得信赖的海姆达尼则将它定在奈季兰、哈德拉毛、希赫尔与迈赫拉之间。雅古特料想是引用海姆达尼的说法，把它定在希赫尔边陲与萨那之间，接着又根据阿布·蒙齐尔权威的说

---

① 瓦巴（Wabar），乌巴（Ubar）的另一种拼法，传说中的"沙中失落之城"，这城注定要毁灭，因为他的人民"不但背负旧有的罪，还屡犯新罪"。

法，把它定在毕沙德（靠近耶卜林处）、希赫尔与迈赫拉之间。阿布·蒙齐尔则将它定在哈德拉毛与奈季兰之间。由于众说纷纭、证据各异，托马斯①先生和菲尔比先生分别在阿拉伯南辕北辙的两个角落里发现了瓦巴，也就不足为奇了。

至于前往我心中渴望一见的舍卜沃，盖特恩苏丹要我放宽心，应该是一帆风顺。赫贾齐国王与也门的宗教领袖现在已经言归于好，而重修旧好的成果就是再度开放沿着国境的三条东方路线。多年来骆驼商队首次得以使用经由阿布尔通到奈季兰的路线。另外，经由舍卜沃及马里布进入也门的香料之路，以及行经沙漠、过去叫做塞哈德的路线，现在都已经一路平安无事地开通了。

"要注意塞哈德沙漠是一片不毛、荒凉的沙漠，强风从四面八方吹进这个不毛之地，在此地称雄的乃是乌鸦。"关于风这部分，我信之不疑，因为在苏伊士以东的任何地方，风就是这样从四面八方不断灌吹进来，但是至于不毛荒凉的沙漠，苏丹告诉我到舍卜沃只有三天的路程，而这之后大概再走五天可以经由拜汗干谷走到马里布。他自己承诺帮我物色一位称职的贝都因人，因为舍卜沃的居民生性不欢迎异乡人来访；当博斯科恩上校企图闯关时，他们从墙上的枪眼放冷枪，结果击中他的一名手下，这名手下后来不治死亡。这么看起来，他们并不喜欢

----

① 伯特伦·托马斯（1892—1950），二十世纪二十年代后期接受聘任，成为马斯喀特苏丹及阿曼苏丹的财物大臣，是首位横越"空白之地"的探险家，著有《快乐的阿拉伯》。

他的贝都因向导。

"也许，"我说，"他们射击的是贝都因人而非上校本人？"

"喔，非也非也；开枪射击的是酋长，他企图一枪撂倒上校，后来当几架英国飞机碰巧飞过沙漠上空时，他们全慌忙逃出城找掩蔽，生怕遭到英国报复。但是你现在什么都不用怕了。"

一个礼拜大概有两回，携带着舍卜沃岩盐的骆驼商队会经由盖特恩前往希巴姆。这整个地区以及往南到马卡拉都尊盐为贵，许多古书中也提到盐；一位来自拜汗的人告诉我，他们把当地的北风叫做"米乐希"，就是盐风的意思，因为风是从舍卜沃地区吹来的。如果我前几天预先通知盖特恩苏丹的话，他会从路过此地的贝都因人中挑选几名老实可靠的汉子，为我先打点张罗一切，并等待我平安归来。

他真是大善人行大善事。不仅是舍卜沃而已，还有许多足迹未至的新地点，哈德拉毛的几个死谷，卡塔班人与格巴尼塔人首府泰姆纳，还有远在西北隅的焦夫（据说长颈鹿依然出没其间，却很可能只是谣传，根据阿列维的说法，此地"比任何其他阿拉伯地区埋藏着更丰富的古迹"——所有这一切的一切都在我眼前逐一展开。我由衷感谢苏丹拔刀相助，因为我旅程中艰困难行的部分——在马卡拉时已有人说我根本办不到——现在却在我面前舒坦平顺地展开了。我目前要做的不过是恢复体力，然后上路。

在此同时，我感觉病恹恹且全身疲倦，我先行告退准备就寝。房间地上铺了张床垫，我就在夜凉如水中独守空室地休息。我瞧着这惬意舒适的房间，它的石柱，它的窗子，淡绿与天蓝的油漆，以及墙上摆放油灯的壁龛。房里有几面镜子，而地毯反面朝上铺盖，以求长期保存。透过窗子我能看到这个围有城墙的城市的广场，不过广场却年久失修成不规则形。一头走路一瘸一拐的骆驼在城角蹒跚而行。每间房子各自独立，像一颗颗糖锥，围绕着它们的倾斜的土黄色墙上有灰泥涂成的装饰。窗户不再是本特夫妇当初所看到的那样漆成红色，苏丹也并非穿着一袭有浅蓝色衬里的金黄色外套。对面清真寺是一个开放庭院，后头有三排石柱，每一边各有一排石柱，正面并无石柱。格莱泽表示这是示巴寺庙的格局，代代相传，大同小异。它的宣礼塔掩映在棕榈树枝桠间，闪耀着明亮的白色，绘有细格子的塔尖形状和妇女帽顶一模一样。

当午餐在地板上摆开来时，我们的桌布看起来同样鲜艳明亮。白色衬底上满满印着蓝色刀叉杯盏图案，各色各样，不一而足。波斯烩肉饭、印度薄煎饼、阿拉伯汤和烫羊肉在桌布上堆得高高一叠。苏丹、我的朋友哈桑和我三人蹲坐在一角，而柏柏尔人阿里及小萨伊德则坐在另一个角落。早上我曾看到萨伊德，在空旷宽广的干谷中他只是一个在我们的骆驼前晃动的小黑点，尽管哈桑看起来一脸不愉快，我还是坚持把他拉上我们的坐车，和我们挤一挤。哈桑不喜欢贫穷落后的人，但是前一天他四次从失足的驴子背上摔下，却没有人扶他起来，所以他不像我有特殊理由可以心存感激。

在我离开之前，盖特恩苏丹送我登上后宫阴暗破旧的楼梯，来到宫殿屋顶一处通风良好的房间。女眷们坐在此处眺望底下像地图般展开的干谷。他的夫人也在场，蛾眉描黑连成一线，穿着一袭印度刺绣长袍，腕上戴着狮形手镯。她五个小孩全得了麻疹，围着她坐成一圈，状似黑碟子的眼睛涂了一圈厚厚的药用眼圈粉。他们紧挨过来，我不免暗自庆幸我已经对麻疹免疫了。苏丹夫人因为生平从没见过任何法国人，一开始羞答答的，在我给她脸颊通红的小儿子消炎片后，才逐渐化解了羞赧之情。我们像姐妹般谈论婴儿的疾病。最后他们带我回去，穿过其他狭窄的走道——走道阴暗处挤满了出来看热闹、穿着蓝色长袍的女佣——来到宫殿外车子停着等我的地方。我将搭车前往现在只剩下十二英里之遥的希巴姆了。

第十七章
希巴姆

巨人亲手为古时
英武如神的君王打造。

——古罗马叙事诗

盖特恩城门大敞，让我们通行。我们开车进入炎热的午后以及开阔空旷的谷地，现在几乎连绵不断的棕榈树在谷地南缘连成一线。我们不时会看见白色的西卡雅，间或有一两头脖子像壶嘴、眼帘半掩的骆驼低头踽踽独行。骆驼是一种其貌不扬的动物，但就像某些相貌平凡的女子，它们有一双可爱又柔和的黄棕色眸子，外加长长的睫毛。在这片被太阳烤炙得刚硬的世界中，它们的眼睛通常是我们触目所见唯一柔和的东西；不过，人们很少注意到这种美，因为我们通常把心爱的人比做瞪羚，谁曾听闻有人说，伊人有一双骆驼眼呢？我们经过水井与兀自独立的民宅式碉堡，若为古老碉堡则有四个角楼，不然则环绕朴素无华、裸露在外的围墙。断崖突出曝晒在大太阳下，断崖间向内凹进的洼地在腾腾热气中静静躺着。我们穿过的一处皇家空军起降地和一片平滑的谷地融成一体，几乎无从分辨。

现在看起来仿佛有一座低矮的断崖脱队游荡到谷地中央。等到我们驱车靠近，发现它遍布皱纹又满是蜂窝状的坑坑洞洞，中间垂直裂开成两半像谷壁，断壁顶上则像被一把巨大的油漆刷溅泼过，洒得白点斑斑。一座用构成这附近丘陵的泥土就地取材所筑成的城市，既老旧又满布皱纹，盖在一座土丘上，土丘里无疑埋藏了该城市过去的祖先。这里是希巴姆，属于阿德人的子孙所有。这城市在中世纪时"豢养着国王的骏马"，建筑在"哈德拉毛的中央地带"。此处五条干谷像无花果叶的叶脉般分岔开来，让坐落在谷地间的城市可以幻想拥有一片开阔的天空。

当我们驱车靠得更近时，城市渐渐和周遭的断崖区分开来。坑坑洞洞的是窗户，高高在上又小巧玲珑，裂缝则是做下水道用的长竖坑，让房子看起来更加高耸，还有就是永远暗无天日的小巷。房屋向上收束，层越高楼越窄，直到收束成涂上灰泥的屋顶。房屋躲在一排稀疏的棕榈树后头，爬升到七楼，在树影的掩映中可以看到细致的白色宣礼塔群聚在一起。希巴姆小丘几乎算不上是一座丘陵：它实际上是几乎察觉不出来的地表隆起。在这个地方，城市就像浴火重生的凤凰，无疑已经重建过许多次了。据说在北方部族压迫下的人民从舍卜沃撤离后就在这里落地生根、重新开始。在我们开车过来的西侧有一处洼地，那是当地的坟场，坟场荒凉不毛，面积比五百栋住着活人的阳宅还广大，更加深了时间长河逝者如斯与恒久不变的感觉。

目前尚无汽车走的马路可通到希巴姆。虽然一边是水道，另一边是坟场，中间是陡峭的堤岸，但我们的坐车都毫无顾虑地勇往直前。我们沿着墙边开车，说墙壁其实不然，它们只不过是碉堡型房屋空无一物的地板——这些房屋没有窗户，但到处是小门。我们从南边出来，来到一处沙地，这里有骆驼帐篷，一身靛青的染工正埋头制作手工艺品，穿着拖地的蓝色长袍的妇女则抱着羊皮袋子从井边打水回来。城门矗立在上方鹅卵石累累的高地上，一群驮负木材的骆驼正举步维艰地抬起脚跨过门槛。就在我们等待的同时，眼前人群来来往往，有贝都因人、士兵、包着头巾的市民，以及头上顶着垃圾桶的妇女。（在整个哈德拉毛地区，卖水和收垃圾这类市政工作似乎由女人一手包办。）

我们等待时，我察觉到我们的侍卫和我身后的哈桑争执不休，诉苦的声音已经嗡嗡作响好一阵子了。他觉得自己在哈桑面前面子扫地、荣誉尽失，因为哈桑的文明标准非他所能企及。除此之外，哈桑对马卡拉政府也了无敬意，因为他属哈德拉毛东部苏丹卡提里政权管辖，他们的国界正好与希巴姆接壤。虽然这两个国家在六年前重归旧好，但嫌隙仍深。

我们的侍卫正在解释，他们必得让我在希巴姆过夜，而马卡拉代表必得招待我。他们必不能让我路过此地却不得借宿一宿。其实他内心深处左思右想的是，如何在这群无动于衷的观众前来个公开告辞，好向我催讨他挂在心上好久的那一大笔薪饷。而这就是他日复一日走在我前面时，萦绕在他简单脑袋里的心事。他不具创造力的心灵，从不曾须臾想过，他也应该把我自己想在哪里过夜的想法考虑进去才是。事实上哈桑也没特别想过这件事。他除了会好斗争胜地翘起那肥胖的下巴之外，万事不关心。他弄来一部车载我，也会把我拐到卡提里的领土内：他以单音节词这么说着，心知肚明自己稳操胜券。从他胸前口袋冒出头来的自来水笔显示他属于进步的西方；而他的小羊皮软帽以及顶在粗圆颈子上的头颅，又显示他不是长脸形、具贵族气息的哈德拉毛当地人。他是侯赛因国王在麦加的空军退伍上校，他在那里的土耳其军事学校受训，空战时曾被土耳其人所伤。现在他是伊本·沙特的逐客流臣，对干谷有踌躇满志的现代化计划，也已经为泰里姆训练了一批童子军。的确，他比我文明得多。我的侍卫觉得自惭形秽，他的自言自语变得比过去更加急切了。这个时候，最后一峰骆驼从门口走出来，轮到我们颠簸着走上这鹅卵石累累的斜坡，穿过希巴姆内门的小中庭。

我们身处挤满优哉游哉一瘸一拐迈步的骆驼的广场中；高耸的建筑物向下俯视着我们，感觉自己仿佛置身狭长的海峡中，头顶上滔天巨浪呼啸。对面一座宣礼塔厕身于这些高耸的建筑物当中，似乎和我们一样矮小。此时此刻，在希巴姆我想到的不过是我的信件，以及从 A.B. 君的代理人那里拿些钱，因为我打算稍后舒服点时再折返停留。我们匆匆忙忙来到一排房子前，头顶上是高耸的蓝天，背后是聚拢过来的人群，而站在门口欢迎我们的正是代理人巴·欧拜德本人。

　　他是个短小精干的男人，身穿白色棉衣，像只活蹦乱跳的蚱蜢般活力充沛。他带领我们走上狭窄的楼梯，每到一处平台总是面带微笑地转身询问亚丁的朋友是否无恙。在办公室里，他的员工在灯芯草垫上盘腿而坐。他们清出一个角落，又在我坐的地方铺了条小毯子。他们带来一袋子信件，我看到信上熟悉的邮戳，突然间周遭世界显得遥远而陌生。等我从往事回忆中回过神来，发现我们的侍卫依然在自言自语，只是现在对象换成了巴·欧拜德，后者带着忧心忡忡的神情听着。房间里我们身边则挤满了一张张好奇张望的脸孔，而希巴姆的官方代表正鱼贯走进来向我致意问安。

　　这些人后来都成了我的朋友，他们不惮其烦地好心帮助我。即使是现在，我们只是匆匆忙忙路过此地，我也注意到他们是如何礼貌周到又热情欢迎。我未来的东道主，侯赛因·阿贾姆和他的兄弟，张嘴微笑着，露出金光闪闪的假牙。这时老总督（他是马卡拉苏丹宫中的一名家奴）四平八稳地在地板上坐了下来，一个膝盖几乎与下巴切齐，他开始研究起马卡拉苏丹的信件；他衣着讲究，一副威风凛凛的模样，手里握着有银制杖头的拐杖，染成金黄色的胡子像一圈花边似的圈住他肉感的一张大脸。

　　他们在城外花园中为我准备了一间平房，但我必须开车直接穿过此地，去更远的敌对卡提里领土里享受种种现代化的舒适。这一事实让我们大家同感痛苦难安，唯一的例外是哈桑。

他认为这一切都是中世纪陋俗的最后一段插曲，巴不得这些老掉牙的客套礼俗赶快结束了事；而另一方面，我们的侍卫现在被逼到最后防线，因此突然爆发，公开宣称我必须足不出户。

"政府希望她大门不出、二门不迈。"他说，透露出他心中对自由意志与女权的感受，言语间流露的愤世嫉俗让我大感惊讶。我没理会他，只解释说我病得不轻，而假如找不到大夫的话，也必须找一名药剂师来；我说过几天还会回来，来之前会先通知一声。在许多东方国家，人们不过把这番话当做礼貌的客套话，有言无实；但在一些场合中我注意到，在哈德拉毛整个地区，英文都被拿来做字面的拘泥解释，而这一点得归功于在我之前造访此地的所有旅人。

长日将尽，暮色渐浓，巴·欧拜德于是匆忙地从他休息的寝室中走出来，拿着一只棉布袋，数出一百枚银塔勒，在地板上堆起一小摞银钱堆。总督和我未来的主人护送我穿过一条条巷道来到停车的地方，而我们的侍卫这时方寸大乱，只在我们耳边嘀咕着要讨赏钱。我递给他六枚塔勒，相当于一个月薪资，但他一直梦想获得金山、银山，区区六枚塔勒算什么玩意儿？他知道我手中的袋子里还有九十四枚塔勒。我询问我的新朋友们意下如何，他们央求我不要再多给他钱了。当时的场面真的非常难堪，因为他们观念中以客为尊的感受受到很大的冲击——而我费了九牛二虎之力，才排开深不以为然的众人，又把两枚塔勒塞进这唯利是图的奴隶手中。虽然我对他并没有太大的好感，还是很遗憾地这样和他分手。他不是个聪明人，脑袋中一次只装得下一个想法，而这绝无仅有的想法又通常是个傻念头。人如果只有一种想法的话，当然得加倍努力才能发现他的想法是错的。

当我们把这段插曲和希巴姆高耸如塔的建筑物都抛在身后之后，我们便循着干谷北边一条更为干燥不毛的路线而行。山丘上许多颓圮倾塌的遗迹，无不提醒过往行人这里六年前曾发生凯埃提与卡提里苏丹之间的战争。卡提里是哈德拉毛地区较古老的家族。根据希尔绪的说法，有一万名卡提里人大约在一四九四年从靠近萨那的地方迁移至此，并且先拿下海宁以东的内陆地区，接着从贝尼加桑人手中拿下沿海之地。当雅法伊部族和现在的马卡拉王朝从山丘下来平地时，我们周遭所有的土地都握在卡提里人手中。这两个部族的人渐次把他们逼到现在的国界，就在希巴姆以东。

照例而言，在哈德拉毛干谷，一如大部分地方，古城都建在丘陵的坡地上；但在这里古城却建在谷地边，新城则盖在平地上。除了希巴姆之外，就我所知，海姆达尼只提到一座城市泰利斯是建造在干谷的中心地带。其他的城市都紧紧挨着较为易守难攻的谷边建筑，或像特里姆般沿着过去守护着它们的碉堡附近逐次往下搭建。

当我们沿着谷地北缘从希巴姆疾驰而行时，透过一丛丛杂草与新开垦的棕榈树垦地，我们几乎能看见对面断崖底下一处花园郊区。白色房舍掩映在棕榈树丛间，依稀可见，一如开罗的郊区。这些房子在最近平静无事的几年如雨后春笋般冒出来。

西斜的太阳映照着它们，以宁静的光线照亮了断崖间的洼地。至此我们不难理解爪哇富商何以渴望这片他们童年时的绿洲，他们横越沙漠奔向这片绿洲，仿佛奔向专属他们的一座围着高墙的秘密岛屿。这岛屿丝毫不受外界汪洋大风大浪的影响，红尘俗世的喧嚣只像潟湖的波浪细细柔柔地打过来。

一名打着赤脚的黑人奴兵，无声无息地站在尘沙滚滚的车道上。他举起手要搭便车。哈桑急切地要仿照西方规矩，只要任何人点个头就义不容辞地下车，而我们也点头同意帮助路上的旅人。这名奴隶就坐在挡泥板上。我们横越了上覆一层盐的洪水河床，河床上地表太过坚硬、水渗透不下的地方形成一洼洼浅滩。每几年就会爆发一次山洪，大水有时会挟带整座棕榈树花园冲刷过来，就像六年前希巴姆附近所发生的情形；狭窄干谷里的滔滔洪水还会迎头赶上并且淹没整支骆驼商队。但在这里，地势开阔而浅盆，而远方分岔谷地的大洼地的岸边，掩映在小麦田与棕榈树间的就是昔旺城。

它的花园里满是飞鸟鸣禽。我们穿越该城，绕着它的城墙开车，路上遇见居民便停车询问：该跟谁拿我下榻处"伊兹伊德丁"（宗教荣光）的钥匙。这地方是苏丹的别馆，他炎炎夏日的避暑胜地。我们找到了钥匙，打开门后是一座绕有回廊的白色庭院。拾级而上便来到上面的房子。房前挖有一方游泳池，有白色栏杆及碧绿的流水；走过门廊后是一间起居室和一间卧室。整栋房子都涂上灰泥，楼高只有一层；棕榈树僵硬的树枝摩擦着墙壁与窗户。里面的房间一例白色且昂贵豪华，有排成一圈的天鹅绒椅子、沙发和小茶几。卧室里有一顶粉红色蚊帐，以及滚着粉红花边的枕头。

　　这里是一处世外桃源。我刚换下风尘仆仆的衣服，穿上我发现在哈德拉毛地区能被接受的黄底黑点绸缎洋装，苏丹和他的兄弟便登门造访，随行的还有卡夫家族三位都叫萨伊德的兄弟，当初若非他们的一片善意，我今天绝走不到这么远。他们坐成半圆形，随和好客地聊开来，而他们流露的好客之情绝不会让人想到招待远从欧洲来的不速之客是一件劳师动众的苦差事。他们面目和善，习于处理同胞繁杂棘手的事务；而当他们天南地北地闲聊时，总会静静地望着我。很快地，我就明白他们如何在东方的欧洲人当中发财致富，又如何在老家执政掌权。

　　等他们告退好让我休息后，哈桑带我去看一间小浴室；在这浴室里，你能一脚走进水深及颈的温水中，一种古罗马人的奢侈享受。他们在门廊摆上桌子为我上晚餐，桌上铺了一条桌布，一径摆着加州罐装的珍馐美食，外加到目前为止几乎无法取得的牛奶，那是从花园中土厝里一头母牛身上挤来的。在我把头枕在粉红花边枕头前，我望着窗外，瞧见底下整理成一个个小方块的百日菊，而不仅百日菊花床赏心悦目，一旁的红萝卜和其他蔬菜同样迷人。

第十八章
昔旺城

我同意女人也能知书达礼,

但我绝不愿她们不守本分,

孜孜矻矻,一心向学,以便博学多闻

——《女学究》,莫里哀

昔旺城里有一位药剂师。他清瘦、年轻、羞怯、轻声细语,有着马来人的五官,是那种哈德拉毛人与海外异族通婚混血后常见的五官。他的童年是在澳洲达尔文港度过的;而早晨哈桑把他带到我的床边时解释道:"家人安排他回哈德拉毛,为了让他的宗教信仰不致遭到破坏。"

长得人高马大的哈桑,现在不再硬塞在太小的短衬衫里,而穿着一袭花格子棉布长衫,望之俨然像罩了防尘套的罗马皇帝。他以五英尺之尊居高临下、慈眉善目地俯视着这位谦卑自抑的年轻人,这位皈依真主而幸免于上刀山下油锅的人。他在澳洲的童年似乎没有白过,他给了我一些药,在我的前臂打了一针，临走时带着一抹忧郁的笑容在门前的台阶上迟疑了一会儿，说如果真主愿意的话我会好起来的。无论如何，他的神学是正确无误的。

稍晚我到他的医务室去找他，医务室是一栋老房子，里头有两间房子，有雕花窗棂的窗子和涂了灰泥的装潢。天平、显微镜与瓶瓶罐罐排成一排，在一个望之不似医务室的地方，这一切小心翼翼地保持干净清洁；一篇医学论文放在桌上。不过，他说他的医务室门可罗雀，整体而言，昔旺城的人宁可用烧烫的烙铁在颈背上烧灸。他不需仰赖他们的鼻息，因为他的薪水是卡夫家族的萨伊德所支付的，但也许是他众人皆醉我独醒的道德孤立感使得他如此谦卑自抑。当我赞美他把医务室整理得如此井然有序时，他以温柔的眼神环顾四下并云淡风轻地说："遍布灰尘。"我离去时觉得，一如我经常会有的感觉，他如此单纯无心机地相信现代文化，在落后地区推广现代文化，在这不干不净、陋习不改、散漫苟且、因循旧习的城市里，独力维持一个"遍布灰尘"的医务室出污泥而不染的干净整洁，这其中散发几许英雄气概又有几分悲凉。

昔旺城事实上是诸城中最宜人的一座。我闲适优哉地驱车穿梭在它零星散布的土黄与白色相间的民宅之间，就算千遍也不厌倦。它们从倾斜的墙垣和楼上的格子窗，俯视底下尘埃满布、未铺石板的静悄悄的街道。孤寂的街道空无一人，偶尔看见一名妇人拖曳着长长的蓝袍穿过雕花门，或贝都因人的骆驼驮着货物擦过被磨粗的泥墙角。民宅富于各式各样雕工精细的花边。它们的胸墙从底下温暖的阴影处一路向上拔起，直插天际，环绕着古城堡。时而会看见像枪炮孔的突出物，这设计原是用来将滚烫的热油倾倒在攻城的敌人身上，但在这里有了比较和平的制作目的，那是为了让后宫女眷们俯视底下的花花世界而不至于抛头露脸。后宫除了大门之外，通常也有一扇自己专用、挺不起眼的小前门。城中有许多阳光普照的静谧小巷，巷弄中有一座白色清真寺，或一座制作精美的西卡雅，其上有一两株遮凉的棕榈树。整个昔旺城里的排水沟都加盖，并通到外表平滑光亮的加盖泥制水槽中，如此一来，人们可以放一百个心四处溜达而不必担心卫生问题。这的确是个干净宜人的城市，有一座用七排石柱建成的古色古香的清真寺、一处市集、一座苏丹宫殿，以及一座公墓；这一切都坐落在该城的正中央，正如一座中古封建城池的格局布置。遇到赶集的日子，夹在四个角墙间的宫殿白色主体，会浮现在黑压压一片的骆驼之海上，外加成群结队的山羊、绵羊与驴子小贩，编竹篮的小贩，蹲坐在地上叫卖蔬菜的菜贩，称斤论两卖盐巴或鱼干或胡椒或一些七零八落像铁钉、绳索与草鞋等小东西的小贩，还有戴着高帽卖披肩的妇人。

在我停留此地的最后几天，当我得以进城一游时，得靠两名奴隶擎着棕榈树枝，有时还得用步枪枪托，才能排开群众，扫出一条通路来。这些群众几乎从未见过法国妇女，因为英格拉姆夫妇路过昔旺城却不稍停留。我此时也登上苏丹宫殿的巍峨高楼，来探访他的三千后宫。我发现她们为人友善且性情快活，一身哈德拉毛式的穿着打扮，但丝绸中闪烁一丝印度风的绚烂光泽。长袍上刺绣着五颜六色的缤纷图案，背后锈着一颗星星，脚踝挂着踝扣。有些仕女穿着爪哇风味的服饰，一件直腰的丝质外套，但论及优雅却较拖地的长袍大为逊色。她们脸上脂粉不施，只有嘴唇涂唇膏。她们对我满怀姐妹情深，个个带着惊恐之情观看我满布雀斑的手臂，她们认为这都是麻疹惹的祸。我站在她们高高在上的楼顶阳台上，俯视着昔旺城及其花园，看着城市躺在玉米田与棕榈树丛间，从峭壁底下一路倾斜向上的城墙将城市团团围住。城门大开，城墙摇摇欲坠，处处显示出今日的升平景象。因为苏丹的铁腕统治，奴隶们都听话顺从，而贝都因人则对他敬爱有加。他是部族酋长，他告诉我他是海姆达尼的后代子孙，不论多大笔的金钱或花钱收买的效忠，都比不上他一脉相传的血统更能赢得族人的尊敬。

我越来越喜欢阿里·伊本·曼苏尔苏丹了。他年近不惑，头发依然鬈曲乌黑如昔，编成一条条小卷。头颅是圆满的圆形，通常以层层叠叠、宽宽松松的头巾包住。他一身宽松褶曲、密密麻麻的衣服，喜欢穿着北方的长袍马褂。他像一件行李般坐在沙发的一角，一双小眼睛明察秋毫，在不矫揉造作的圆脸上挂着的镜片后闪烁着笑看世间的光芒。在我离去之前，我们说动他穿上他最出色的戎装，一件厚重的蓝布哔叽制服，黄金勋章密密麻麻地点缀其间——这让我想起一位美国小女生对苏格兰禁卫军所说的话："我的天哪，你怎么全身上下挂着这么多可爱的小玩意儿呀！"的确，对拍照留念来说，勋章的确光彩夺目，但穿在身上就热极了。他也是这么想的，所以正如任何头脑清楚的人会做的，他宁可穿着长袍马褂，但他倒也不抗议西方的标准。正因为如此，我感觉他把我的远道来访视为新时代的一种现象，虽然劳师动众却无法抗拒。他和他身旁的兄弟（一位清瘦沉默的人）在第一天晚上坐着几乎不说话，而卡夫家族的萨伊德们却高谈阔论现代化的东西，像马路、汽车、飞机等等。而只有在我坦承说我更喜欢宁静与旧东西时，这位苏丹才露出微笑，也开始看出我们也许能臭味相投。因为他本身也喜欢老式生活，而即使最先进的人也喜欢听别人夸奖他们本身不足的劣势，不论他们良心如何再三叮咛他们要崇尚新事、唯新是从。我总认为我们常对东方表现出的礼赞称许品位堪疑，因为我们只称赞他们向西方抄袭模仿的东西。

阿里苏丹是一位让人感到舒服、娴于社交又和蔼可亲的人。他的两位夫人，一位"下到城里"，一位"在山上花园别馆"，也的的确确这么想。他爱他的花园，也喜欢坐下来和朋友在棕榈树下品茗，一边观看一畦畦方正的紫花苜蓿苗圃，以及玉米、大白菜、红萝卜、洋葱、白花草、西葫芦和一种他们叫做"巴塔塔"的旋花科植物，以上这一切都随意地蔓生在年幼葱郁的棕榈树丛中。放眼望去看不到什么，因为一道泥土高墙将城市团团围住，只能望见远方的峭壁顶端。筑墙的原因是：后宫佳丽们在夏天时迁移到夏宫"宗教荣光"时，如果外人可以由外窥视宫里的生活起居的话，这成何体统呢？在这花园别馆自成一个世界的静谧与凌乱格局内，散发着一种宁静祥和的气氛。

花园一角有一口水井，像马什哈德的古井般，井墙是不用灰泥的干砌墙，旁边有一座乳白色西卡雅，墙上凿孔在发洪水时能让大水流过。我们看到一名村妇和她的女儿穿着蓝色长袍在树丛间忙着农事，以及鸟儿、蟋蟀和蜥蜴。我试着为促进动物学的缘故搜集这些虫鸟标本，但后来还是决定不去干犯它们，因为我发现把一只活蹦乱跳的蚱蜢泡在酒精里活活淹死，是多么令人由衷憎恶的事啊！

阿里苏丹早上通常会过来，而在树荫下坐定前，他会召我前去，和我说说阿拉伯的历史，或阅读我带来的海姆达尼的书。任何人看了这本书都会为之深深着迷，因为书里满是哈德拉毛行之有年的古老传统。至于他，由于我卧床养病时身边没有东西可读，他于是借我一本阿拉伯异教徒的历史；我真希望我能再找到这本书。这书开宗明义第一章就是谈论女性，因为阿拉伯人喜欢女人。在女人的诸多优点当中，有一点是她们理当要"遇善人时没齿难忘，遇人不淑时又能逆来顺受"；诸如此类的警世劝言不一而足，不幸的是我都忘得一干二净了。

我在花园别馆的静谧中待了几天后，开始觉得恢复了健康。我走出来到门廊上用餐，哈桑站在一旁，一边在我头顶上扇风驱赶苍蝇，一边谈论着教育。

我们谈话的内容有关一名送我三根甜菜根的萨伊德邻人。"他，"哈桑告诉我说，"写了一本关于语言的著作，而大家都说这是有史以来写得最好的一本书。在他之前没有人能就这个主题写出六百章以上的篇幅，唯独他一写就是一千章。"

"能够像他那样创纪录是非常现代化的一件事，"我向哈桑说道，"每个人都用汽车来创纪录，何不试着也用写作来创纪录？"

哈桑看起来心中很是受用。"我们这里现在越来越现代化了。"他坦承道。

他告诉我说，让我迟迟无法成眠的噪音，一种奇特的哼哼叽叽的声音，就是他们设法在苏丹宫殿和我们之间装设的电话。他们两头都安装好了电线，但一直拉不直，所以它晃来晃去像风琴般唱着歌，让这古老的干谷回响着二十世纪的声音。

"在泰里姆，"哈桑说，"家家户户都有电话，但是城镇与城镇之间则没有电话可通，因为一旦电话线出了墙，就会被贝都因人剪断。"哈桑不喜欢贝都因人，因为他们不现代化。假如他看到我和他们交谈，看到他们轻松地自抬身价，认为自己可以和别人平起平坐时，他就会翘起下巴，两眼直视正前方，正眼看都不看他们一眼。这时我只好找个适当的时机来个金蝉脱壳计结束谈话，然后他高高在上又优雅高贵地爬上我的坐车。

过了一阵子，我们开车出城，沿着洪水冲刷出来遍布石砾的干河床而行，一路上看到许多长着灰色叶子的灌木丛。当地人将这种灌木称作"雅布儿"，扎成一捆捆用来支撑泥土屋顶，而这是苏丹的独卖专营事业，是大宗收入来源。它们会绽放一种红色花朵，像一朵朵烈焰火舌。

再下去就是萨伊德·阿布·贝可·卡夫的新居及花园，我们一有空就立刻去探访。新居还在兴建当中。他的花园是哈德拉毛第一座仿欧庭园，边缘以石头砌成的圆形花床目前还一片空荡荡，只在每圈花床中央种了一株树，花床边由修剪整齐的散沫花丛围成篱笆，花园中央有一座喷泉。这座新居是昔旺城第一栋以混凝土盖成的房子，"如此一来，房间就不需要有柱子支撑了"。哈德拉毛旧日的木工以及铅铸铆钉已经废弃不用了，将来安装的门窗都是仿欧式样，所费不赀又精雕细琢。这里每件东西都造价昂贵，即使厕所也不例外。若是传统厕所则地板下陷又到处积水，不过却另有一番情趣。厕所的天花板正中央镀金，而正厅将像新加坡的旅馆般装上玻璃天花板。作品呈现维多利亚时代中叶风格的装饰家，他们的心已经因观想天堂之美而得到净化，如果他们从永恒的女儿墙居高临下地俯视，一定会看到自己的作品竟然像癌细胞般蔓延扩散在这未受污染的世界中，你能想象有什么惩罚比这更残酷呢？

人类因为吃了知识树的禁果而付出如此高昂的代价，如果还不能利用知识来分辨他喜欢什么、不喜欢的又是什么的话，那么人类的脑袋究竟哪根筋出了问题？使我们无法知道自己喜欢什么的不是无知，而是四体不勤与懦弱胆怯。无知无识的人如果任其自由发挥的话，依然可以创造出人见人爱的东西。但是当我们开始认为我们应当推崇这个而鄙视那个的时候，魔鬼就会开始在内地制造商的心中兴风作浪，而他们批发出来的货品，我们就会照单全收，正如东方照单全收西方一样。我们照着别人的想法来思考，却太怠惰又太恐惧去发掘自己的思想。这位亲爱的老萨伊德每次看着石雕门就爱不释手，而在他古老的家乡他找到了快乐，这座旧城是我所见过的唯一一座雍容华贵又美轮美奂的城市，找不到任何戛然刺耳、荒腔走板之处，可是他却认为自己有义务引进我们西方的丑陋，以致永远破坏这片美景。

我试着说出我的看法，但妇道人家的话又算什么？不过是一阵耳际的聒噪，中听或不中听还得看当时的时间与地点而定。当我把我的感觉向他解释时，萨伊德·阿布·贝可一笑置之，认为我不过是对哈德拉毛建筑之美客套一番罢了。难道这些东西不是我们制造而且还居住其中的吗？如果我们不喜欢它们的话，那为什么要这么做呢？他带我到一栋塔式建筑里，在这里他的家人依然遵循古法生活。

他的夫人身穿红色丝质长袍站立在层层台阶的顶端，手指涂抹散沫花金黄色的汁液，还戴着美观大方的戒指。更往前走，穿过一条条走廊，我们遇见他年轻的媳妇，这天是她产后第四十天，一身穿戴得美丽动人。有人正以褐色"虎大耳"的染料为她的手脚画上繁华缛丽的花边，等到大功告成，看起来会艳光四射，仿佛戴上连指手套般。再过几天，她就要到泰里姆参加一场婚礼，而我也在应邀之列。她们都是标致佳丽，我后来又再度造访她们，很喜欢和她们同处一室。她们在昔旺城的时间还不算太长，萨伊德·阿布·贝可是在泰里姆的奴隶揭竿而起而局势难以收拾后迁来此地，他带了其中一房家人同来，希冀寄情于园林院囿，在花草树木中安享晚年。佳丽们都殷殷期盼新居落成，新居是一楼平房，坐落于一处封闭场地的中央，她们可以在其中漫步蹓跶，这一点从女眷惬意舒适的观点来看是值得记上一笔的。

当我们坐在那里时，昔旺城中一位饱学的寡妇捎来口信，邀请我去看她。一位绿色罩袍拖地的女佣领着我穿过地面铺沙子的棕榈树花园，登上其他涂有灰泥的台阶，来到一间舒适宜人、有柱子、铺有地毯的房间。房间里大约有二十位仕女，围着她们的精神领袖坐成方形一圈，手臂上圈着琥珀臂镯，身穿棉布印花长袍，像极了莫里哀喜剧中的饱学仕女。寡妇年纪尚轻，体态丰盈，眼眸明亮，脸庞两边各有一条美丽的小发卷。当她看到我走过来时，正匆匆忙忙埋首于置前方地板书架上的一本博哈里（Bokhari）著作。她以专家那种无抑扬顿挫的平板的喃喃声颂念书中的章节，全神贯注，专心一致，并没有注意到我在场，而她的女弟子们则蠢蠢欲动、坐立不安。她们一方面习于乖乖顺服地听讲，一方面又满心好奇地想一睹我庐山真面目，内心正天人交战中。

我走上前去，和席地而坐的女士们擦身而过。我弯下腰，向屋子的女主人伸出手给她亲吻，她以和蔼亲切的欢迎词欢迎我加入她们这支红粉学习团队。她并没有逐步起身接住我的手，却像弹拍什么似的一把攫住我的手，然后一手握住我，并以眼角的余光瞥视我，另一手则示意女弟子们注意她。她每念到句点处，就以涂抹着散沫花汁液的美丽细小的手指强调一番，口中还一边引经据典，引用先知穆罕默德、《古兰经》及历代诗人的诗节——因为她本身是舞文弄墨的骚人墨客，参加过公开的赋诗比赛，还赢得一整组茶具作为奖品。她说，每天这些女士都会在这里齐聚一堂，聆听她读这五本书中的一本，有《古兰经》《博哈里》①和《穆斯林》②，另外两本传统读物我倒是忘了。我正巧读过一点《博哈里》，便讲了半句关于他的话；话还没说完，她没有一秒钟的迟疑，便浑然忘我地纵身于哲学及宗教至善至美的领域中了。"你为什么不在这里住下来呢？"她说。"我们每天就可以以文会友，一起默想沉思。"

我当时的确是在默想沉思，因为轮不到我开口说话。她的女弟子们有此荣幸，得以天天亲炙这位女萨伊德的教导，但亲眼看见欧洲女性的机会可是少之又少，于是她们开始出现以下犯上的迹象。最后她们差一名着绿袍的女佣穿过房间捎来口信，问我是否介意摘下帽子：她们就算听不到我说话，也要看看我的庐山真面目。我摘下帽子，笑容可掬地望着她们：有些人张开嘴，但没有人胆敢冒犯打断女萨伊德的话，舌灿莲花的她已经随着天马行空的想象力驰骋优游在诗的世界中了。上课结束前，我起身告辞，因为长日将尽，日头渐低：我离开女萨伊德时，心中对她怀抱着友好亲善的感觉，因为她的满腹诗书汩汩泉涌，信手拈来，毫不费力，在干燥不毛的神学草原中，正像穿梭于岩石间的一道山溪。她告诉我，在昔旺城中还有其他几名饱学的女夫子，因为该城和泰里姆都是宗教气息浓厚且人文

---

① 《博哈里》，一部《圣训集》的简称，其编撰者的名字以博哈里著称。
② 《穆斯林》，一部《圣训集》的简称，其编撰者的名字以穆斯林著称。

荟萃的城市，但她们都"非常偏执"。她却非如此，她张开双臂欢迎欧洲的听众，而她的友善乃真情流露。我回程经过昔旺城时，她前来看我。她的先生已经过世了，她儿女成群，住在自己的房子里。我能想象她是哈德拉毛最幸福的女性之一，因为她做她乐在其中的事，既品德高尚又举足轻重，而且人们总是在她面前这么说。

翌日早晨，二月十六日，哈桑和我离开了"宗教荣光"，踏上了泰里姆三日游的旅途。

第十九章
哈德拉毛，有幸相会！

祝贺你，哈德拉毛！

你获得了对外族人和阿拉伯人的统治，

并得到了蛮族和穆斯林的认可，

及欢迎对他们的审查：说明和要求。

——耶齐德·伊本·马格萨姆·萨达费

第二天早晨我下楼来到中庭时，发现即将带我们前往泰里姆的车子的前座里，已经坐了一位风尘仆仆、身涂蓝色染料、正在保养枪支的贝都因人。他是我们的"赛安拉"（镖师），是阿瓦米尔族人，他们的土地就介于这两座城市之间。他裹在一条看起来像属于他母亲的披肩里，我正打算为他拍张相片时，哈桑压低嗓门说我最好等一等。想到我们需要一名保镖护送这一事实，就让人心里好生难过，而没有人想强调这一点，虽说没有人认为这是什么大不了的困扰。卡夫家族的萨伊德们解决这问题的办法是给一些贝都因人终生俸禄，请他们护送任何来往通行的车辆。

我们这位阿瓦米尔族保镖是位友善、沉默寡言的人，有着贝都因人那种讨喜的单纯、直接又知足常乐的心灵。他待我礼貌有加，因为我刚刚无意中听到哈桑解释我是何许人时，把我说成是"英国的一名苏丹"。当我让他透过我的相机来看风景时，他开怀一笑。"相机把东西都变小了。"他好生失望地做下结论。

我注意到他并没有像塞班峰的贝都因人那样，在枪托上覆盖一层野生山羊皮或瞪羚皮。"我们不时兴这么做。"他说。

"那么当你杀掉一头野生山羊时，你做何处置呢？"我问。

"我们把它的角制成号角。它的头则用来跳舞时挂在头上，然后边跳边叫，我们管这舞叫做'扎迷儿'。"

"每个人都有自己的称呼，"哈桑说，"萨伊德族人把舞唤做'雪儿'；妇女的甩发舞在这里叫做'扎芬'，在马卡拉则称为'纳尔什'。"

"但是你们现在天下太平，"我说，又扯回野生山羊的话题，"你们好一阵子用不上军号了。"

"当他们缺钱用的时候，"哈桑议论说，"他们就会在路上埋伏偷袭。这时，大伙儿就得沿栈道爬上又爬下，走北边那条路跋涉过约耳高原到泰里姆去。这条路是七年前萨伊德族人被部族中断买卖时打通的。"

阿瓦米尔族的保镖又再度莞尔一笑，仿佛我们指桑骂槐地说他年少轻狂，虽说已是陈年往事，但他并没有多大悔意。

我们离开昔旺城郊区花园来到干谷南侧，由于洪水在北侧冲刷出稍微深一些的水道，使得南侧干燥不毛。

我们经过马里亚马，突出的悬崖基座以西是一座现代化城镇，以东则是老城。人们说悬崖顶的岩石堆中有一座蓄水池，而范·登·默伦提到有条古道可以通到南方。灌溉哈德拉毛的方式显然就是将干谷狭窄的部分拦起来成为蓄水坝，在古代许多地方想必都这么做，一如也门。我很怀疑昔日这一带比今日肥沃膏腴；通商贸易的有利可图，使人们认为值得注意一般的行路安全，一旦行路安全，接下来维持水利灌溉与农业发展也都能水到渠成，而人人都知道这片难得有水滋润的土地需要哪种持续不断的照顾才能保住生机。在美索不达米亚，短短几年间运河河堤的破坏，使得巴比伦的肥沃带沦为一片像土耳其高原的沙漠。传说南阿拉伯的贫穷肇因于马里布水坝的毁坏。实情也许是贸易逐渐式微，以及随之而来的漫不经心，不勤于守护水利灌溉以及修护水坝与蓄水池，干谷水坝就是个活生生的例子。巴克里曾记载道："昔时曾阡陌纵横，但在伊斯兰时代之前不久便干涸，遭弃置任其荒芜。"从哈德拉毛前往也门的骆驼商队，沿路经过的尽是沃土膏壤之地，我倒不相信，历史上曾经出现过这样的时代。艾留斯·加卢斯[1]领导的罗马远征军兵临马里布城，却不得不在饥渴交迫的威胁下折返，而这事发生在水坝被毁之前许久（水坝毁于六世纪）；当时，根据阿拉伯人的奇思幻想，"人们得以在连绵不断

---

[1]　艾留斯·加卢斯，罗马将领，约公元二十五年奉命率领军队远征阿拉伯。

的树荫底下旅行达两个月之久，一路走到马里布之地"。假如此地以任何非阿拉伯的标准来看，果真有那么一点差强人意的肥沃的话，他大可在这里休息，让军队消除疲劳、养精蓄锐。

最早的伊斯兰地理学家提到马里布与哈德拉毛之间的这块地时说"通向舍卜沃危机四伏的沙漠，哈德拉毛的第一座城镇"（巴克里），或是"塞哈德沙漠，这里只有乌鸦称霸王"。后来巴格诺德（Bagnold）上尉描述的骆驼商队来来往往的利比亚贩奴商路，在上个世纪整整百年中走上一百五十英里仍无滴水可喝，无不显示出为了有利可图的通商贸易，旅人得克服何等迢迢远路、重重危险与不适感受。古老的香料之路也许正如今日的也门骆驼商队所享有的便利，一路左右逢源，处处有水，然则当时的肥沃膏腴之地，也许其沃腴程度与涵盖面积远超过今日所见。

在南阿拉伯帝国统治下的东南也门，其人口无论如何都比现在的多，此事实或许可从锡尔瓦赫珍贵的希木叶尔碑文中的一些数字里推论出来：两万六千人被杀，另有六万五千人被俘，显示大约从奈季兰以南到海边的这片土地上，想必当时的人口多过今日。而另一方面，计算出二十万头牛，指出有相当多逐水草而居的牧人住在未有农耕的大草原之地，正如今日情形。

任何人沿着干谷一路开下去，都会忍不住深思这些问题，因为你可能不经意随处就和希木叶尔 ① 古城巧然而遇。在塔尔

---

① 我用希木叶尔或示巴这两个地名时都是泛称；我相信没有一个统称可以涵盖阿拉伯帝国前南阿拉伯地区林林总总、大大小小的帝国。——原注

巴之前的一座孤岛形岩石上有古城遗迹；塔尔巴再过去，在称作盖里亚特萨内或萨纳希耶的地方，悬崖下有一座倾圮的城市；而在阿德默干谷断开处，在通到希赫尔与大海的现代公路上，也许有一条古路暗藏其间。因为范·登·默伦在那里发现了苏内遗址，并且描摹下碑文与浮雕，就是后来我在泰里姆萨伊德·阿布·贝可的花园中所看到的摹本，而他还一片善意地将其中两本送给我①。

当我们沿着干谷南侧驱车前行时，除了这些事情之外，我们还有其他许多东西可以解闷消遣。

我们行经一处埋葬女圣徒苏塔娜谢赫的地方，现在不但有信女来此朝圣，善男也接踵而至。更往前行是伊斯兰教使徒萨伊德·阿哈马德·伊本·以萨·穆哈吉尔的陵寝，他乃是此地所有萨伊德族人的先祖。他来自巴士拉，先在哈贾拉因落脚，接着才来到此地，最后在悬崖的乱石破片中一个白圆顶下长眠安息。他让哈德拉毛之地皈依改宗伊斯兰教。本地居民可分成四大阶层，而自他繁衍出来的萨伊德族人正是其中一个阶层；这四支是：萨伊德族人；卡比利族人，他们虽然定居在平地城镇，却衍生于山区部族；梅斯巾族人，也就是劳工阶层；还有就是最低下的迪阿伊夫（农夫）阶层。萨伊德族人不带枪械，不兴兵戎，人人敬重有加，但近年来有所改观，在移居海外的

_____

① 这摹本连同我在希巴姆购得的一尊据说出土自拜汗干谷的小雕像，目前收藏于阿什莫尔博物馆。——原注

哈德拉毛人当中所展开的现代化运动已经开始侵蚀他们的权威了。

我们行经这些圣地之后，经过坐落在一处分支干谷里的塔尔巴。该城是阿瓦米尔族的首府，而根据哈桑的说法，不是什么地灵人杰的好地方。然而在旭日朝阳的金光下，望着城里青壮棕榈树园郁郁葱葱的景致，我们很难想出有什么风景比这更加浑然天成、更令人陶然忘机了。谷宽稍微收束，但出了塔尔巴城不远处，谷地在南方又开展成地势低洼、黄沙遍地、通向希赫尔和大海的阿德默干谷。绵延成一线的骆驼队伍正在那里缓缓移动，自从交通开通以来，这景象想必从未间断过。我看到了我们的骆驼脚夫，就是他把我的行李从哈贾拉因运上来；他侧坐在有块红肿的骆驼背上摇啊摇，一脸笑容可掬，仿佛他乡遇故知。

穿越阿德默干谷长满湿润茂盛的植物与芦苇的洪水河床后，我们这条作为交通要道的哈德拉毛干谷折向北方，谷宽窄缩，名称也改作马锡拉干谷。我们也横越过马锡拉的洪水河床，河床里有一汪汪尚未被土壤吸收的积水，水塘边垂悬着"依特勒"，也就是柽柳。当我们挨着干谷边缘前行时，一座有四个圆柱形角楼的堡垒在左手边俯视着我们。在这儿多沙的土壤中，经常能看到柽柳树；它们的绿荫撒在地势隆起处的一口水井旁，三男一女正在井旁拉着皮制吊桶。他们先是迈开大步向上爬行，接着手握吊绳沿着倾斜光滑的泥坡向后跑。人们告诉我，这样的动作他们一做就是四个小时。

我闲晃向前观看他们。"不要，别照相。"他们一看到我就这么大叫道。

"主赐平安。在你劳动时，愿主赐给你们力气。"我说。

皮制吊桶升起，重见青天白日，而当它颓然坠下时，便扑通一声溅起闪闪发光的水花。他们机巧聪明地在桶底牵了一根线方便拉扯，一旦吊桶上升的高度足够，只要一扯桶身便能自己倾斜，水也就倾泻而出了。这三男一女解释说，打死他们也不愿意在干这粗活、状甚狼狈时被人拍照留影。在东方，人们依然觉得"伐木工和汲水夫"是贱役，丢人现眼见不得人的。

这会儿，我的贝都因仆人闲散地漫步过来，既不大声张扬也不解释，就在树荫下坐将下来，准备哈一口他们的水烟袋。一大丛攀藤黄花爬上水井上方的竹竿，使得竿上开花的竹竿在蓝天白云的衬景下显得美丽动人。底下横亘着干谷，谷里零星点缀着柽柳的小沙丘显得寂然孤零又宁静祥和。偶尔的例外是轮胎被刺破一个洞，这时哈桑和驾驶员就得和汽车机械搏斗一番。等破洞补好，他们以虽热昏头却深以自己技术高明为荣的神情唤我们过去。我们走出阴凉闲散的一方小地，很快就驱车来到泰里姆的古城门，这城市在阳光中白净得像奶油。城门前，一群黑白山羊正低头嚼草，脖子上挂着护身符，乳房整整齐齐地以印花棉布袋子套住。

泰里姆是一座历史悠久的古城。阿里谢赫清真寺的台阶上嵌了一块古示巴石板，上面刻着 A. L . M .'. D. 这几个字母。他们也在城北郊发现一座古坟，还带英格拉姆夫妇去看。这里是贝尼·阿姆尔·伊本·穆阿维耶诸王的家，其中一名国王造访过霍斯劳的宫廷。而在先知逝世后叛教弃信的年代里，泰里姆据说是哈德拉毛唯一坚守伊斯兰教信仰不渝的城镇。大多数叛教弃信的人都隶属金达这个部族，而这部族今天依然生息于阿德默干谷中。两派人狭路相逢，他们便和穆斯林在一个叫做迈赫杰尔祖尔康（Mahjar az-Zurqan）的地方打起仗来。穆斯林的领袖是来自萨那的穆哈吉尔·伊本·阿比·乌迈亚，以及伊克里马·伊本·阿比·贾勒，后者在击退阿曼的叛教徒后，行军穿越迈赫拉来到艾卜扬（就在亚丁以东）。可想而知他们是沿着海岸线行军，因为内陆地区已落入叛教者手中。记载中提到有些希赫尔城居民跟随他。无论如何，他从艾卜扬前往马里布，在那里与穆斯林主公会师，接着他们跋涉过"介于马里布与哈德拉毛之间的荒地"塞哈德，走的是舍卜沃之路。迈赫杰尔祖尔康必定就在这路线上某处。叛军在那里被击溃后，将自己锁在城堡内闭门不出，最后终于投降交出努贾伊尔城堡。我后来辗转从哈德拉毛的朋友那里听说，这座古堡至今仍残存于泰里姆与埃纳特之间，靠近米示塔一处叫做胡贾伊勒的地方。

泰里姆人对于古时该城坚定不移的信仰相当引以为豪。今天它在一个被视作伊斯兰教信仰堡垒的国度里，依然是足为楷模的宗教之城。据说泰里姆城内有三百六十座清真寺，其中一座乃穆扎法尔建于十四世纪，他是来自佐法尔征服也门的英雄。至今还做礼拜用途的清真寺有六十座，然而这只是臆测推想罢了，因为欧洲访客罕有机会和泰里姆的宗教人士会谈。卡夫家族的萨伊德们心胸宽大、热衷于革新这一事实，以及他们以客为尊的高贵传统，自然而然吸引欧洲人前来拜访，也就让欧洲人看不清他们在城里得应付的宗教团体。那些团体势力庞大，既心胸狭隘又丝毫不肯让步。他们自动认定任何一名欧洲人都和当地革新派现代政党是一丘之貉，这使得我们要和他们接触难上加难。路上不时与我错肩而过的陌生萨伊德族人，侧过头去以避免四目交接；假如狭路相逢，他们便小心翼翼地将白袍下摆撩起翻转向一边，免得和我们的衣服有所接触而蒙尘遭污。我急切地要参访罗巴特学校，人们告诉我，这所学校地位之崇高、宗教教育之声名卓著，足可媲美开罗的爱资哈尔。我说，假如他们让我亲眼目睹的话，我很乐意仗义执言，驳斥赫尔弗里兹先生在他最近出版的德文著作中对该校所写的诸多荒诞且不当的诋毁。但即使是这样，也不能说服他们让我这次等性别的妇道人家逾越分寸地跨过学术殿堂的门槛。我只好停留在泰里姆城现代化的这一边，在萨伊德·阿布·贝可的屋子里，在有繁复雕工的客房里，享受文明的诸多奢侈。我的客房有四扇门、八扇彩绘玻璃窗，我随着心情的不同变化，时而把这房间想象成布莱顿的凉亭，时而想象成一座教堂。

泰里姆的药剂师马哈穆德来这里看我，他后来救了我一命。他是阿富汗裔亚丁公民，是一位诚实无欺、光明磊落的汉子。他告诉我，他的父亲娶了一位亚丁姑娘，就在阿比西尼亚定居下来，做木工维生。他是第一位在亚的斯亚贝巴定居的外国人，还成了塔法里皇帝的朋友及师爷；而当维多利亚女王从印度送来荣袍作为馈赠礼品时，皇帝便派他前去购买及取货。在服侍皇帝多年之后，塔法里授他土地，奖赏则由他自己选。

"我父亲，"马哈穆德说，"选择作驻亚的斯亚贝巴的英国领事；皇帝同意，这事就这么成了。我父亲收到维多利亚女王的一封谢函，以及两只皇家瓶耳的花瓶。"那封谢函遗失了，父亲过世了，母亲于是带着全家人回到亚丁。他们在阿比西尼亚还有土地，但被小姨强占了去，也就打起了官司。马哈穆德后来告诉我，他最远大的雄心壮志就是通过自己的劳心劳力在哈德拉毛建立英国领事馆，因为他觉得自己（而他的确）是大英帝国的子民。当前几天一名英国年轻人跟我说，我们大英帝国何不抛开烦恼放弃我们的属地，不问世事地做个蕞尔小国，就在这时，我眼前突然浮现马哈穆德圆圆的脸庞，以及他一双凡事凭良心的眼睛，他站在远在天边的阿拉伯干谷中向我推心置腹地倾诉他的想法。我纳闷，这名侈言抛开邦国像脱掉手套一样容易的年轻人，该用什么办法才能把放弃英国属地子民的事向马哈穆德解释得清楚满意。

就在此时，马哈穆德敲敲我的胸口，说危险已经过去了。我不过是身子骨太虚罢了。

"麻疹初愈后……"他说，"支气管炎接踵而至，然后是支气管肺炎，接着是……"但我打断他的话；我们都同意安拉目前救了我一命，而休息一阵子后，我前去拜访泰里姆苏丹。

泰里姆苏丹和他的兄弟住在城边一座堡垒中庭搭建起来的宫殿里。城中那些不受爪哇风格影响的房舍，与昔旺城的屋子颇为不同：它们一律无窗，底下的楼层画上状似波形铁皮的水平图案，前门就设在这片巨大的空白中。紧挨着墙壁的是一条不加盖的排污水竖井，往下直通到一口加盖的蓄水槽，竖井连同它长长的黑影望之像半扇吊门。较之昔旺城的街道，这里相貌惨淡的古屋多了几分土黄，却少了几许灰白。泰里姆的殷实户大多住在城外的花园洋房里，那些新式建筑刻意装潢得像赌场一般。新旧的差异夺走了泰里姆城一气呵成的感觉，而这感觉正是昔旺城的魅力所在。泰里姆这一带的干谷宽度较窄，围绕城郊一带较少有松软的耕地。有钱有闲的年轻人开车出城，到两片对峙悬崖间的洼地中享受阳光，周遭除了遍地的石头外空荡荡的。然而，暗藏墙内的花园却别有洞天，在这些怡人的地方，他们带着毛毯、椅垫和茶杯聚首相会。

　　苏丹的宫殿是旧式建筑，苏丹和他的兄弟在宫里接见我。这对年轻人举止雍容随和却慵懒闲散，一个人包着松垮的淡蓝色头巾，另一人则裹着紧密的白色头巾，而由于两兄弟脸蛋较像，我们只好借由头上的行头，还有你喜欢谁的头饰来区分谁是谁。他们很快就留下我独处，一个人透过雕花格子窗观赏聚集在楼下参加婚礼的人潮，他们自己则前往新娘子家中和达官贵人们大吃大喝去了。

　　这是一座大皇宫，从对面的空地走过来还有一小段路。全泰里姆城的人都倾巢而出，朝空地蜂拥而去。四处停放着汽车，成群结队身穿泰里姆或黄或橘或绿色长袍的妇人，围着汽车挤成一团，还有些妇人身着希巴姆的蓝袍，脸上蒙着黑纱。搭载妇女的车子会加挂窗帘，装饰着蝴蝶结与纸花，大部分的车前灯都以粉红或印花棉布包扎起来。小女生拖曳着闪闪发亮的下摆，身上装饰着珠子，束着腰带，玩完这家换那家，四处嬉耍，尚未受礼仪规范的桎梏约束。路对面是一群群男人、奴隶或镇上居民。他们蹲在地上，膝盖和后肩紧紧缠裹着披肩，这种做法可以让他们舒舒服服原地不动地坐上好几个小时。有几名携枪的贝都因人，但为数极少，因为泰里姆不像昔旺城般是一座贝都因人的城镇。

很快地，新娘出阁的队伍走了过来，其实更准确地说，是新郎迎娶的队伍。新郎头戴白色头巾缓缓而行，擎着一把颇为女性化的洋伞，同时有人在他身边摇扇扇风。走在前面开路的是三管笛子和三只称作"阿克丹萨卡夫"的薄鼓，还有镇上的达官显贵。他们戴着各式各样的头饰，包括来自爪哇、帽顶以金线刺绣的白色瓜皮小帽；来自麦加、以五颜六色色条编织图案的浅盆帽，其上再饰以小头巾；来自伊拉克的"悉达拉"；来自埃及或叙利亚的塔布什帽；以旧披肩做成的大头巾；看起来像用钩针编织成，实则不然的贴头白帽。我从格子窗居高临下望出去，琳琅满目、形形色色的帽子显示出哈德拉毛人的足迹遍及多少国家和地方。哲学家戴着白帽四处走动，阶级较高的人穿得纤尘不染；卡夫家族的穿着风格是不穿则已，一旦穿上欧洲款式的外套就金光闪闪，从第一颗纽扣一路下来都是纯金扣子，通常是沙弗林金币[1]。

---

[1] 沙弗林金币，英国旧时面值一英镑的金币。

我观看着这一切，也因为在窗旁露脸，为婚礼平添一阵骚动而兴奋，这时一个个头娇小的身影被她的贴身女奴带到我身后。她就是苏丹十岁的大女儿萨尔玛，穿着一身紫红色织锦，颈上戴了四条金珠链，胸前挂了一弯月牙胸牌。她站在那里凝视着我，含羞怯生却亮丽动人。她的小手用散沫花尖画上蕾丝图案，又用槐蓝汁液画上圆轮图案；她头上至少扎了七十五条发辫，鬈曲蓬松地流泻在肩头；头顶上则用安全别针别了枚护身符。她缓缓转过身来让我看她，并喃喃说出自己的名字，接着就消失无踪了，一只小手还握在老仆肤色暗沉的手里。

然后我下楼，发现哈桑站在门口，苏丹也在，他坐在贴上一层黑豹皮的黄色轿车里。让我难过的是，哈桑把他请下车，然后开车送我回家。

到了晚上，我也登门拜访新娘子的家。堆积如山的米饭，成群仆佣在楼下忙进忙出。萨伊德·阿布·贝可·泰里姆的太太在楼上客气热情地招待我，不多时便带我到一间大房间，里头黑压压坐满了泰里姆的名媛淑女，人声鼎沸。但是她只让我在里头停留了一分钟，因为一位衣服滚着直边蕾丝的贵妇，看到我伸出手来时花容失色；于是我被推推拉拉地请回慈眉善目的老萨伊德和他女儿们坐的地方。他的女儿们清一色穿着大红礼服，她们告诉我，这喜气的红色是为晚上的婚礼而穿的。

我疲惫得无法多作停留，喜宴和舞会还没开始，而一旦开始就要一直闹到午夜新郎被请到新娘身边为止。新郎新娘会在这里待到破晓时分，接着在亲朋好友的簇拥下回到新娘子的娘家。

我觉得没有办法坐到婚礼结束，于是在哈桑的陪同下，沿着洒满月光的街道走路回家。在苏丹宫殿背后投下的一池幽影中，我看见了新郎迎亲娶媳的队伍已经抵达。队伍中的灯笼照得新郎全身通明；他穿着一身玫瑰色的新郎喜袍，一截有穗边的布条从头巾里露出来，垂悬在他左耳上方。他身旁的人还在为他摇扇扇风，而他想来必定累坏了。我们站在暗处观看着他们。夜里，在这之后许久，在一群群人经过时，我听到了鼓声与歌声，跳着他们称作"舍卜沃尼"的舞蹈，这款舞式起源于早伊斯兰时代许久的舍卜沃时代。

第二十章
与君一别

يا ضيفَنا لو زرْتنا لوَجدْتنا   نحن الضيوف وانت ربّ المنْزل

客官哪，一旦您大驾光临，您会发现我们是客，您才
是一家之主呢。

——《穆斯塔特拉夫》

翌日早晨我被枪声吵醒，鸣枪是宣布新娘正在新郎家中用
早餐。

鸣枪后不久，哈桑出现了，他开着车领我穿梭过城里的大
街小巷，先经过摇摇欲坠的古碉堡遗迹，又穿过迅速成长的郊
区——因为现在泰里姆的营造业正蓬勃发展——然后一路来到
通往玉米田的城东大门。城墙上有苏丹的奴隶站哨驻守，上头
有一处小据点作为囚房。墙上有一人由上往下喊出一些问题来
查明我是何许人，结果我们发现原来他是绝无仅有的一名囚犯，
正在上头舒舒服服地晒太阳。在哈德拉毛，犯罪几乎闻所未闻，

诸如打家劫舍和杀人放火这类事也是照约定俗成的规矩来做，所以算起来应该归到合法战争这条项目下。

即使是打家劫舍和杀人放火的勾当，不久前也销声匿迹了。卡夫家族的萨伊德们费了好大力气又付出千斗黄金的代价，才让这道干谷维持太平。哈桑指出一处谷地给我看，谷里有两处郊区，隔着一条狭长地带两相对望。他们一直自顾自打着仗，直到一个月前萨伊德·阿布德·拉赫曼居中调停才化干戈为玉帛。假如爱好和平的人保证就是神的子民的话，那么称呼卡夫家族为"神的子民"实在一点也不为过。哈桑告诉我，这个家族在泰里姆大约有四十个支派。他们全源出一个家庭，也都人丁兴旺、乐善好施。他们既是历代苏丹人选，又都经营学校，掌管贸易，维持部队。事实上，有得管的他们全部一手包办了。他们家族中的年轻人骑着铁马在城里到处兜风，和饱受惊吓的夫子的飘飘长袍擦身而过。他们铸造一种小型硬币，在当地是通行的货币。他们得和各式各样的困难搏斗，唯一不足虑的是贫穷；但他们本身的财富在贝都因人心目中的分量又不够重，不足以无后顾之忧地统治周遭部族。泰里姆的五百多名黑奴也是伺机而动的乱源。他们一年前揭竿而起，卡夫家族的族长们有一阵子隐退到昔旺城，任凭他们大摇大摆地招摇过市；这群人桀骜难驯、衣不蔽体，像脱下制服的古罗马禁卫军。有时卡夫家族会策动贝都因人来对付黑奴以维持均势。哈桑告诉我，他一直尝试训练童子军，并让拿锄头的农夫成为执戟之士。

"但是没有枪我们能做什么呢？"他说，"这里前不着村后不落店，活像世界的尽头，我们一如困在捕鼠器的老鼠。在希巴姆，你不费分文就能买到任何东西，但货物出了城门来到我们这里就变贵了。"

说到这里，接下来不免要谈到亟待解决的烫手山芋——修筑通向大海的道路；泰里姆的希望以及随之而来它对英国人的普遍观感，便系之于这条大路上。这条路的大半段卡夫家族已自掏腰包修筑完成，但通到希赫尔的最后一段路非得等马卡拉点头同意后才能动工，而马卡拉因为害怕失去它在内陆谷地的据点，迟迟不愿做决定。马卡拉假如够理智的话，会自己修筑一条路通到希巴姆，并确保未来通商贸易畅行无阻。马卡拉的商人也希望这么做，去年秋天苏丹巡视这个地方之后，为他们送来四千塔勒，计划盖一座宣礼塔，并开始动工修路（据估计全部经费约需一万塔勒）。但是，过了一两个月他却开口讨钱回去，他们不得不把钱汇到印度，哈德拉毛的岁入大多是被皇室家族在印度花用掉的。与此同时，泰里姆的百姓不谙熟宪法程序，还以为只要我们一句话就可以搞定修路的问题。已经修好的路段是一段可怜兮兮的白色路面羊肠小径，一路爬升到约耳高原，目前惨遭雨水一步步冲刷。现在，骆驼依然踩着沉重的步伐，跋涉八天路程来到希赫尔，至于泰里姆的大宗海外贸易则由健步如飞的赤脚贝都因跑腿包办，他们只消花四天工夫就到海边了。

在清爽宜人的向晚时分，墓园的穹隆顶在粉彩画般的天空染上一抹粉红彩妆时，我们就会开车出游。路两边是累累的石头与一畦畦玉米田；田中村姑们拖着垂地的裙摆，戴着尖顶帽子，以弹弓射出土块吓走偷食玉米的鸟儿。我们出游的终点是萨伊德·欧马别馆里的彩绘游泳池旁，或某座盛开朵朵石榴花的花园里的一块地毯；我们围成圈坐着，边吃烤玉米穗轴，边谈论历史或宗教，或哈德拉毛的古国界，或国际联盟的政策。大伙谈天说地的同时，一致感觉这些纷纷扰扰的世事距离我们的休憩处大约同样遥远。

我在这地方遇到许多可爱的人；在我停留此地的最后一天，我受邀前往沙巴布社团。萨伊德·欧马是该会主席，我坐在红丝绒沙发上，周围是排成马蹄形的椅子，椅子上坐满了听众。我知道自己的阿拉伯文实在很破，只能尽最大的能力回答有关妇女教育的种种问题。一位博学多闻、求知若渴、身材矮小的男人立刻站起来发表演说。他说得舌灿莲花，仿佛从他口中流出的是滴滴蜜汁。从他丰富多彩的辞藻中，他选择得体适切的语词来欢迎我，并恭维我是第一位孤身从欧洲来哈德拉毛旅游的女性，而这一切只是出自对哈德拉毛学问的热爱。对学问的热爱果真是一项愉快且普世皆然的牵系，因为学问与一个人的所为有关，而非与一个人所拥有的财物有关。他这番话中仔细斟酌过的一片善意令我为之动容，但我也被吓得魂飞魄散，除了想到接下来就轮到我发言外，什么也想不出来。这躲也躲不掉的时刻终于来到了，这位身材矮小的男子坐了下来。我站起来，尽可能长话短说地谋杀了阿拉伯文。发表完演说让我明白痛苦的结束其实就是一种快乐的形式。

我和社团成员在萨伊德·欧马屋子的凉台上拍照留念，大家都尽可能地堆满笑容。他们用一部车载我回去，途中经过苏丹的宫殿，宫前的加农炮有点像四英尺长的望远镜，现在正被人移开，为下一场婚礼做准备。他们载我回到家门口，我住处的彩绘窗户仿佛亘古以来就是如此涂着阿拉伯天空光亮的白色。

　　每一个来探访我的人，特别是卡夫家族的小男孩，都带着自己的跟班奴仆——因为每个男孩出生后不久，就会得到一个年纪相仿、随伺在旁的奴仆，而主仆两人就这样厮混着一起长大——他们每个人都告诉我说，我没看到加农炮发炮真是枉此一行。不过，当天晚上这个遗憾就被弥补了，因为一支卡夫家族邀请我去看他们的私人电影院，而就在那里，加农炮为某个正式场合发炮，炮口冒着阵阵白烟，观众则报以热烈的欢呼声。

　　我们在晚餐后驱车前去观赏表演。我们深入泰里姆城中古世纪的巷弄，在月光的指引下走上颠簸不平的路面，最后走入电灯的光线下，踏入哥林多式石柱下的现代世界，那是个装潢得美轮美奂的大房间，人们四处蹲坐在椅垫上。

　　电影放映在房间一头的一片白布上，内容是我们目睹多时的泰里姆城的生活。两名苏丹闲适安稳地走进来，步伐流露出一种腻烦的一国之君的神气，无疑是无数次校阅的积习所造成。但是每个人都报以哄堂大笑，因为我们刚刚才在电影的慢动作上看到他们表演一模一样的动作，只不过电影里是慢动作所以腻烦的神情更加明显。他们自己也笑开来了，他们是哲人之君，垂拱而治，至于统治国家艰难的经国大业则留给了卡夫家族去操心。他们和颜悦色地在我们身旁坐下来，并加入我们对刚刚观看的电影所进行的评论。

哈桑的弟弟就像英国的小学生一样是个天资聪颖、眉清目秀的小男孩，他也是国王伊本·沙特的无线电接线生。他刚从麦加过来这里一游，正和几名卡夫家族的年轻人一同操作电影放映机。无论是来自爪哇的年轻人，或来自麦加的访客，还是阿比西尼亚的奴隶，大家都融洽和谐地相处在一起，显得其乐融融。我从不曾在哈德拉毛任何一场聚会中看到低潮情况。我们看着谷地的画面，接着画面转到新加坡有英式草皮的花园和洋房，草皮上奔跑着穿着浆有褶边的欧洲进口童装的小孩。当灯光再次打开时，十岁大的小萨尔玛在父亲的臂弯里熟睡着，她穿得一身绿意，脖子上的五条项链则让她显得金光闪闪。我们驱车回到阿拉伯的世界，在我们住家外的黑暗中大叫"奴隶，奴隶啊"，呼唤他们来打开雕花大门。一阵杂沓纷乱的赤脚脚步声，一幢幽暗人影提着煤油灯领我们走上一条条通道和楼梯，经过一处会客室（会客室的门槛零星散乱地摆了几双拖鞋），又经过吊在窗户通风荫凉处的一只装满水的羊皮袋，然后在月光的照耀下走过一处开阔的高墙庭院而来到我的房间。

翌日早晨我忙得不可开交，因为我得等冲洗的底片晾干到足以打包时才能离开。我很幸运，能用游泳池以及用来保持饮用水凉快的保温瓶，来冲洗我手上几乎所有的底片。这时哈桑已经熟能生巧了，我除了要读他手中的温度计之外，其余的事都可以留给他代劳。

就在一小卷一小卷底片挂起来晾干时，我匆匆去参访一间学校，不是罗巴特的宗教学校，而是给卡夫家小男生念的现代小学。学校为他们制作了新板凳，而现在想必能物尽其用；但我依然看到他们排排坐在地板上，三名明达之士坐在前面检查他们的功课。这样的教学每个礼拜一次。当我询问哈桑完整的教育学程，他告诉我说："持续一辈子。"在这样的环境下，教学缺乏重心乃情有可原，因为兴学前有好几年空白必须填补起来。我认为泰里姆城正努力成为实至名归的文风鼎盛之城。三名明达之士带着颇不以为然的神情看着我；这不以为然之情，随着他们发现我懂得"行动者"与"受行动所及者"之不同而逐渐消退，因为这两句的差别不管在生活上或文法上都同样无比重要。但是我们参访的时间很短暂。他们挑选了一名小苦主，他站了起来，被要求告诉我们文字从何而来。

"从我们的祖先亚当，"他说，"他把文字教授给子孙。"

"你认为真的是我们的祖先亚当吗？"我问距离我最近的明达之士。"在我们国家有些人说大部分文字来自于人类之母夏娃。"

他的唇浮上一抹笑意，像个博学多闻的鬼魂。我很遗憾我得走了，因为他很快就要还魂成人。当我们来到住处的庭院时，三部车子停在那里，蓄势待发而且整车塞得满满的。这是因为萨伊德·阿布·贝可也要搬回他最爱的昔旺城，所以厨师仆奴一干人等，以及所有厨具，乃至系在车后自用遮洋伞底下的一盆奇花异草，全加入了这浩浩荡荡的搬家行列。

厨师是一名印度人，好客的卡夫家族雇用他为的是让英国旅人能吃到家乡熟悉的菜肴而觉得宾至如归。随着我来到此地的消息散布开来，他们就带他来到泰里姆。当我们让鳗鱼酱与树薯粉布丁之类的食品，随着大英帝国的国威在世界各大洲一无羁束地传播开来时，我才明了我们肩负多么重大的责任。假如杜布雷①获胜，而克里弗②失败的话，那么今天人们在非洲与亚洲吃到的东西就会是可口的煎蛋卷了。而假如传教士传的不只是祷告之善，反加上烹饪之美的话，长远来看，对于普天下芸芸众生的救赎将有更大助益。因为任何一位为人妻的都知道，丈夫经常因消化不良而意图犯罪，却鲜少有人因为敬虔而获得拯救。

当我们循原路回返昔旺城时，路上许多突起的水道造成汽车颠簸不已，屡屡打断我心中的种种想法。干谷再次在酷热中闪闪发亮。当我们绕过转弯处，越过通往希赫尔的车道时，谷地便开阔起来。我们行经泰里姆两辆从婚礼返回的计程车中的一辆，它在溪谷中抛锚，音响正播放乌尔法之乐，车里坐着四名女士和三只鼓。我们并未停下车来观看古代遗址，因为我想留点力气来逛舍卜沃城。我下了车，走入大热天里在西卡雅旁搭营的一些贝都因人当中，他们的行囊曝晒在太阳下，骆驼则低头啃草，对任何人事物都满不在乎。他们是卡提里人，是隶属于阿里苏丹的部族。哈桑在一旁带着痛苦的神情看着，我拍

---

① 杜布雷，法国十八世纪的印度总督。
② 克里弗，十八世纪英国派驻印度的将军。

了照之后，让围观身旁的贝都因人透过我相机的观景窗看看周遭的风景。

一点钟，我们又回到布满尘埃的城墙以及阵阵飘香的玉米田。我们带着返家的快乐，爬上了"宗教荣光"洒满阳光、悄然无声的白色台阶。我可以明了萨伊德·阿布·贝可对昔旺城的热爱。对他而言，抛开不安全感与坐拥财富的感觉，看着没有任何外国势力入侵的土黄与白色屋厝，以及一条条缛丽繁华的街道，想必是一大解脱。

很快地，苏丹蹬着拖鞋踏着迟缓的步伐走过来，走过来时引用着阿拉伯诗人谈钱财乃身外之物的诗句。整个气氛非常愉快惬意。

在向晚的凉意中，半朵映照着夕照的云彩像一把从峭壁边缘后方抽出的长剑，因为从昔旺城看不见一整轮落日。我造访阿布·贝可的后宫佳丽，她们正听着乌尔法之乐，就是受困于河床动弹不得的车上所播放的音乐。四名女乐伎带着手鼓靠墙排成一排盘腿而坐，一人荳蔻年华，两人徐娘半老，另一人则上了年纪。她们有着皮肤粗糙却坚毅的脸孔，由于乐伎不是一种高尚体面的职业，她们并不受人尊重。据说中古时期有一位也门国君，看到敌人攻克城池后自己的妻妾被胜利者逼迫在城墙上当众载歌载舞，便服毒自尽了。

音乐很狂野，有着缓慢沉稳的拍子，像一道瀑布；歌伎将歌曲分成几部分来唱，一位唱完轮下一位唱，接力吟唱着故事。她们一边敲击着三面小手鼓，偶尔重重一击最大的那面鼓。我听得陶然忘我，如痴如醉，就像人们听着拍岸的波涛声。

大家传递着焚香炉，各人捧在自己胸前一会儿，将长袍和头发熏香。我们也将草席上的咖啡豆捧着传递，并且轮流闻嗅着。而当我们在那里坐了一会儿后，有人捧进两件美丽的长袍，有银质腰带，领口有一片半月形珠宝，这是萨伊德夫人馈赠我的礼物，她知道我喜欢这些东西。

正当我们对着长袍啧啧赞赏时，那位博学多闻的寡妇也过来说再见。在走上门阶前，她唇间早已引经据典而念念有词了。她穿着一身绿袍，蒙着厚厚的黑色面纱，垂在两颊的鬈发一如往常般美丽动人，而她的食指也一如往常般咄咄逼人地指着你，即使是一小块碎屑的智慧也不让它溜过指间。在她费了九牛二虎之力的影响下，我们姐妹淘间的闲言闲语变得渐渐无趣，然后就此打住。她立刻开始谈论博学的诸多好处，并进一步谈到可以分成水火气三类的字母："火类字母，"她说道，"可以保暖御寒，如果正巧遭寒受冻的话。而这呢，"她大发议论说道，"正是学问。"我没有时间可以表示同意，或问她哪些字母具有这么有用的特性，因为她已经滔滔不绝地告诉我们，三种指定必读的学问是宗教、医学与星相术。"语言亦然；世界上有两千七百六十种语言。"她说她不能久留，因为她那群女弟子正等她回去，她过来一下无非是出于姐妹之情来祝我一路顺风。她又再度将自己裹起来，徒留我们满心赞叹却无言以对。

当我回到"宗教荣光"时，另外三名打从苏丹宫殿过来的女士正在那里等候。我们在此谈话的知识水准没那样高，因为她们只顾着看我所有的东西，并且一小口一小口地尝试喝咳嗽药水。不过，她们在我的肥皂盒前满怀恐惧地住手了，因为在哈德拉毛的老古板当中，没有人会在罹患麻疹后的四十一天内用肥皂洗澡。

"这味道你闻起来不觉得怪吗？"她们问我。"我们是这样子的，假如你有麻疹而你闻到任何味道的话，当天你就'味'到命除了。这味道冲到你的头上，而由于空气干燥，它会扩散并爆开来。"

"这就是为什么我走近的时候，妇人会一把抱起小孩躲得远远的，然后大叫'有味道，有味道'的原因吗？"

"的确是。"她们肯定地回复，虽说我认为这行为相当无礼。"我们通常会把小孩的鼻孔塞住，以避开这种危险。"

她们离我而去，宛若蓝色蝴蝶沿着白色阶梯翩然飞舞而去。

翌日早晨，萨伊德·阿布·贝可、苏丹，以及苏丹的兄弟和侄子来为我送行。我很遗憾要离他们而去。柏柏尔人阿里已经在双人座汽车中坐稳妥，坐在后座的哈桑则显得体积太大了；哈桑的神情看起来比往常更加愉快，因为他戴着一副太阳眼镜，头上还有一顶垂着穗边的尖顶帽子，这帽子是我刚才从园丁太太那里买来的，结果被他一把抢过去遮阳。此时正是早上九点钟；我们路经南边的小城镇来到我们位于希巴姆的下榻处，第二天又从那里搭车到阿姆德干谷。这三天旅程当可测试出我在尝试探索舍卜沃之前还剩下多少体力。

第二十一章
进入阿姆德干谷

成群结队疲惫的旅人游子

在阿拉伯遍地的黄沙中

流连于有佳荫的处所。

————华兹华斯

我在二月二十二日离开了昔旺城。随着天气转暖，人们也开始感受到春天的气息：正午时分在阴凉处的温度是八十八度（约三十一摄氏度）。

玉米田里已经洒满一片片金黄，到处可见人们蹲坐在地上手持镰刀忙着收割。镰刀看起来是一种因陋就简的工具，它是一把弯曲的刀刃，中间部分有几英寸锯齿边。壮丁三四人为单位排成一排，蹲坐在地上工作，他们会留下几英寸残梗，以备日后拔起风干后和泥巴搅和在一起做砖头。女人也下田播种洋葱。她们看起来像一排排巫婆，帽尖以各种不同的角度翘起。她们的脸蒙上黑色面纱，只留下小小的眼缝。一名男人正在田里赶牛犁田，这是我此行所见仅有的一头牛，因为犁田这工作大部分是人手的劳动。谷地南边及其城镇富饶且太平无事。农夫和驮负农产品的驴子迈着快步来来回回疾行。我们不时闻到玉米的芬芳。在满布尘土的绿油油的棕榈树丛中可以看见最近新盖的房舍，一无遮蔽，向外敞开。因为这些小城镇，这些峭壁底下静悄悄的要塞，到目前为止已经享有五年的和平。萨伊德·阿布·贝可和昔旺城的苏丹阿里，以七或八千塔勒的代价安抚民心后，获得了这后花园郊区安适惬意的气氛。人们现在可以在平原上的棕榈树丛间安全无虞地建造房舍了。

这些城镇本身，像古尔法，依然显露出战火的痕迹。他们的房子二楼以上挖有射击孔，射击孔以下一无长物。每栋房子本身就是一座堡垒，房子中间开辟了一条有遮蔽的通路，路往下凿进地面，有一长串拱廊遮蔽。借由这条路，居民在敌人的烽火下仍能安全无恙地走到平原上的棕榈树丛。古尔法东边的敌人挖了一条壕沟直抵距民宅大约两百码处，并且筑了一座小碉堡，里头可以驻扎十名士兵，以便不断骚扰该城镇。士兵白天被困在碉堡里，但入夜后就能补充粮食军需或交班；战争就在这种情况下持续了十年之久。

我们并未在古尔法停留，反从它底下过而不停，然后转向本阿里干谷。在这里乌克达的白色宫殿依傍峭壁而建，筑在喷泉状棕榈树梢之上。此时我正在阅读《亚瑟之死》，竟发现这故事和干谷的生活奇怪地融合成一片，包括故事中突兀的对比、城堡的辉煌、周遭普遍存在的不确定性，以及一种愉快的感觉，觉得任何事情都可能在任何地方发生，却不令人讶异。哈德拉毛一般的居民和马洛礼笔下行军至康瓦尔或威尔斯的骑士，有着大同小异的人生观。树下的一名陌生人身上有着同样鲜活的可能性——一名拚斗或大吃一顿的合适对象。而十五世纪英国卧床养病的观念想必和今日的阿拉伯相去无几，在这里，人们期望你从病床上一跃而起因应万变，正如特里斯特拉姆爵士①卧病时仍被朋友百般骚扰，要他跳下床来和他们比武较量一番。

多亏了近五年来的太平无事，乌克达现在是一处繁花似锦的花园。青壮的棕榈树茂密繁盛，周遭不见围墙。我们的车差点困在沙地里动弹不得。最后，我们在一座宫殿的小宣礼塔下停车，这宫殿是来自爪哇的一些富有旅馆的老板集资兴建成，显得形单影只，而且除了自身的泥土墙外并没有遮蔽物。

居民列队出来欢迎我们，邀请我们暂住下来。但是我一心想赶快赶到希巴姆，这城镇现在已经出现在前方干谷交汇处的开阔地了。我们第二天将去看盖特恩宫殿中的舍卜沃族贝都因人，而我知道我将会和希巴姆总督就此发生一些不愉快。

事实上，我们刚刚再次踏入该城铺满鹅卵石的城门口，在房舍投射在地上形状似塔的投影中伫足等候总督时，不愉快就

_____

① 特里斯特拉姆爵士，亚瑟王传奇中的一名骑士。他和爱尔兰王后伊索德之间的爱情是宫廷爱的滥觞。

开始了。一名个头矮小、手脚利落、灵活像老鼠的贝都因人，原本躺在一堆堆骆驼载运的货物当中，这时从躺卧处一跃而起。他一把抓住我的手猛握一番。

"三天了，"他说，"我已经在黄尘中等候你多时了。盖特恩苏丹派我过来。我们就是要带你去舍卜沃的人。"

总督在这个时刻走上前来，全身裹着一条条布，像一艘挂满风帆的帆船，手中的银头拐杖走在他威武庄重的身躯之前。他嘘了一声要小贝都因人走开。

"什么都别担心，"他和我说，"我们将派遣最能干的人手跟着你。你不需要害怕。"

人潮汹涌的市集似乎不是最适合解开这团纠结的场所。我找回那名小贝都因人，他以茫然不解的眼神迅速地逐一端详我们这群人中的每个人，我要他来谒见苏丹，并告诉他我第二天会去盖特恩安排一些事情。哈桑因为很不喜欢希巴姆及其居民，一脸的斗志高昂，做摩拳擦掌状，我们只能温和地敦请他回到车上。我们也各就各位，但并没有做出任何实际上有敌意的行动。接着我们一行人便前往城外的木造平房，这里将是我的下榻处。

这是个迷人的地方，位于干谷的开阔处，南边耸立着悬崖峭壁。它孤立于谷中，周围环绕两座筑有围墙、种植石榴与棕榈树的花园，旁边有柱廊环抱的一池清水。池水旁有一间餐厅，百叶窗向外敞开，棕榈树枝摩挲着百叶窗。我们鱼贯爬上楼梯，来到一间大而通风、有七扇窗户的房间。房间两边有露台，可供人早晨或夜里取荫纳凉。建筑的风格多多少少呈欧洲式，漆上清淡的颜色。又因为涂了灰泥且曝晒于阳光下，颜色显得更淡了。他们就是在这个处所热情招待降落在希巴姆的英国皇家空军。房间里细心布置了绿丝绒座椅和许多烟灰缸。

等到我们在这里找到了钥匙，连同先前跟着钥匙一起消失、缠着头巾的仆人优斯林后，我们全部进入房间坐了下来。我们这群人中包括：招待我的两位主人，萨伊德与侯赛因·阿贾姆；总督，他的红胡子非常像一顶不慎滑落的光环；小巴·欧拜德；A.B.君的经纪人，他友善且急切地要讨好每个人；以及来自阿姆德干谷的两名萨伊德家族人，阿鲁威和阿里，他们先前原要赶往昔旺城，但听到我意欲前往他们的地区参访，基于哈德拉毛惯有的好客之情，就当下当地改变全盘计划，以便和我一起回去并沿路招待我。当我们安顿妥当，并经过一段得体的半推半就的客套时间后，我们才聊到舍卜沃这个敏感的话题。

总督担心如果他让我在盖特恩苏丹的荫庇下旅行的话，他就会遭受马卡拉方面的责备。他隶属马卡拉王室的一个奴隶家族，而根据许多著名高官都出身奴隶的南阿拉伯传统，他在一年前盖特恩苏丹辞职时被任命为总督。盖特恩的苏丹阿里依然是上哈德拉毛地区最有权有势的人。哈桑告诉我，他辞职的原因是因为他的两名士兵在希巴姆的大门遭到贾比尔族贝都因人的杀害，而他不能如他所愿地带部队和枪支去惩罚他们，反得依政府的意思拿钱去收买他们。贾比尔人是无法无天的部落，在我停留干谷期间，他们杀了一个人并从舍卜沃的骆驼商队中抢走两峰骆驼。盖特恩苏丹不仅在自己的土地上及国外受人敬重，同时也让凯埃提的名号在希巴姆受到敬重，而鲜有外人，不论其多么优秀，能在保守部族中成功做到这一点。就我而言，由于没有任何名号走得出希巴姆国界又有权威分量的人支持我，我于是打定主意不要贸然闯入西部边境。除此之外，我喜欢苏丹并且已经向他做了承诺。我以必要的坚决态度解释后面这两点。

"那不重要，"一心急着充当和事佬的巴·欧拜德说，"我们会派一名信差到苏丹那里去解释清楚，而当骆驼商队来到时，总督就会从这里打发你上路了。"

"我很抱歉，"我说，"要这么做以前就会这么做，但是现在太迟了。我已经向盖特恩苏丹做下承诺，现在就算请出英国国王来我也不会改变心意。我该说的话都说完了。"

这些话引发的情绪让大家陷入痛苦的沉默中。这一小圈人坐着，低头看着地面，既不表示赞同也不表示反对。所有人都清楚地知道单靠理性绝对无法处理女人的固执，于是总督吃力地站起来，叹了一口气。他说他无法为我负责了，他会写封信给马卡拉政府说明这个情形，他也要求我写封信告诉他们，我这么做是出于自己的意思且违背他的忠告。

这似乎够公平了。总督起身离开，这小小一圈人也散开来，不敢有任何表示。等到所有人都走了，门被推开，其中一人再度出现，脸上带着极客气的神情。

"你说得没错，"他说，"苏丹是这附近一带最好的人。他是我们的朋友。至于总督，可怜的家伙，我们根本不听他的，他对历史一无所知。"

我觉得讨回了一个公道，虽然这种方式出乎我的意料。

翌日早上八点十五分，哈桑和柏柏尔人阿里以及我，连同后座的两名萨伊德家族人，便往阿姆德干谷的胡赖达出发。

这两名萨伊德家族人可说是打着灯笼也找不到的迷人伙伴。他们两人真是令人发噱的一对活宝，坐在后座恰成对照。阿鲁威富态、心地善良、诚实、友善，而且一眼看得出为人可靠；而他的朋友，黄色头巾遮住一只眼睛，有一张搭配鹰钩鼻的阿拉伯脸孔，随时笑话不断，也不时做出冒险动作，充满了吸引力却又不负责任，正如他自己和我所说的"与其说是谢赫，还不如说是个贝都因人"。范·登·默伦与冯·维斯曼到阿姆德干谷旅游时，这两人也和他们结为好友，到现在还念念不忘当时他们一起做的事。巴达维族人阿里满心都是当时的回忆，至于阿鲁威则有其他回忆，那是他在英国停留八个月的往事。我们一边开车前往西部的干谷，一边谈论着英国帕丁顿与沃金 ① 的种种趣味。

我们经过盖特恩，并且留话说我们会在回程停留，好安排舍卜沃一日游。一支从也门萨那来的骆驼商队正在干谷中逶迤前进，没有负重的小驴子在慢吞吞行进的骆驼周围蹦蹦跳跳。

---

① 帕丁顿，伦敦西郊的住宅区。沃金，距伦敦约二十五分钟火车程的住宅区。

这里的人个头高大（不像约耳高原的贝都因人），蓄着胡子，鹰钩鼻，待人友善。他们语焉不详地说他们来自祷告的方向，或是他们口中所谓的"七百里"，就是麦加所在的西北方；还朝着蔽日遮阳的地方将手指扳得咯咯作响。他们的商队有一百头左右的骆驼，驮负着一麻袋一麻袋的小米；这些牲畜这时在一旁等候，并缓缓抬起头来，在阳光中眨眼睛。从逶迤连绵的骆驼商队不难看出这条西边通商大道沿线的太平无事。他们正赶路前往希巴姆，或哈桑所谓的哈德拉毛的"边岸"。这群个头高大的人互相通风报信并搜集消息后，逗留原地望着我们离去——周遭尽是闲适的沙漠。

我们现在转向南行进，沿着两个星期前我们走过的宽广路线——断崖在我们前方阳光的迷雾中若隐若现。奴隶在迪阿尔布克里的山壁守望处闲晃，我们向他们挥手表示没有时间停留，接着我们从多安路线向西转进阿姆德干谷。

经过一大片不毛之地后，我们再次遇到小村庄与绿洲，但这里的沙漠比大干谷的沙漠更加荒芜干燥；这里种的是有刺酸枣树而非棕榈树。这里真的接近希腊历史学家马克里齐笔下所描写地区的开端了：在这个地区，人们"看天"播种，"有许多有刺酸枣树，一株由五匹骆驼驮负的树木可卖十'迷思卡乐'的黄金；而假如缺乏雨水的话，树木便干枯，播的种也将无法存留……"马克里齐补充说道，这些人有将自己变身为狼的特异功能。事实上，哈德拉毛素来以魔力著称，而"该地区有些人夜里会从哈德拉毛飞到空中，然后变身为鸟形，像'拉客马'

和'忽大啊',直至飞到印度为止";如此一来他们云游四海的本能便能代代相传。马克里齐笔下所描写的地区位于阿姆德的西北部,属于塞阿尔部族的地域。更远处靠近阿卡夫(在南部的沙漠地区)是"滴水皆无"的地区,但假如天降甘霖就会有大丰收:"然后,一个部族走入谷地……带着骆驼和妇孺停留在那里长达四个月,他们不需要水……靠喝牛奶就能过活。"

阿姆德干谷与此大异其趣,谷里遍布小村庄与耕地。但是沙漠就近在咫尺,地面有一种干燥的洁净与坚硬。这是一座贝都因人的山谷,隶属纳德和贾达两个部族,在他们的城镇胡赖达中受阿塔斯·萨伊德家族的管辖。在古时候,这里的人口想必比今日来得多,因为根据范·登·默伦的说法,胡赖达以南的废墟遗址是哈德拉毛地区已发现遗址最大的一处。而胡赖达对面,在我的罗盘上与萨伊德·阿鲁威的房舍夹十八度角的地方,正是安达尔这座"哈德拉毛的第一座城镇"。在上古及中古时代,通商往来要道想必路过此地,而阿姆德干谷想来值得更加仔细的调查。除了范·登·默伦、冯·维斯曼与赫尔弗里兹先生之外,我认为并没有欧洲人曾经探访过此地(因为冯·瑞德在他这部分游记中的记载显然并不真实)。

我们在干谷开口处层层沙丘中一株有刺酸枣树下逗留。一旁有三名牧羊女,全部一身黑衣,腰系银色腰带;当萨伊德·阿鲁威叫唤她们时,她们走上前来,因为我们现在正在阿塔斯地区,而她们认得他。她们都是少妇,但也都是寡妇,丈夫在迪阿尔布克里与峭壁下城镇作战时丧了命。萨伊德·阿鲁威告诉我，她们自己的城镇是所有骁勇善战的小城当中最为英勇者。城里的居民现在正忙着挖壕沟，为再过两个月停战协定终止时备战。这三位年轻寡妇用长竹竿从有刺酸枣树上扯下树叶，并从圆篮子里取出浆果请我们吃。她们看我看得入迷出神，却显得胆怯，因为她们生平从未见过任何欧洲妇女。但是她们很快走上前来，坐在我旁边，带着满心好奇以手指拨弄我衣服的质料。

"我们这里是民主的。"萨伊德·阿鲁威说，对于回家流露明显的欢欣之情，尽管他刚经历大干谷的都会奢华。"在哈德拉毛干谷你得付出五百塔勒聘金才能娶到老婆；但在阿姆德干谷这里，十二塔勒（十八先令）就是最多的了。"

日头正在爬升，而我们希望在正午前抵达胡赖达。我们离开牧羊女继续向西前进，车子走在峭壁底下的乱石残堆中。峭壁在这里像段猪鼻般突向谷地，鼻尖处有一口古井，叫做比尔古姆单，冯·维斯曼和我们的朋友萨伊德·巴达维曾经爬下古井探查过。他告诉我有关古井的事，直到路面颠簸得打断我们的谈话为止。柏柏尔人阿里的驾车技术让车子履险如夷。我们进入一条溪流的干溪谷，坐在车上一如置身于波浪起伏的海上。在溪谷远远的另一边，胡赖达城出现在谷地转角处的峭壁边，四周围绕着乱石累累的开阔地。城市的公墓横亘在前头，其中有几顶白色穹隆顶，还有一座白色雕花井亭。两座白色宣礼楼拔地而起，背后就是硬石山壁。土黄色的城镇躺卧在两座宣礼楼中间，在阳光中闪耀。装饰屋顶的野生山羊角朝天空翘起，告诉我们，我们再次回到古色古香的哈德拉毛，回到阿拉伯绵延不断的传统中了。

第二十二章
阿姆德的胡赖达

守望者无法让马里布之君幸免于一死,他四周的要塞也无能为力,

在夜里初更时分,死亡将沿着一条捻得结实的亚麻绳梯爬来找他。

——阿尔卡马

我们来到城边萨伊德·阿鲁威的家中,他的家人没料到他会回来,大吃一惊。这会儿自然少不了一番大肆欢迎以及百般解释,而他离家期间收起来的地毯,现在又再度摊开来了。

他为了让我住得舒服煞费周章,心想着人们在帕丁顿区习惯的种种舒适,然后出于一片善心提供类似生活上的方便。有大量的罐头水果、牛奶、饼干诸如此类的东西,因为哈德拉毛想必是世界上主要的罐头食物消费地之一,而他们供应罐头食物所展现的好客之情向来无止无尽。我满心感激地接受了,看着萨伊德忙里忙外、忙进忙出地大肆张罗,每隔一阵子还停下

手边的工作向我解释女人多么无用，根本无法想象欧洲人会有那类需求。

不过，贾蜜拉过来助他一臂之力。她被找来照顾我。她是一位中年妇人，一身贝都因黑袍，腰带上系了把钥匙；她思想独立，面容和善，风韵犹存，显露出哈德拉毛型长脸、阔嘴、高颧骨的特征，尚未受与爪哇血统混血的影响而改变。她在屋内四处走动，未蒙面纱且来去自由，与其说她是仆人还不如说是个朋友。她就像一面墙那样是家中结构的一部分，她也用她自己的方式成为家中的一大支柱；因为在这儿，我们又回到了封建地区，君臣父子主奴各尽其本分。

多安的旧式建筑在此又再度出现，梁柱以上的门雕了七条横带，厚重的门闩借由一条铁链拉上拉下。这条铁链穿过一楼到另一楼，直达屋顶。房间里贴着黑色壁板，还有哈德拉毛美轮美奂的旧式雕柱。萨伊德·阿鲁威频频为手脚不利落的女奴道歉，并且确定盘子和汤匙都洗干净了才放到我的面前，还找人以陶钵盛了一碗水来，上面洒了乳香来净水。"在阿姆德干谷我们是民主的。"他每隔一阵子就会这么说，接着又补充一句："这里强过哈德拉毛的奢华。"因为他很以他的谷地为荣，当我告诉他我很喜欢这里时，他听了颇为受用。他表达心中喜悦之情的方式，就是转过身费力打开另一罐罐头。

照理说我应该很高兴他们对我的友善亲和，但我现在开始感觉病体支离。贾蜜拉嘘了一声，要入内打扰的女士们回避，让我一人休息休息。笔墨难以形容的乍然抽搐让我全身颤抖。

我拿出皇家地理学会所出版《游子宝典》(*Hints to Travellers*)这本最有参考价值的书，一一浏览书中所描述的种种疾病，心想我得了什么病。最后我归论肯定是疟疾。书中没列上心室扩大的症状，而除了疟疾之外，没有其他疾病和我的感觉稍微沾上一点边。这本小册子上还说道，单纯的疟疾不会使人丧命。我希望我的疟疾就是单纯的那种。我看着外面阿姆德干谷里沐浴在阳光下的光滑石子，眺望这条向南伸展、通向大海的古老通商大道，第一次怀疑自己的身体是否强壮得能走出这片沙漠环抱的大地。房舍危然屹立；堡垒的石墙仿佛是堡垒后头岩壁具体而微的仿制品。排水管突出墙壁，废水排入底下的山坡。每扇窗户底下都有一根排水管，如此一来我可以将洗澡水倾倒出去，省略掉打开百叶窗的麻烦。我们抵达胡赖达时是上午十一点，从希巴姆过来将近花了三个小时车程。底下的山谷在正午的阳光下显得死气沉沉，一无遮阴且悄然无声。我躺下来试着小憩，接着门缓缓打开来。一个小男孩的头从门缝中探了进来。他偷偷摸摸地匍匐前进，躲过贾蜜拉的防线来看我，那迟疑不决的神态犹如站在动物园狮子笼敞开的门前一般。最后，他看到我微微一笑，便进来蹲在我旁边。

"他们是从哪里把'你'给弄过来的？"他问道，张开一双小手，清清楚楚地表示他把我想得多么神。

他的名字叫做贾法尔，而他几乎确定自己七岁大。他上学，用一片木板而非习字本学写字。他一来，我所可能拥有的一丁点睡眠宣告粉碎，因为贾蜜拉听到房里有声音后，索性放后宫妻妾进来串门子。

　　她们穿着绣有哈贾拉因图案的可爱衣服，并且用一位印度小贩带来的黑色棉布头巾缠裹头部。贸易交通路线目前走的是阿姆德干谷，因为财货物资现在到了比尔阿里不再会遭到掠劫，更何况比尔阿里的关税比马卡拉的低。不过，上干谷的行路还不是安全无虞，所以大部分贸易转向东进，走多安路线接达希巴姆，而且是跋涉过约耳高原而非走谷地。这再次证明这个地区古老便捷的通商路线基本上依然如故，尽管暂时因为安全考量导致路线有所更换。

　　后宫妻妾对这些事情不感兴趣。她们一心向往的是获准搭上一小段便车，在谷底上上下下兜风。过去曾有汽车来到胡赖达，她们也曾获得承诺，但到最后都不了了之，所以她们平生没搭过汽车。我被要求尽量顺她们的意思，而当我向萨伊德提及此事时，他以一种纵容的态度一笑置之。然而，第二天当我询问此事时，却发现前一天承诺的便车之旅根本没有获得允许。"芝麻绿豆的小事，"他说，"女人想到的都是这种事。"后宫妻妾和我面面相觑，好生惋惜，但是我们深知自己的地位，不敢再多说些什么。

　　我病得太重，无法前去探查离城上方一英里多的那处冯·维斯曼造访过的废墟遗址。不过，我四处逛了逛胡赖达的街道，看了它的三座清真寺和图书馆，以及塌陷得贴在峭壁上的土黄色房舍。年代最久远的清真寺在上面的高处，清真寺的方形宣礼楼一如哈贾拉因的式样。在宣礼楼底下，跨入门槛不远处有两块刻有希木叶尔文字的石板：

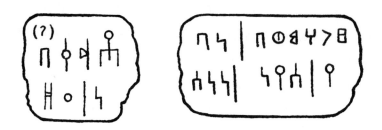

我们对这希木叶尔文字的认识是如此不足，只能望字兴叹了。这文字的祖先已不可考，尽管世界上的字母中，也就是我们认为其为字母的字母，最早的也许就是希木叶尔文字中的几个字母。单就这么重大的发明而言，南阿拉伯的历史就值得好好研究调查了。但是人们使用希木叶尔文字的最后时间，以及它何时被阿拉伯文取而代之，则几乎已无从得知。收录在《学海新年鉴》(*Nova Acta Eruditorum,* 1773)的一篇二世纪碑文提到某位乌尔皮乌斯·卡斯托拉斯先生是"Librarius Arabicus"（阿拉伯书记官）；而这篇碑文便能证明，早在公元二世纪，某种阿拉伯文献就已经为人所知。但是在十六世纪，海姆达尼依然提到各方域仍有人说着希木叶尔文。孔德在他的《阿拉伯》一书中说道，"当《古兰经》以古阿拉伯文出现时，也门的居民没有人读得懂"（第四十二页），只不过他并没说出可靠的资料来源。

在伊斯兰教时代开始之际，哈德拉毛地区仍有人读得懂希木叶尔文字的事实，可以从盖萨巴·伊本·库尔图姆的故事中获得证明——他成为穆斯林，并参与了征服埃及的战役。说故事的人是法拉杰·埃什-示达（第一部，第一三〇页），可靠的资料来源是伊本·卡勒比。法拉杰详细描述盖萨巴在伊斯兰教时代开始之前，在朝圣路途上如何遭巴努·乌凯勒族俘虏（地点也许在比什附近），并且有三年时间成了阶下囚，还说他的族人相信精灵曾带他溜走。但是他在一峰路过的骆驼的鞍座上，用小刀以希木叶尔文字刻下留言，这段留言最后终于辗转传到哈德拉毛他族人的手中。靠着萨库恩与金达两个部族远征前去搭救，他才得以重获自由。

胡赖达的清真寺以瑰丽炫目且匠心独运的手工建造成，乃出自城里现任宗教领袖曼萨伯的伯父之手。它庞大又令人叹为观止，打开水龙头就有自来水，屋顶上还有一座收藏一万册图书的图书馆。他们告诉我，书就藏在白色穹隆顶下：只有漫长而仔细的调查才能分辨出，是否有任何未为人知但有价值的书籍厕身于这些神学书册中。在我们参访图书馆时，胡赖达的小孩放学回家了，这会儿全跑到清真寺外头敲打着门；他们都是友善的，因为我的小朋友贾法尔（他年纪虽小却明显颇具影响力）也是他们之中的一分子，而且想必已经告诉他们我是人不是神，但他们还是希望尽量多看我几眼。和他们一起走上大街，就好像进入一处竞技场，萨伊德·巴达维是手持棍棒的古罗马斗兽勇士，而我则扮演感觉几近麻痹的基督教殉道者的角色。我们很高兴能回到屋里，其斜坡状胸壁和野生山羊角在夕照中闪耀着光芒。

我在胡赖达犯了个错误，而我本来应该住在曼萨伯萨伊德·穆罕默德·伊本·萨利姆·阿塔斯家里的。我们早先曾看到他位于下城的住家，那屋子正在重新装潢，石匠就站在沿着屋子外墙架设的升降平台上，以细腻的鸽灰色为底勾勒出环绕屋顶的小小枪眼——后宫妻妾们就是透过这些枪眼俯视底下的街道的。然而没有人告诉我这里住的就是胡赖达的酋长，直到萨伊德·穆罕默德自己和他的兄弟登门拜访时，我才知道。这件事还引来一点小小的不愉快，但不是针对我，而是针对招待我住宿的主人，因为远道而来的客人照理说应该住在酋长家里。但是我已经疲惫到没法搬动，只能留在原处过夜。这两位兄弟坐下来谈论了一会儿众书群籍，他们很友善也很迷人，长相看起来很像凡·戴克画中的人物，是五官纤细、长脸细手的贵族，是哈德拉毛的旧日贵胄王孙，是来自巴士拉的萨伊德·阿哈马德·伊本·以萨（我们在前往泰里姆的路上参拜过他的陵寝）的后代子孙。我承诺第二天同他们一起吃午餐，之后他们便离开，并派人送来一块床垫，让我晚上睡得更舒服。

他们离去后，后宫妻妾再次下楼来，这回还跟着城里其他许多仕女。她们带了一面鼓来以乐悦宾，并要求我唱首法国曲子。如果这就是我的命运的话，当晚我所愿的就是马上暴毙，而如果可能的话，最好独自一人死去。但是我是她们生平仅见的第一位欧洲女性，她们大费周章来款待我，我必须有些表示才是。我就记忆所及唱了些儿歌，这些女士们在一旁骚动不安，还不时更换位子好从不同角度观看我的五官。有个小女孩突然离开母亲来到我身旁，并将娇小的身体依偎在我的大腿上。她穿着鲜艳亮丽的丝质粉红上衣，一条爪哇风格的绿色裙子用一根安全别针固定。我们倚靠的语言不是文字，而和这惹人怜爱的小东西肢体接触，也减轻了我的痛苦。一名老妇人也在那里，头发染成橙黄色；她似乎年事已高得不像话，牙齿全掉光了。她的一双蓝眼睛在这个地区很少见，而因为垂垂老矣，蓝色变淡且水汪汪的。当她抓住我的手盯着我瞧时，眼中充满了本是一家亲的亲和善良；从她身上流露出的一股安慰之情也悄然袭上我心头。因为我病得如此严重，还被人当做动物园的动物盯着瞧，不免让我觉得无望而孤单。很快地，萨伊德·阿鲁威下楼来，热情好客的他一心急着想伺候我，于是他扬手一挥，嘘走这些女士和她们的小鼓，让我能躺在这雕梁画栋的房间一角，在曼萨伯的床垫上好好睡上一觉。

躺下来休息的确对我大有裨益，因为第二天早上我醒来时恢复了勇气，尽管身体还是直发抖。我也相信，假如我的确罹患了疟疾，在下次发病前应该还有一两天喘息的时间能回到希巴姆。我觉得这么做比较谨慎小心，虽然我希望在胡赖达多停留几天，也许这地方空气清爽、四面岩石又阳光普照，我能恢复健康也说不定。"在这里，"萨伊德·阿鲁威说，"我们没有疾病；我们若不是健康无恙就是一命呜呼。"

他来时拿了一只平底宽口大杯子，里面盛了发泡骆驼奶，我喝完后爬上屋顶用罗盘测量安达尔村的方位。后宫的每一位妻妾在这上头都有自己的房间，房门用一把木制钥匙锁上，钥匙就佩挂在他们的腰带上。所有小木栓都要插进适合它们的钥匙孔，而从一楼走到上面一楼得开一扇又一扇的门，必须折腾好一阵子才能走到顶楼涂灰泥的阳台。阳台上有一只弯曲的野山羊角向外突出，俯视着底下的城镇。

萨伊德·阿鲁威穿着睡袍在这里散步，沐浴在清晨的阳光中。底下干谷的山羊排成黑白相间的一条线，步伐轻快地走出谷地来到草原；它们娇小玲珑的尾巴可爱地卷成小卷贴在屁股上，脚踝秀丽的脚以娴熟轻盈的步伐小心翼翼地走着。再望过去，干谷伸展开来，地势低平，呈土黄色。越往南走，萨伊德家族的势力便逐渐式微：虽然他们在小镇上的势力依然强盛，但四周有贝都因人环伺，不可轻忽，而主张革新的反萨伊德家族的政党——来自爪哇的伊尔沙德——也开始在部族间宣扬他们的政治理念。

正如泰里姆的大路，这是阿姆德干谷的发烧话题。后来我们和曼萨伯及他的兄弟参访完他们的学校后坐下来聊天时，我听说了有关伊尔沙德的事情，他们也跟我说了自己家族的历史。

他们的祖先是法基·穆卡达姆·穆罕默德·阿里，就像所有哈德拉毛的萨伊德家族人，他同样出自巴士拉的使徒阿哈马德·伊本·以萨。他也是制定法律规定萨伊德族人皆不可披挂上阵打仗的第一人。在他之后，大约三百年前，萨伊德·欧马·阿巴德·拉赫曼·阿塔斯来到了胡赖达，在当地建立了第一座清真寺（他总共建了十四座清真寺）。他在和周遭部族达成十七项和平协定后，于伊斯兰历一〇七四年过世（公元一六六三年与一六六四年间）。他生了三个儿子，他们便是胡赖达阿塔斯家族的祖先。其中一人阿里·伊本·哈桑在伊斯兰历一一七二年（公元一七五八年至一七五九年间）到马什哈德落脚定居，这支家族至今依然保持紧密的联系。另一人则在马来半岛当了国王。

这个家族在阿姆德干谷长住下来，几经谷地里文明的变迁更迭，却能凝聚不散，保持固有的风俗。正是如此，在欧洲黑暗时期，知识的亮光虽说只是风中残烛般的摇曳火光，仍得以薪传不熄。而这星星之火却足以在文艺复兴期间万丈光芒普照大地并揭开现代世界序幕时，点燃起熊熊火焰。走过血流成河的岁月，还能保存这小小的知识宝藏使其不致湮灭无存，这是需要多少默默无闻的无名英雄，需要多少不屈不挠的耐心与希望才能成就的春秋大业啊！心理学家告诉我们，性冲动是这世界背后最基本的推手，这种论调经常被拿来老调重弹，我们也许早就听烦了。但是有两种冲动强过性欲，深过男欢女爱，而且独立其上，那就是人类对真理与自由的渴望。为了满足这两种欲望，人类做出的舍己要大于因爱某人而做出的牺牲；没有任何东西能凌驾于它们之上，因为即使是爱情和生命，在天平上和它们相较，也是轻如鸿毛。而人类随时有万全准备可反驳实事求是的务实主义者及其统计数字，因为人类确实能只为了像智慧或自由这类抽象观念，不惜牺牲一切所有。从任何计较图利的度量衡上看来，这样的牺牲都是得不偿失、无利可图的。

我们有公立学校授课、义务教育，我们相信一个人只要能读能写，就算受过教育。我们有时忘了灵魂渴求的真实存在，但在阿姆德干谷要满足灵魂的渴求并非易事，也就比较容易辨识出来。这两名萨伊德兄弟发现我大老远从欧洲跑到哈德拉毛来，只为了追寻他们古老的学问时，并不感到惊讶。当我前去找他们时，他们已经守候在门口，肩上披着克什米尔披肩，身穿洁白无瑕的长袍。他们领我走上清真寺的阶梯，来到收藏在穹隆顶底下的一万册图书。"你要来就得来上个把月，"他们说，"才能读个仔细详尽。"

胡赖达的小孩就在隔壁的房间上课，全校八十名学童中有四十人在那里。他们排排坐在草席上，大部分是兴致高昂的小贝都因人，一双双眼睛比马卡拉学校里的学童更亮，态度却不如他们乖巧规矩。成束的阳光穿越远在教室另一头的黑板，斜斜投射在他们身上。萨伊德·穆罕默德的兄弟是那里的夫子，他拿了底下这笺欢迎辞给一名学童。小学童以铿锵有力的颂诗声朗读出来，而他排排坐的同学则用灵活的棕色眼睛直盯着我瞧，在整个仪式进行过程中眨都不眨一下。

欢迎辞

"愿平安及真主的恩典与祝福都归于你。"接下来是：

"在这位自由且可敬的女士远道来访并莅临本校指导参访时，我愿起身欢迎，贵宾此行来访下榻尊贵酋长的宅邸，游历阿卡夫之国度，此乃吾人崇祖生于斯长于斯之宝地，我等谨祝其此行愉快。该女士向我们彰显其精神可嘉与坚韧不拔之勇气，因其乃首位独自一人造访哈德拉毛省之欧洲女性，既无同性伴侣相随，亦无同国友人为伴。她四处游览，足迹遍及各地，始终形单影只。

"自从哈德拉毛发祥建城以来，史上从未有任何西方女性以这种方式到此一游；其乃首位踏上斯土且能顺利成功四处游览之女性。职是之故，吾人感谢这位高贵女士诞生之国家，并向其崇高壮举及其远大志向致上无比敬意。

"而敝人在下挺身而出，谨在此代表吾人诸兄弟，亦即本校之学子们，恳求真主保佑其此行愉快，顺利归来，也祝福她一路上不论坐卧或行进，皆能平安无事，最后敝人愿献上最诚挚之欢迎辞。"

这篇欢迎辞才朗读结束，他们立刻全体放开嗓门唱歌：这突然的引吭高歌令我倾倒。萨伊德刚刚告诉他们，由于我是第一位来访胡赖达的法国女性，他放他们半天假以示庆祝，而也许是有假可放，他们的歌声里有种特别兴奋的力气。今天早上他们已经背诵好洗澡净身的四种可行之道，这是必要但说不上引人入胜的课题。现在大家纷纷合上书本，暂停下来拍照留念。萨伊德的兄弟在黑板上写了一联表示欢迎的对句：

"你的莅临让我们眼睛为之一亮，精神为之一振，芙瑞雅·斯塔克——宾至如归，欢迎之至！

"胡赖达作育英才学校校长谨以此偶句献给你这位嘉宾！"

他是个杰出的诗人，信手拈来就是协韵的偶句。接着胡赖达的学童一边呼喊喜悦的叫声，一边冲到阳光底下。无疑地，他们很快就会弄得灰头土脸，才学到的"净身守则"就能现学现卖了。萨伊德和我回到曼萨伯的住处用午餐。

屋里十分美观大方，洁白、明亮又干净。就像马什哈德，楼下的壁毡和鼓、旗杆及游行时所用的装饰性长矛一起挂在墙上。楼上有一间铺了地毯、有柱子的房间，我们便坐在这房间里阅读非常陈旧的古籍，并讨论通往舍卜沃的路线。曼萨伯的伯父为这条路线写出了一篇行程纪要，与我所见的任何其他记载都不符合，但我还是抄录了一份附在本书末尾。他们也有一份阿姆德·萨伊德家族的族谱，是曼萨伯自己以秀丽的工笔写下来的。

"在这里，"他说，"你将会看到也门的伊玛目以及开罗爱资哈尔清真寺是怎么来确认我们的头衔。但是爪哇的那些年轻人完全不懂命名的规矩：他们说，任何人都可以叫做萨伊德，若是女人则叫莎丽法，若是小孩则叫做哈毕德，不论他们是否先知的传人子孙。不过，在这里，我们有确凿的证据显示我们的名号乃代代相传下来的，而且所有权威的说法都承认的确如此。"

爪哇年轻人的伊尔沙德名号之争始自一九一八年，起因于新加坡的一所学校。出资建校的萨伊德家族建议大家奉献定额建校基金，却遭到拒绝，于是他们决定该校只开放给萨伊德家族的子弟就读，两个部族从此结下梁子。伊尔沙德的名号来自一家报纸，伊玛目的朋友——伟大的阿利姆·穆罕默德·伊本·阿克什——在这家报纸上大肆攻击萨伊德家族，此人具有举足轻重的影响力，而且持有反英国政府的政治立场。而根据所有这些消息的来源哈桑的说法，假如此人还在世的话，《也门条约》可能到现在都还签不成。

萨伊德家族证实了这件事，并在我面前摊开有他们签名与封印的文件，以及以红黑两色墨水书写的萨伊德家族名号的书籍。这家族的人源远流长、历史久远。无疑地，他们的祖先有着相同的五官细致的长脸，在外太阳穴处眉毛稍微上扬，双眼柔和迷人，双唇饱满敏感，手指修长，而下巴留着一小撮山羊胡。当年，身为戈莱什贵族的他们，跃马大漠加入先知的麾下时，也许正是如此挺拔的英姿。

"我们的势力现在受到了威胁，"曼萨伯说，"但是在这谷地谁能取我们而代之呢？还有谁能像我们一样与贝都因人和平共存呢？如果大权落在他们手中，会有什么后果呢？我们的学校、我们的书籍下场会如何呢？他们会在乎吗？所有的财力将耗费在彼此交火的战争上。"而的确，阿姆德干谷的生活还像阿尔弗雷德大帝 ① 统治时期的英国，客观条件还没成熟到让他们过中古欧洲修道院刻苦自抑的生活。

就在聊着聊着的同时，我们也吃了午餐，但是还没动身启程。不论是患病是无恙，我都要在返回希巴姆之前看看安达尔才行。而我知道在阿拉伯，下午才开始的事情没有多大机会能

---

① 阿尔弗雷德大帝（849—899），英格兰威塞克斯国王，击退来犯的丹麦人，大力提倡文教。

在当天完成。哈桑以坚毅的奥林匹亚老僧入定的坐姿，在我对面的地毯上正襟危坐。当我们问及车子的事情时，他回答了一句"就来了"，但仍纹风不动。和我们一起回来的萨伊德·阿鲁威家里有些事情要料理，也一起来的巴达维·萨伊德则要和他一个老婆道别。

"我要和你到舍卜沃。"他说。

"只要是新鲜事我都喜欢，"他解释道，"有一个萨伊德弟兄喜欢你，我们不会让你一个人独自在我们国家旅行。我们很了解那些贝都因人，我会来的。"

多亏了他才弄到一辆车子。曼萨伯和他兄弟来到门阶前和我们告别。他们为我送来一条织锦袍子，因为哈桑已经告诉他们，我很喜欢这种满足虚荣的身外物；他们另外送给坐在后座的萨伊德兄弟六只陶碗。胡赖达的小男生们利用赚来的半日闲以欢呼声及手舞足蹈来为我送行。就在我们要上路时，曼萨伯兄弟前来提出最后一个请求：问我能否为他寄来希木叶尔文的字母表及其阿拉伯文的翻译，如此一来他就读得懂附近一带发现的石板了。我承诺他我会照办，我又感动又高兴，不禁想起贾罗①的修士，他们在英国的黑暗时代为偏远地区的弟兄们誊写一篇又一篇的经文手稿。我又想起也门国王在十四世纪时派特使远达阿富汗，只为访求《古兰经》一句经文的注解。这种好学敏求、孜孜不倦的精神正是胡赖达的曼萨伯的优良传统。

---

① 贾罗，英格兰东北部泰恩与威尔郡东部港市，位于泰恩河右岸。

我们坐在车上一路颠簸离开，我回头望，感觉搭配上贝都因人、垂悬在上方一如达摩克利斯脑门上的利剑①的峭壁，以及城底下不见任何树木的荒野后，他们的小城仿佛就是学术尊严的象征。这个四周沙漠、战火环抱的土黄色的小地方，正在打造它的未来，它活出的信仰比大多数宗教更超然脱俗，它的热情也比大多数红尘俗世的爱情更加崇高伟大。

---

① 达摩克利斯，希腊神话中锡拉库萨国王的朝臣，据说达摩克利斯一味艳羡国王位高权重，所以国王就用一根发丝悬住一把利剑，吊挂在他脑门上，比喻国王这个宝座不好坐，其实是危机四伏的。

第二十三章
安达尔

> 古实的儿子是西巴、哈腓拉、撒弗他（舍卜沃）……
> 哈萨玛非、耶拉、哈多兰、乌萨（萨那的旧名）……示巴、
> 阿斐、哈腓拉……这都是约坍的儿子。他们所住的地方是
> 从米沙直到西发（佐法尔？）东边的山。
>
> ——《圣经·旧约创世记》第十章第六至三十节

当我们驱车从比尔古姆单（阿姆德干谷从此转向东进）的
路岬经过时，看到在我们和安达尔之间的北坡上横亘着一片沙
丘，就在一个叫做拉库姆的小村庄以外大约一英里半的地方。
我们这行人当中除了我以外没有任何人有丝毫意愿去这村庄瞧
瞧，他们考虑到时辰已晚，无疑希望我忘掉这一时兴起的主意。
但是他们没吭声抗议，我也怀疑是否有任何英国司机能像我现
在这位司机那样，二话不说就把车开到前途未卜的沙地上。

然而，柏柏尔人阿里对于冒险却大有兴致。他甚至为这场
冒险增添了危险因子，因为他把他上膛的枪抓在身边，如此一

来，万一撞车，装了六发子弹的弹匣就会在我们底下走火。这是一把美制枪械——我相信就叫做雷明顿连发枪——它所享有的照料远比多数小孩得到的照顾更加无微不至。这把枪总是最后上车最先下车；而尽管柏柏尔人阿里这人沉默寡言，除了有事交代外从不随便开口，以致喜怒哀乐始终不形于色，但每当他把玩他这支珍贵的枪时，脸庞总浮现一丝柔情。

他现在看着眼前的沙堆，下结论说从没有车子开上去过，接着就直接把车开上沙地。假如我们能抵达干谷的另一侧，那么一切就好办，因为最软的地面总是在中间部位。阿里开车的技术真乃个中好手，他利用每处坚硬的边缘地，快速开过有软沙覆盖的黄色地面。有一回我们必须停车实地勘察地形，但是一路上并没有遭遇不幸事件。就在正午过后不久，我们来到"哈德拉毛第一城"安达尔，这座城镇已经萎缩成几间小土厝了。

城的旧址位于目前村落的东边，旧址的残垣断壁与乱石瓦砾填满了峭壁间的洼地，堆成一座占地面积达五英亩的石头小山。施普伦格认为这里就是普林尼所提到的安提达雷人之家；巴克里与雅古特也提到它（他们两人皆引用海姆达尼的记载）；伊本·廓尔达巴描述它距离马里布有九个驿站的距离；而也许它就是伊本·穆贾威尔所说到的安塔尔，一个在通往亚丁的路上距离希巴姆有九"法尔萨"远的地方，"一个古时人口众多、繁荣昌盛，现今却一片荒芜的地方"。金达王子伊姆鲁-卡伊斯和我们一样，在这里目睹了打家劫舍的景象。

此城目前的居民是巴贾比尔族贝都因人，属于一个"马下雅客"的部族，也就是不动干戈的意思。他们从低矮的土厝里朝我们蜂拥而来，身上几乎一丝不挂。其中许多人看起来仿佛属于南部的小黑人种，体型等特征和闪族阿拉伯人大为迥异。历史学家塔巴里①曾提及，在伊斯兰文明早期，金达人民口耳流传的两个人种的对比，内容令人莞尔（第一二二○页）。他说萨库恩（金达的一个部族）有四百名壮士在他们领袖穆阿威雅·伊本·胡戴吉与侯赛因·伊本·努迈尔的领导下参与波斯战争，隶属萨伊德·伊本·瓦卡斯的部队。这支部队由哈里发·欧马校阅，这位历史学家说："看哪，穆阿威雅·伊本·胡戴吉麾下有些头发又长又软、肤色黝黑的年轻人，而他（哈里发）避之唯恐不及，总是能躲就躲、能避就避，直到有人问他：'你跟他们有什么过不去的呢？'他说：'对于这些人我心存怀疑，而在我眼前经过的阿拉伯族人中，没有人比他们更令我心生厌恶的了。'"（这至少显示了当时麦加与哈德拉毛之间没有多少来往交通。）

此外，埃及征服者阿姆尔·伊本·阿斯的内务府总管大人卡伊斯·伊本·库赖布也有一则类似的故事。诗人阿布德·穆萨布·巴拉威为文嘲讽他："卡伊斯没有出身高贵的女性先祖，全是些可怜兮兮又无足轻重的哈德拉毛女人。"（قماً这个词在

---

① 塔巴里（839—923），伊斯兰教学者，著有《古兰经注》与《历代先知与帝王史》等书。

阿法词典中被翻译为 chétif et traité de dédain ā cause de la chétive apparence，意思是"微不足道，且因形容猥琐卑微而受人轻鄙对待"）。最后我们也许可以引用穆卡达西①的话来结束这个话题：他提到哈德拉毛人时，说他们热爱学问、对宗教狂热激烈，而且皮肤非常黝黑（《圣经地理》第三章，第八十七页及一〇三页）。

且让我们把主题带回安达尔人吧。他们正一窝蜂拥向我们的车子，用一种理所当然的态度迎接我们，这一点可以从他们大多数人曾经旅行到索马里兰或厄立特里亚②而见过欧洲人这一事实得到解释。但是女人就不是这么回事了。她们全穿着贝都因黑袍，群聚成黑压压的一片，并派遣一名信差来问我是否愿意上前让她们端详一下：她们其中一人太贴近车子而在闪亮的烤漆上看到自己反照的身影，马上连走带跳地逃开，还一边惊声尖叫："这里有个蒙面女子！"

酋长出来了。他穿了套礼服，裹了黄色头巾，这身装扮在一片赤条条的躯体中让他立现尊严感。他留着稀稀疏疏的白色胡子，一双眼睛精明干练又布满皱纹。他四下寻觅，急忙要在他的手因接触我的手而遭到污染前，找点东西将手包起来；他抓住最靠近他的一条遮羞布，却发现不适合，只好强颜欢笑地勉强自己和我握了握手。从他们的二十几间房子中走出一小支

---

① 穆卡达西（946—1000），伊斯兰学者。到目前为止，在伊斯兰社会中他仍是早期伊斯兰作家中作品最具启发性者。
② 厄立特里亚，非洲东北部红海沿岸国家。

队伍，这些贝都因人带我们前往旧城遗址参观。遗址位于三座小圆丘上，除了一两片残垣断壁、一座长五英尺宽三英尺的小水塔，以及三口像我们在马什哈德所看到的但较小的水井之外，无甚可观。这三口水井一口在城边的凹地，两口在较接近城镇的两座小圆丘上，至于最远的第三座小圆丘上则没有水井。

这些贝都因人告诉我，他们曾在最接近城镇的小山丘上找到一只瓦罐，里头装满了金银珠宝和珠子，而他们把它拿到多安卖掉了。他们是在断垣残壁下挖掘时无意中发现这财宝的。这整个地方覆满了破碎的陶器，大部分非常粗糙，而且年代难以鉴定。有两片光亮的残片，年代属于九或十世纪，其中有一片绿色的釉彩很像斯坦因 [①] 在巴基斯坦莫克兰海岸所发现的砖窑烧制陶器。有许多片泛着绿色光泽的玻璃，但找不到任何文物其年代可以断定早于中世纪的伊斯兰文明。这片遗址废墟正吻合文学作品中如凤毛麟角般稀少的指涉——一座伊斯兰早期文明的城镇在九或十世纪时曾在某处繁荣兴盛过。仅有的一片瓷器碎片其年代最早属于十五世纪，但这条线索太渺茫，无法做进一步追踪 [②]。我找到一颗红玉髓珠子，以及一粒中间有洞供穿线的珍珠，就像女孩串在鼻环上的那种，但除此之外就没有什么别的文物了。安达尔拥有的珠宝想必在地底下。这么走马

[①] 斯坦因（1862—1943），英籍匈牙利人，一八八七年到英属印度任拉合尔东方学院院长、加尔各答大学校长等职。在英国和印度政府的支持下，先后进行三次中亚考古探险。

[②] 这资料要感谢大英博物馆霍布森先生提供。——原注

观花一个下午就过去了。

我谢谢这位老酋长。

"你一定得再来,"他说,"你一定得再来多留几天,我们为你挖掘古物。"

"挖到黄金的话,"我说,"你留着;挖到黄铜制品的话,你得给我。"

他满心欣喜地接受了这个建议。我们动身离开安达尔,沿着干谷的北缘转向东朝干谷开口前进,进入哈德拉毛干谷。

时候已不早,日落前到不了希巴姆,于是我们决定在干谷北边古老的海宁城过夜。两位叫伊本·马尔塔克的兄弟住在那里,先前曾邀请我前去一访。他们一两天前曾搭车来安达尔,我们现在可以遵循他们的车辙痕迹而行,省掉许多绕路的麻烦。

我们在干谷的西北角转弯,朝哈德拉毛的开阔处驶去,垂悬在我们头上的是鲁克马斯以及谢里坞夫这两座城市的城墙。萨伊德·阿鲁威告诉我说这两座城市是"骁勇善战的城市中最负盛名的"。这里挖了一条条壕沟,当初为尊重马卡拉苏丹来访而签订的八个月停火协议即将到期,所以大家都忙着为下一场战争做准备。在鲁克马斯已经有能躲避烽火的道路与塔楼,搭配上背后的峭壁,看来宛若一幅古老的中世纪城镇图画。敌楼与壕沟分布在我们周遭的沙丘上。正是鲁克马斯的勇士,杀害了我们出城时送我们有刺酸枣树浆果的三名美丽牧羊女的丈夫。萨伊德·阿鲁威以他宁静祥和的方式微微一笑,并指出:"无兵无卒,缺枪缺弹,我们还能怎么办呢?"他是个哲学家,即使不可避免的命运也不能撼动他善良宁静的性情。

我们告别迪阿尔布克里，右手边是我们爪哇来的朋友们，我们在这个城镇和峭壁下他们敌人的城镇之间风驰电掣，一路冲进哈德拉毛干谷开阔的沙丘。柏柏尔人阿里把车开上一处覆盖黄色软沙的斜坡时，车身倾向一侧，只有两轮着地，结果车门应声而开，而我就轻轻滚落地面。我本以为车子也翻转了过来，马上镇定心神爬到一边以免被车子压到。等我站起来，柏柏尔人阿里已经回过神来并停下车。哈桑跳出车子以双臂扶持我站稳，而两名虚惊一场的萨伊德兄弟几乎被困在车内动弹不得，正试着从后座爬出来。

这场车祸所造成的唯一伤害就是我遗失了安达尔的小珍珠，我一路上为安全起见一直抓在手心，却在跌落车外时掉了。这次意外大大震撼了大伙儿的情绪，只有我例外。萨伊德·巴达维与哈桑看到我安然无恙而松了一口气，知道遗失宝贵的珍珠不免伤心难过，而看到我摔出车外时一派专家架势又镇静自若，不禁大感惊讶，于是一边在地上四处摸索，一边发出惊呼连连；但是萨伊德·阿鲁威在一开始的惊吓之后，马上恢复惯有的平静祥和，并提出见解说，何不把失落的珍珠视为救我一命的赎款，就将它留给潜伏沙丘的精灵。暮色已经在我们身上罩上一层昏黄的外衣，峭壁边缘在夕照中显得分外明显。我们再次爬进车内，遵循伊本·马尔塔克兄弟的车辙来到他们位于北壁下的故乡：海宁村。

在这里，一队舍卜沃骆驼商队正在暮色中搭营，商队的骆驼蹲坐在沙地上的房舍前。谷地的沙丘上飘荡着一片沙漠的宁静寂寥，海宁是往西走的最后一个村落，笼罩在它的几间房舍与低矮棕榈树之上的，是一股比实际空间更辽阔、比实际力量更强而有力的感觉。大白天时，它西侧因地势开阔且距离遥远而显得渺小的峭壁，消融在艳阳的酷热当中。旧城和部分现代城镇厕身于后头峭壁间的洼地中，伊本·马尔塔克的两栋方正的房舍几乎孤独地矗立在峭壁下。峭壁垂直挺立，但当入夜后马尔塔克门前的电灯大亮，这隐身亮闪闪的房屋门面后的峭壁就一片漆黑，不免散发几分诡异的气氛。

伊本·马尔塔克兄弟共有四人，他们的财富来自巴达维亚。兄弟中有两人住在外地，两人留在家里，现在四人欢欢喜喜地欢迎我们远道来访，领我们走进一间以巴达维亚风格油漆着五颜六色的客房，房间有五扇窗户和两扇门。他们解释在西边大路上的这一站有许多来来往往的客人，他们就是为了这个目的才盖这栋房子的，后宫女眷则安置在附近另一栋方形屋舍中。

"她介不介意，"他们问我的萨伊德朋友，"下楼到会客室呢？贝都因人想见她一面。"

"他们的日子可不好过呢，"我再次穿上鞋子时，哈桑解释道，"这几位伊本·马尔塔克兄弟是这地方唯一的有钱人家，而贝都因人虎视眈眈地环视四周，任何时候都可能冲下山来打家劫舍。因此他们得用厚礼买通贝都因人，而且就算心里有十万个不情愿，还是得毕恭毕敬地对待他们。"

的确如此，当我一脚踏进会客室，并向那些在三面墙前盘腿而坐的部落居民祝平安时，不由得感觉也许在这类场合下，这两名个性开朗的年轻人宁可不要装得那么礼貌周到。这里的贝都因人属于纳德部族，坐在那里流露出一股凶暴粗犷的神气，和我在多安时巴·苏拉接见我的场面大不相同。这里没有什么头目老大来象征权威——这种区分游牧民族与城镇居民不同的鸿沟在这里明白可见。我想这场敌友群聚一堂的会面有点像法国大革命时法国某古堡里的集会，一名紧张不安的地主接见来势汹汹的革命分子。

一名虚张声势的纳德人站了起来，走到我身边坐下。他长了一脸麻子，看了让人倒胃口。他肩带上佩挂的短刀似乎捍卫着他裸露的大肚皮，但又不是很安全。他说起话来声音洪亮、盛气凌人，和一般部落居民的谦恭有礼大不相同。我很不喜欢他，开始思量无论如何且不计任何代价都不要对他太客气，特别是他借着在族人面前问我问题来引我入瓮以卖弄机智时。

当我想我已经回答够了的时候，我问他："你是个王爷吗？"他愣了一下，因为他有一半血统是奴隶。一些听众听了忍俊不禁。

"你为什么问这个？"他说。

"你走进屋里的架势仿佛这房子是你的，还有你过来坐在我身边——我想你必然是个王爷或国王，也许还是金达王室成员呢。"

这个时候大伙儿哄堂大笑起来。我离开这群人时，只树立了一个敌人，而且是一个自取其辱的敌人。招待我住下的年轻人带着松了一口气的神情，领我回到我的房间。

我路过哈贾拉因时遇到的那位新郎，现在就和刚迎娶的新娘住在隔壁屋子里。新娘子是按婚礼的习俗骑骆驼过来的，他则搭车过来。我爬上楼去看看她，映入眼帘的是一位稚嫩但光彩耀眼的十四岁小女生，用她自己所有的项链与耳环装扮成一副新嫁娘喜气洋洋的模样，还蛮受这后宫其他三妻四妾的疼爱。

"她是个迷人的新嫁娘。"我们离开时我向主人说道。

他笑了笑，微微耸耸肩。

"这么一点年纪的小女生你能拿她们怎么样呢？"他说。"没有结婚，这里的女人是不会让我们有平静的日子过的。"

晚餐后，他告诉我，我们应当听听无线电收音机（这是哈德拉毛绝无仅有的一台无线电收音机），听听来自伦敦的消息。

这台无线电收音机就架设在我房门外的阳台上。因为贝都因人也想一听为快，只好放他们进来。我走出去到阳台时，他们已经围成半圈蹲坐在那里了。他们的靛青色肩膀在一片乌漆墨黑中几乎看不出来，只到处看到他们闪烁幽光的项链和短刀。这两位兄弟把弄着收音机的盒子，试着从来自世界各地的纷乱杂音中找到伦敦的新闻。在我们底下，就在舍卜沃骆驼商队睡觉的地方，有余烬残火朦胧模糊的光影，并传来骆驼轻微的咯咯打呼声。

远从伦敦来的声音令人讶异地穿过这片阿拉伯式的寂静传来。由于当地是星期天早晨，传来的是某间教堂或主教座堂做礼拜的声音。先是一句模糊不清的话语，接着是严肃清晰的声音。"吾主保守你们的身心灵。"这就是我所听到的所有广播，接下来奇怪的杂音吞没了一切，只剩下一个模模糊糊的祷告声。但是我坐在那里心中大感震撼，深深被这几个字带给人的慰藉所感动，心中充满了孤寂感。由于天色已黑，我也筋疲力尽，泪水不禁夺眶而出。无线电收音机持续发出可怕的噪音。

"假如这就算是祷告的话，"一名贝都因人说，"那我们的祷告好听多了。"

伊本·马尔塔克将球形转盘扭来转去，试着找到欧洲各首都所播送的清晰可辨的声音，结果可怕又不和谐的声响撕裂了阿拉伯寂静的夜空。我求他住手，并告退回到油漆得色彩缤纷的可爱房间。这架电子引擎不久后宣告熄火，当时我正推开五扇窗子中一扇窗子的防弹窗板。窗外原本灯火通明的后宫建筑正面，此时也和背后的峭壁一起没入一片黑暗中；来自舍卜沃沉睡的骆驼在底下蹲坐成一个圆圈，在星空下看起来变成土黄色的一团柔软；而在它们身后，被沙漠狂风吹来这儿的波涛起伏般的沙丘，看起来也是土黄色的一团柔软。

第二十四章
在希巴姆不支倒地

نزلت على اهل المهلّب شاتياً   غريباً عن الاوطان في زمن محْلِ

فما زال بي إكرامهم واقتفاؤهم   والطافهم حتّى حسبتهم أهْلي

冬天时我下到穆哈拉伯家族之地，

在闹饥荒时离乡背井；

他们待我礼遇有加，他们的礼貌周到与存心善良，

无不使我把他们当成我的骨肉至亲。

——哈马萨

　　尽管有贝都因人的问题，海宁的两名年轻人依旧是无忧无虑、乐观开朗、快快乐乐的主人，就像住在火山边缘或其他可能爆发地点的居民那样乐天。他们要求我回头，我则表示在前往舍卜沃的路上打算在这里寄宿，因为我还是认为我患了疟疾，期望稍事休息后病情有所改善。一位憔悴瘦弱的男人，一个言语乏味的典型哈德拉毛人，邀请我们到附近他的村庄坐坐。他

喜欢谈论学问，告诉我他目前正在收集疾病的英文名称。当时这对我来说似乎是特别令人感到沮丧的研究，但是我还是告诉他"measle"（德国麻疹）这个词来丰富他的语汇。我发现他并不知道奎宁对于治疗疟疾有效，他的志趣不在任何与治疗有关的东西上。

我们在早上八点钟告别他们，沿着沙丘边缘向东挨着干谷的侧边走。大约六十年前这一带全是棕榈树，现在因为当地战火连绵不断，沙地面积加速扩大，渐渐吞噬了棕榈树林。沙子从西边的沙漠侵入干谷，就像跑在海潮前方的浪头。这里沙子的质地比任何我所见过的沙子都要细，颜色也比较红，指间捏一把沙子时皮肤不会觉得扎刺。纳德族的部族碉堡自枪孔以下全埋在沙子里；扭曲变形又光秃秃的有刺酸枣树垂头丧气地站在沙地边缘。

干净土黄的田埂现在看起来更加结实。田埂上生长着一种称为"拉克"或"哈姆德"的绿色灌木（学名 Salvadora Persica，萨尔瓦多桃树），是骆驼的粮秣；而每丛灌木丛底下都聚积了沙子而自成一座小沙丘。当地人折下这些灌木枝头分岔的小树枝，拿来当牙刷使用。一处灌木丛的荫庇下躲藏着三只他们叫做鹌鹑而我看起来像鸽科鸟的鸟类。它们双腿修长，非常安静，但当柏柏尔人阿里抽出长枪时，它们便立刻展开带斑点的翅膀飞走。

"它们的歌声，"萨伊德·阿鲁威说，"比哈德拉毛任何一种鸟类都甜美。"

我们车子的引擎出了点状况，当柏柏尔人阿里修车时，我闲晃到附近一座棕榈树围墙花园里的一间兀自独立的屋子。墙壁已经倾颓，我走了进去。棕榈树都轻壮佳美，一束束阳光像长剑般刺进树干。屋子本身就是一座堡垒，每个角落都有扶壁支撑，窗户和枪孔的安置位置特别高。另一栋跟它很像的建筑物矗立在旁边，但两栋中间隔了一道墙。

颇为紧张的哈桑现在走了过来。他以一种大人警告小孩不要随便玩火柴的神情肯定地告诉我没有门可以进去，但我适才已经发现一扇小便门，便走进去照了张相。

一颗颗人头像暗藏玩偶的吓人箱般隔着窗棂冒了出来。"上来吧。"他们喊着说。

我正犹豫不决时，同样非常紧张的萨伊德·巴达维穿过便门走进来。他朝上面的窗子喊了几声作为礼貌性拒绝，并请求我尽快回到车上。当我们离开外面的花园时，一名返家的贝都因人遇上我们，他似乎很惊讶于看到我们，问我们在做什么，而当我伸出手要和他握手时，他似乎更加错愕惊讶。

"你是来抢我们的财宝吗？"他问道，看到我大笑，他又是一阵讶异。

我告诉他我刚刚照了一张他家的照片。

"照相是要付钱的。"他说。

"要付钱的是你吧，"我说，"我让你出名难道你不用给我报酬吗？"

这名贝都因人看起来举棋不定。另一名裸肩上披着浓密蓬松头发的年轻人，就站在阿里刚恢复运转的车子旁。当我和他握手时，他也先看看他的手，再看看我的手，一副拿不定主意的模样，还省略了回答我向他祝平安的问候。这通常是个不好的兆头，我开始看到萨伊德兄弟非常紧张，急着要走。在这两名贝都因人做出关于我们的结论之前，我们已经进入车内开车离去。

"你不应该走进去的，"我们离开一段距离后，萨伊德·巴达维马上责备我说，"这些人是出了名的抢匪。他们是靠打劫独自路过沙丘的人过活的。假如不是我们在场而我们又是萨伊德家族的人的话，你这会儿可脱不了身。"

我想我们能成功脱身，比较可能是因为贝都因人很惊讶看到我出现，并且还跟他们握手致意。握手的意义重大，在哈德拉毛这是各阶级人民建立友谊关系的第一步。不过，对于萨伊德兄弟的这番责备，我没有吭声抗议。柏柏尔人阿里也提供了第三种可能的原因：这两栋比邻而立的房子虽说同属一座堡垒，现在却已经交恶，目前正忙着彼此围攻，根本无暇顾及过路的陌生旅客。这个地方叫做朱瓦。

"如果我们走了进去，会发生什么事？"我问。

"他们就会抢你身上的钱财。但是不会太多。"萨伊德兄弟告诉我说。

我们现在横穿过沙丘来到了南边的盖特恩，除了遇见一名赤脚跑者之外，没有发生别的事件。这名跑者的遮羞布整整齐齐地系在腰际，一只手握着长棍，另一只手向我们举起一封信笺。这封信不是写给我们的，而是写给海宁城。这个人继续迈步往前跑，李子般紫红色的肩膀在阳光中闪闪发光。在这个地区，邮递业务便是以这种方式进行，我也没听说发生过什么洪乔之误，虽说以这种方式传送非常机密的讯息并非易事。跑信人离开后，我们花了好长一段时间猜想何以昔旺城会写信给海宁城，而信里说了些什么。

当我们抵达盖特恩时，他们把我们当朋友热情欢迎。

"阿尼斯土，你们的到来是我们的快乐。"

管家笑容可掬，一名家臣在每个楼梯平台和我们一一握手，苏丹本人则腼腆却不失威严地向我们表示欢迎。柏柏尔人阿里停好车子后，加入我们的行列并亲吻苏丹的手。

苏丹说，要前往舍卜沃的贝都因人已经准备停当了。他们会等上五天，等我觉得舒服点后再走。他们狮子大开口地漫天开价，让他们闲晃几天，或许要价会变得合理一点。盖特恩的苏丹说，他们会带我从舍卜沃走到也门或亚丁，就看我的意思，而整段旅程大概花费一个月的时间。我说我可能走更靠北的路线到奈季兰；伊本·沙特的跑信人刚刚送了一封信到苏丹手上，说一路上安全。这条路线行经未知的地区，该地的贝都因人部分效忠于伊本·沙特，部分效忠于也门的伊玛目，直到最近的停火协议才为这块沙漠的边缘地带来太平日子。

"还是有些可怕，"苏丹说，"你不能去那里。"

他不多言，态度友善，而他的话就是最后定案。我心想拥有不怒而威的天赋是何等恩赐，它让一个人的说话分量远比另一个人的话来得重。它是内在的笃定，或许也是愿意承担责任的勇气，所以才能独断独裁。这种人格特质即使是动物也能明了且遵守。我们搁下舍卜沃以外路线的话题，纸上谈兵地谈论西部的沙漠。

苏丹告诉我，在哈德拉毛与奈季兰之间的部族当中，可以发现许多信仰熔冶于一炉。有些贾费里人或伊斯梅利亚人住在那里，他们是刺客之首"山中老人"派遣宣教士到也门的时代所流传下来的残族。在这里也能发现伊巴德派信徒。

伊巴德派在哈德拉毛繁衍已经有一段历史。他们的名称源自九世纪默默无闻的阿布达拉·伊本·伊巴德，这个教派现在主要散布在北非和阿曼，是中庸的清教派，而且显然和哈瓦利吉派信条有关。公元八世纪，伊斯兰历一二九年时，一名相信自己身负天命的清教徒，在和巴士拉的教派领袖商量后，来到了哈德拉毛。他的名字叫做阿布杜拉·伊本·亚希亚，而另一个较为人知的名字是泰勒布·哈克，意思是"追寻正道者"。他和他的副手阿布·哈姆扎占领了整个西南阿拉伯到麦地那与库拉干谷这地区。在这里，他们和伊本·阿提亚所领导的四千名士兵交战——那是哈里发马尔万派来对付他们的军队——结果败北。泰勒布·哈克和阿布·哈姆扎在战场上兵败被杀。敌人乘胜追击搜寻并屠杀伊巴德派，而凡是身强体壮、能跑能走的都逃到了哈德拉毛，接受泰勒布·哈克的总督的保护，因为他依然掌权视事。伊本·阿提亚穷追不舍。这些叛逃者从哈德拉毛行军四段路程与他迎战，交战的地点也许距舍卜沃不远，因为这里是来往交通大道。但是伊本·阿提亚夜行军绕过他们，从他们背后攻下希巴姆并占领所有商家。他正忙着安抚省里居民时，哈里发发出紧急命令，迫使他只带着几名亲信便火速向北赶去。在北边的焦夫有些毛拉德部族的战士依然在这片毁于战火的土地上巡行，他们就在这里杀害了伊本·阿提亚来为他们的亲属报仇。

盖特恩苏丹提到的伊巴德派想必可能是一千两百年前这些叛逃者的后代，因为在阿拉伯的土地上，安土重迁的观念依然异常牢不可破。汽车的发明并没有改变这样的观念，而跟着古代地理学家的指示走，总是比遵行现代绘图师更有可能找到目的地。在海宁，马尔塔克兄弟花了一个晚上的时间，从我的海姆达尼著作中誊写写于将近一千年前提到他们家族的参考资料。盖特恩苏丹告诉我，当他自己的祖先四百年前从雅法伊高地迁来此地时，他们首先定居在靠近安达尔的拉库姆，所以一如他们的祖先在他们之前所做的，他们把安达尔视为"哈德拉毛的第一城"。他告诉我，目前住在阿姆德干谷的贾达部族非常现代化；他们从也门迁徙至此不过两百年的时间。

我离开苏丹时心里抱着五天内回来的希望。"你的病会好的，"哈桑告诉我说，"因为治疗发烧最有效的法子，莫过于跌出车外这种突如其来的惊吓。"

我注意到，他们从不曾把摔出车外那件意外公开说出来。我已经承认那是我的错，没有更加小心仔细地看好车门，而我的认错让他们觉得好笑。萨伊德·巴达维提到这件事时经常大呼小叫，但只有在我们独处时才会如此。我们把这个令人又恼又恨的意外当做我们之间的小秘密。不过，虽说惊吓有其疗效，我依然在抵达希巴姆时就不支倒地。

在那里哈桑离我而去。他属于卡提里部族，待在他的仇人凯埃提族人的势力范围内，每分每秒即使环境舒服对他都成了痛苦。他环视我空气流通、寂静无声的木造平房，仿佛这里有敌人四面埋伏。"不文明。"他说，一把抓起我的洗脸巾来擦拭我的平底大口杯。招待我的主人侯赛因与萨伊德随和又友善，两人不发一语地默默忍受着他。我的两位萨伊德朋友决定带他去昔旺城，免得他留在这里惹是生非。他们会在几天内回来。他们告辞了，后来从昔旺城寄了封友善的答谢短笺给我，我到现在还珍藏着这封短笺。

　　谨在此出具证明，证明哈德拉毛英国旅行家芙瑞雅·斯塔克小姐谙熟法律，信仰虔诚，身家清白，乃从英国来哈德拉毛独自旅行的第一人。旅游途中遭逢恐惧和危险时，她展现过人的刻苦耐劳与勇敢刚毅的精神。我们由衷地感谢她，特致此谢忱。

　　　　　　　　　　萨伊德·阿里·阿塔斯·巴达维谨上

与此同时松了一口气的侯赛因与萨伊德，客客气气又友善亲和地招待我。每回我要谢谢他们时，他们就说："难道我们不算是英国人吗？我们出生在新加坡。你的国王就是我们的国王。"

　　他们每天来我下榻的木造平房探视我，我卧病在床，病情越发严重。最后，我发现我的病并非疟疾，只是我的心脏大有问题。每隔一段时间我就会注射可拉明①，并躺在床上动也不动；但是我的身体还是日渐衰弱。

　　招待我的主人把侯赛因的贴身仆人优斯林送给我。侯赛因主仆两人是依照哈德拉毛的习俗从小一起长大的，每当优斯林说到他曾看过或做过什么时，从不会说"我如何如何"，而是说"我和侯赛因如何如何"。他对侯赛因忠心耿耿，个性则开朗、富有爱心、迷人但靠不住。他有棕色皮肤，动作像猫般敏捷优美，阔嘴，说话时头歪向一边。假如他听到谷地传来枪响或呼声，眼神柔和的双眼就会为之一亮，然后一股脑儿冲到阳台上摩拳擦掌准备一战。他的声音悦耳，听起来比较像欧洲人的声音，倒不像阿拉伯人。当他洗澡或在我窗下的水池洗涤我的晚餐餐盘时，总会引吭高歌。他告诉我，他总是伺候那些下榻在这间木造平房的客人，还有那些经常降落在希巴姆的英国空军战士。他颇为称许他们，"虽然当他们提到先知或真主的使者（穆罕默德）时，不知道怎么说才适宜得体"。

　　"有些人，"我说，"他们也许没有受过良好的宗教教育。"

　　"正是如此，"优斯林说，"每回他们来的时候，楼下那个黑

———————————

　　① 可拉明，主要直接兴奋延髓呼吸中枢，能提高呼吸中枢对二氧化碳的敏感性，使呼吸加深加快。

奴安巴尔就躲得远远的，因为他害怕失去自己的信仰。但他倒是不会躲你，"他接着说，"你既不抽烟也不喝酒，说到真主使者时总不忘说'愿赞美归于他'。"

第三天当我病情严重时，另一名叫萨利姆的仆人前来帮助。他们身上裹着毛毯睡在我房门外，夜里每隔一阵子就进来喂我喝咖啡。

我的气力日渐消散。我看不到自己的手表，只能听着耳朵里一种像生命之浪拍打在某个地图上找不到海岸的微弱脉搏声，并静待它停下来。等它真的停歇止息时，我应该已不在世上，恐怕无从得知；这个想法既可怕又诡异，正如每个崭新的冒险事业。在那病重时刻，我遗憾的不是我的罪愆，而是我还有许多事情没做，甚至是那些我承诺去做而没有做的轻率之举。我并没受忏悔之忧或伤心之情而心绪烦乱，但在杳然寂静的灯光下，我看到自己过往的一生像地图般摊开在眼前，其中点缀着许多小小的快乐时光，虽被遗忘却依然美丽：夏日徜徉在英国的草坪上喝茶，小山丘上的龙胆草，南方松林热腾腾的香甜味——全是些细琐却亲密的点点滴滴，它们的甜美属于这个世界。我试着去回想这些事，因为我知道我必须尽可能保持心智冷静安宁。每隔一阵子萨利姆就会扶起我的头来喂我吃饭，动作柔细不输一名专业护士。他是个无懈可击的仆人，尽忠职守又善解人意。他其貌不扬却风采迷人，脸孔细长，下巴尖细，还有在哈德拉毛处处可见的敏感大嘴巴。他总是在饱满的天庭上戴顶瓜皮小帽，帽子向后倾斜，帽檐刚好贴到他头发剃掉的边缘，使得原本就高的额头显得更高了。他带着无尽的博爱之情看着我，动作悄然无声。

我想我大去之期不远矣。我同时心怀恐惧，害怕昏迷时被活埋。优斯林跟我解释这样的事情有时候也发生过。就在不久前有一位昏迷不醒的毛拉①就遭到活埋。他忠心耿耿的仆人当时正好出门，回家时赫然发现自己的主人已经被埋入地底时，坚持掘墓开棺，结果发现这位毛拉竟在坟墓里坐了起来。我告诉优斯林，他们得等上半天时间才能动我的身体；我也教导他施打可拉名，以防我昏了过去。我已经虚弱得再也无法自己动手打针了。

这是件非常痛苦的工作，只有优斯林能乐在其中。"现在，"他在把一根感觉像烤肉串似的大针戳入我的臂膀时，带着一丝不经意的讽刺口吻说，"我可以说我像个大夫了。"

他为我扶住写字台，并握着我的手一笔一画地写字；我才写了封短笺就累倒在床，只看到他大惑不解地盯着纸张看。

"我弄错面了，"他说，"这是吸墨纸，你得再写一遍。"他就像弥留病床边的一只花蝴蝶，讨人喜欢却无济于事。

接近破晓时分时，我睡了三个小时，做了个快乐的梦。我梦到我和我父亲在某座依傍乳白色海洋且阳光灿烂的地中海城市，我的朋友有说有笑地走了过来，进入一间灯火通明的房间。

---

① 毛拉，伊斯兰教中的一种尊称，意指老师，通常指精通伊斯兰神学与伊斯兰教法者。

我醒来时这些友人似乎还陪伴在我的身边，我看到阳光洒在贴着窗户的尖头棕榈树叶上。鸟鸣啁啾，花园里飘来阵阵令人舒爽的气息，钩针编织的坐垫吊挂在小茶几上；此时乃破晓后最早、最怡人的时刻。有那么一刹那，我忘了自己还在生病；接着我明白除非药剂师马哈穆德带着新药从泰里姆赶来，今天将会是我的大限之日。我自己尝试的方法一个接一个地失败了；我的心跳现在变得很微弱，感觉不到有脉搏在跳动。我身旁的世界和我自己的心智是如此愉悦又生机盎然，这整件事似乎不合情理、恐怖至极，却又无可避免；想来那些被判死刑的囚犯在行刑当天也会有这种感受吧。

我相信救我一命的是马哈穆德。

两位苏丹之间沟通的重重困难以及泰里姆正在举行婚礼的事实，还有哈桑愤而拂袖而去，无不造成了这差点夺走我生命的三天耽搁，但最后一个求救信号总算让他们所有人明白事态多么紧急。我的主人萨伊德本人在经过这可怕的一晚后，搭自己的车前往昔旺城和救援小队碰面；到了九点，正当我万念俱灰时，优斯林眼睛发亮地来到我跟前，跟我说他听到车声了。接着他站在窗边告诉我他看到车子了——一个小黑点正快速接近当中，后头扬起一道干谷的烟尘。

很快地，他们都来了——我的两名主人、阿姆德的萨伊德家族、泪流满面的哈桑，以及马哈穆德。马哈穆德这个好人摸了摸我所剩无几的脉搏，判断说这是心绞痛和消化不良。这两种病会一起发作倒是令我惊讶。接着他把罗可诺注射到我的血管里；药物很快见效，似乎为我筋疲力尽的心脏送来一剂回天妙药。

马哈穆德接手指挥照顾我的工作，这工作就如同我的病一样重重压在我的肩头，我心怀感激地沉沉睡去。我的两名主人说为了表示他们患难见真情的友谊，要留在这间木造平房直到我病情较好转为止，他们还下令楼下的仆人准备大餐招待一干人等。很快地，楼下传来的欢笑声让我觉得我和周遭的世界，姑且不论我们还有什么其他问题，无论如何不再笼罩着死亡的阴影了。

第二十五章
访　客

然而很快地我将来到
固定住我延展灵魂之处，
但命运寸寸敲进铁三角楔
并且总是强挤进夹缝中。

——英国诗人安德鲁·马维尔

　　我身体好了一天，接着旧疾复发。在这危机的压力下，我写信给亚丁的朋友，要求假如英国皇家空军的飞机正好在哈德拉毛降落的话，可否派一名医生过来。他们告诉我有一班飞机预计要在希巴姆降落，而这大好机会绝不能错失。一年一度的大节日，也就是宰牲节①，即将来临了。届时庆典会持续一周之久，在此期间不会有跑信人到海岸送信。而无论如何，一封信必须花上二到六个星期的时间才能抵达亚丁。情势既然如此

① 宰牲节，伊斯兰历十二月十日，是朝圣者在麦加活动的最后一天，宰牲节与开斋节为伊斯兰教的两大节日。

这般，我便利用这机会写信，而我的主人也自动自发拍了一封电报交给同一位跑信人（我事后才知道这事），内容言简意赅："请派飞机来。"这将递交给任何一艘正巧路过而且有无线电发报机的船。我得感激地说没有机会送出这信，皇家空军也就免去它可能造成的一场虚惊。

与此同时，马哈穆德照顾我的生活起居。我高枕养病无人打扰，终于可以不需要胡思乱想了。马哈穆德翻遍他的一本写满各种你所能想得到的疾病的书籍，但我拒绝花心思在上头。他曾在亚丁瘟疫肆虐时和一名大夫实习过两年，这个经验加上他自己认真聪明的本性，使得他得以帮助我。他坐在楼下彻夜未眠，他告诉我，他在"祷告，祈求安拉来救你"。在他来了之后的第三天，我病情明显好转，再过不久，他每隔一阵子离开我从昔旺城回家。

有一天当我重病瘫倒在床时，一名从盖特恩来的贝都因人前来探望我。一天下午他独自一人从敞开的房门走进来，向我问候平安。他是一个人高马大、住在山丘上的奥拉基部族人，身穿麻布衣服，腰际围了一条弹匣带，整个人斜靠在一把步枪上。但除了这些东西以外，他活脱脱像某些古老图片中的基督图像，粗眉齐平，红棕色鬈胡子，五官平直，眼神冷静，举止高雅。

有两回，他说，人们将他挡在门外；但他直等到楼下没人，才上来和我道别。他和他的同伴没法继续等下去，即将返回自己的家。

"我不能来，"我伤心地说，"我病了。"

"安拉治愈你；安拉恢复你健康，并赐福与你。从安拉来的只有祝福好处，愿他受赞美钦崇。"

这真是美丽的祝福，而他说得如此诚恳，话中还带着一种宁静祥和的乐天知命，一种生活勇敢丰富的气质。当他因为白等了这几天而要求礼物回报时，甚至连讨东西的用字遣词都是高贵的——"给我伊克拉姆，以表荣誉"，伊克拉姆的意思是一件东西。我没办法给他任何东西，因为我根本没法爬起床，而我的主人告诉我，盖特恩苏丹会帮我给，也会让我知道。但是当辞行的时候到来，苏丹却无论如何不肯让我偿还我欠他的人情，我所能做的只是把我的那本海姆达尼著作留给他当礼物。但是那一整天，我因为这位贝都因人的探视而感到心情愉快又大感安慰。我一边躺着一边思忖，阿拉伯的魔力与其说来自被艳阳烤得皱褶的干旱大地，不如说来自此地人民内在特有的高贵情操与魅力吧。

就在这个时候，在我能下床之前，他们为我捎来前往舍卜沃的德国旅人的消息。

他是个年轻人，曾经来过这个地区，也写过两本关于此地的书，照了几张美丽的照片。但是他刊印了一份报告说塞阿尔族贝都因人是食人族，导致他人缘奇差。自不待言，这样讲任何一个阿拉伯部族是一件愚不可及的蠢事，也在曾经热诚招待过他的干谷里引起了很大的反感。他作为一名旅行家，还得为其他罪行负责，因为他的确到过舍卜沃城的城门口，只是被一名贝都因人拒于门外，他却把从希巴姆到舍卜沃的距离故意说成七天的路程，而非四天的路程。他又自诩为进入多安的第一位欧洲人，而事实上当时整个谷地都在谈论范·登·默伦与冯·维斯曼的远道来访。他又装得从未听说过本特夫妇。他似乎让自己惹人厌得人家威胁要枪杀他的次数频繁到不合理，即使最不圆滑的观光客也不致如此。

当他不疑有他地出现在泰里姆的卡夫·萨伊德家族前时，他们也为处置这位年轻人的方式感到难为情。干谷的年轻人希望清楚表达心中的不悦之情，而老一辈信仰虔诚的人同样火冒三丈。因为他说哈德拉毛的宗教中心罗巴特学校提供每名学生"eine Frau"（德文，一个老婆）以及其他种种方便，这把所有人都得罪光了。

这本书在昔旺城广为流传，他们要求我把其中引人反感的段落译成英文，当地的饱学之士听了我的翻译后义愤填膺地说不出话来。后来这名年轻德国人来时，他们就拿书中几个词质问他。他则解释说"eine Frau"一词在那句话里的意思是可以上学的小女生。（事实上，即使是小女生也不得上学念书的。）

在这之后，哈桑和马哈穆德两人拿着这本书来找我，问我这样的诠释解不解得通。他们抱着希望说，也许是我的德文不够好，翻译失了准："Frau"这个词有无可能意指正值我行我素那个年纪的小孩？但是我拒绝为这名来路不明的德国人作伪证。我说"Frau"就是"Frau"，别的都不是，就是"Frau"。当我的两名主人以及一大群萨伊德家族人匆匆忙忙来找我，告诉我说这名年轻人径自在我前头前往舍卜沃，并且友善地表达他们希望有什么不测之灾或意外横死发生在他身上时，我当时的感觉是我只能微笑以对。

每天都有人前来通报我有关他的消息，而我只能躺着任其骚扰。他已经去了昔旺城，正停留在萨伊德·阿布·贝可的家中。他们说，他要到庆典过后才会前进，因为庆典时期大家都在庆祝结婚大喜，贝都因人也会利用这个星期把女儿嫁出阁，所以实际上不会有人在这个时候出门旅行。在庆典结束前，我也许能再搭车旅行，而萨伊德·阿布·贝可找人送口信过来说，他会确保我平安上路。他会尽其所能让那名德国人不惹是生非。我想起他犯的罪过，良心觉得好受些；而优斯林假装以修长的指头分发食物给想象的狗儿吃，解释说假如他竟敢造访希巴姆怀恨在心的居民的话，被吃下肚就是这名不知好歹的年轻人的命运。"不是说咱们是食人族吗？"当他拿着棕榈叶打扫我的房间时，每隔一阵子就这样喃喃自语地说道。

接着传来消息说，这名德国年轻人管不得什么庆典不庆典，正在做出发的准备。他在昔旺城的市集挑选了一名贝都因人，要他做好安排后立刻带他上路，尽管萨伊德·阿布·贝可在一旁努力劝阻。我得钦佩他的速战速决，接着我从马哈穆德那里听说，这都是哈桑从中作祟的缘故，哈桑告诉他最好赶紧上路，否则我也许会赶在他之前出发。

至于实际上发生了什么事，我永远无法得知，我依然很不愿意相信哈桑是个坏蛋。在我因生重病而转由马哈穆德照料之前，哈桑对我始终忠心耿耿，伺候我的态度也可说无微不至，但是他不喜欢马哈穆德也是事实。他对马哈穆德的仇恨，也或许只是爱说话的习性，使得他对德国年轻人说了那些话。整体而言，东方人之恨要比爱更能天长地久，我想到这一点便不免沮丧。然而，我还是宁可信其无。不过，哈德拉毛干谷已经被种种纷争撕扯得四分五裂了。我卧病在床，只觉得无助无援，我的旅程就像扑克牌搭起的一栋栋纸房子，全部瓦解崩溃了。我也为自己竟然在乎别人能否先驰得点而感到羞愧，因为这争第一的事算不得什么光彩的热情。优斯林在我房里愉快又动作优雅地四处窜动，他会以拇指和食指轻巧地圈住自己的脖子，又会指着天花板并张开手，表示一切都完了。他以他惯常对别人抱有的激烈正义感大发议论说，那些背叛朋友的人应该全被吊死等等诸如此类的话。

这名德国人抵达盖特恩，然后继续前进。那里的苏丹捎来信息说他已经通过盖特恩，但他们虽然抵达了现代的村落，他的贝都因向导却无法带他去一天车程外的古城遗址。我还以为这只是苏丹一番善意的谎言，但后来发现果真如此。

数个月之后，当我已经在返回欧洲途中时，我收到希巴姆的侯赛因寄来的一封信：

> "那名德国人，"他说道，"从舍卜沃折回，而我们在盖特恩苏丹的宫殿中会见他。我们于是问他关于那里的遗址的事情，他说有一座矿场，石油和金矿仍有待挖掘，并

拿出一张在那里拍的神像照片。他在那里并不好过，只停留了半天之久，因为部族居民群起攻之。现在他去了海岸。总之，他去了舍卜沃，但是他们不让他进城。"

苏丹猜测得果然没错：古城及其六十座庙宇仍在等候这名旅人的造访。

第二十六章
割爱舍卜沃

假若我不复有王者般的日子，那会是何种境况？

往日种种依然与我同寝入梦来。

我梦见双脚踩踏着星光灿烂之道；

我的心休憩在冈峦上。

我也许不会依依不舍未竟之事业；

我占据高处，我留住赢得的梦境。

——《四月雨纷纷》，G.W. 扬

　　我尽可能为宰牲节结束后做计划。我决定找人用担架将我抬到海岸边，正如一年前我主人生病时使用的法子。大概最少需要八天的时间，视我们每段旅程的长度而定。我找来六个人以接力方式抬我，每个人要价十五塔勒。至于民生问题则以购买三头山羊来解决，它们将担负起在一旁小步相随并不时提供羊奶的重责大任。每个人对这个计划都抱着乐观的态度，虽然我忍不住想到本特夫妇书里的最后几页，里头谈到这种担架之旅最后以悲剧收场。但是炎热的日子即将来到，我必须赶快离开谷地。

我躺卧了一段疲乏倦怠的静养时期，主要靠优斯林的谈话来提神。他晚上会过来说长道短一番，至于萨利姆则沉默寡言，总抱着膝盖坐在床脚的天鹅绒椅子上，再不时点点他黄棕色的脑袋。

他们建议我应该试试哈德拉毛式的秘方，并愿意带个学有专精的人来看我。倘若我不是历尽了沧桑，也许会接受这提议；但实际上，我还是静静听着优斯林如数家珍地诉说各式各样的偏方。他告诉我，蜂蜜和锑搅和在一起吃下可以治疗痢疾。"袭击你下半身"的风寒应该避免，治疗方式是在一片漆黑且"寸草不生"之处待上两个星期，这地方通常是山丘中的山洞。养病期间只能吃些清淡的食物，而这也许就是这种疗程奏效的原因。他又说，被蛇咬伤的处置方法，就是找一群人围着病人唱歌，其中一人用口将毒液吸出来；若是被蝎子蜇伤的话，可将一枚塔勒压在伤口上治疗。"至于麻疹带来的咳嗽，你幸免于难，因为咳得厉害通常会让人喉咙哽塞并窒息而死：过去这两个月里，在希巴姆就有超过一百人因此丧命。"

从我的窗户望出去，我可以看到希巴姆城及其五百栋民宅猬集在一起，像一座浮现在织锦般棕榈树之上的堡垒。在民宅背后黄尘滚滚的空间里，骆驼正将玉米粒辗压出来。它们拖曳着一段棕榈树干，一圈又一圈地踱步。壮丁们收聚起麦秆，捆成一扎扎，并一边齐声歌唱。

在哈德拉毛无论做什么事总少不了歌声相伴。盖房子时从搅拌泥土和麦秆做砖头，到大功告成前在飞檐刷上最后一刷灰浆，其间总伴有不绝于耳的歌声。即使是骆驼也有它们自己的歌声；贝都因人一边前前后后地蹦蹦跳跳，一边在骆驼耳边轻声低吟，骆驼便慢吞吞走着，心满意足地摇头晃脑。人与骆驼一起走过他们生命中阳光普照的孤寂，构成一幅人唱骆驼随、其乐无穷的画面。这让我经常怀疑人世间有几对夫妻能像贝都因人与骆驼如此这般情投意合、相知相契？

当我躺在床上看着窗外种种景象时，漫不经心地打从窗边经过的优斯林，会不时跟我说些街谈巷议。他告诉我，希巴姆即将打仗了，"跟那边的那些房子"——那是干谷对面的村落，虽小却不是好欺负的弱者，它的停火协议即将在一个月内失效。

希巴姆有一座大约有六十名奴兵的兵营，尽管盖特恩的苏丹除了马卡拉政府部队之外，自己拥有更多的士兵。即使是现在这承平时期，城门从晚上八点到凌晨（阿拉伯时间的两点钟到"法吉尔"）仍是大门深锁。有一天晚上夜色暗下来后优斯林因为想去参加一场婚礼，就开口跟我借手电筒。不幸电池用光了，我便建议他提油灯。

"那不管用呀。他们会对我开枪。"优斯林说。

"谁会开枪？"

"还用问吗？守城门的士兵。"

他们会在城门那里点两盏灯并保持彻夜不灭，房舍当中则另有小小又昏暗的烛光照明。除此之外整座城市像鬼影幢幢的冥府，每个鬼影的头紧紧贴在一起，黑沉沉的干谷和峭壁则在一旁环伺，直到月娘从城东墙那头升起。在朦胧、孤寂又甜蜜月色浸泡下的城市轮廓，顿时有了像蓝丝绒的质感与深邃的神秘感，也让生长在一块块沙地上的荒芜荆棘丛与棕榈树丛，看起来像西方荒地般柔美又熟悉。

当月儿西沉时，夜色便像墨水般漆黑，但不多时天光破晓，黎明从香料之地袭来，迈开大步跨过干谷的岩壁；从一片漆黑到光明乍现，其间只有十分钟光景。我透过南窗望出去，晨光像一顶光圈般挂在垂悬于我们头顶上的峭壁后头，又投射在方形眺望塔上，让放置在那里的四块巨石宛如贝都因人朝底下希巴姆射击时惨遭埋伏的人。从西窗望出去，希巴姆的房舍再度在阳光中现身，房屋底下是壕沟。优斯林告诉我，人们会把妓女的头发剃光，再让她骑着驴子沿壕沟绕城，一边被人追着打。

此地赏罚严明，惩罚简单。城中央有一口古井，罪大恶极的人就被丢到井里，食物则从上面吊下去。至于偷窃，逮到就砍手。优斯林很赞成严刑重罚，他带着钦佩的口气说着伊本·沙特的法官断案的故事。有一个人遗失了一盒面粉，一年后警察局通知他去领回。法官下命令说必须在他面前把盒子打开；其中一名士兵先前曾把手指头伸进钥匙孔里，想看看盒子里装些什么，结果他的指痕留在面粉里，让大家都看见了。士兵的指头从此就留在盒子里，而当偷盒贼被找到时，他的手则被砍断。

优斯林本身性情随和，连只苍蝇也不愿伤害，他却赞同这样的严刑峻法。不过，在哈德拉毛实行这样的严刑峻法却不太有道理。不是因为没有犯罪，而是犯罪者通常是贝都因人，他们很快就逃回约耳高原，根本抓不到人——就像是在我们木造平房的视线可及处，那个从乌克达的花园郊区强行掳走一头驴子的人——这件事化解了做家事的单调无聊，让优斯林快乐了好几个小时。

有时贝都因人逮到机会也会掳走奴隶，然后转卖给新主人。所以干谷的奴隶即使是自由身，也不敢贸然独自在约耳高原上旅行，生怕遭绑架并被掳到天涯海角卖掉。

马哈穆德告诉我，最近有两名来自加尔各答的男孩，被从阿曼苏尔来的阿拉伯士兵以介绍工作为饵拐骗。等到上了岸，阿拉伯人将他们以七百塔勒的代价卖给塞阿尔族贝都因人，后者便将男孩带往西北部，让他们做两年汲水的劳动。快满两年时，主人恰巧带他们来昔旺城洽公，他们便趁机逃脱，并询问城里的居民当地有没有任何印度人或英国子民。人们将他们带去找马哈穆德，马哈穆德把他们的故事传达给萨伊德·阿布·贝可，他们的主子于是被找了过来。两名奴隶中有一人已经逃逸无踪，但另一人则被萨伊德以五百塔勒（三十八英镑，那名贝都因人原先要价一千一百塔勒）为代价买下来，然后将他送回家去。这事情发生在我来访前十个月。

小孩有时也会被绑去卖。萨伊德·阿布·贝可是个宅心仁厚的人，人们有求必应。他以四百塔勒买下一名被拐骗的小男孩，费神找到他的家乡，写信给他远在奈季德的父母。但是这名男孩却不愿意回到父母身边，我下榻在泰里姆的住处时曾看到他出现在一群服侍我的人当中。

我倾听一个接一个的故事，日子也悄然而逝。我们所在的干谷和这里的来往交通在我眼中，一如在它的居民眼中，开始仿佛像一座升平无事、惬意怡人的小岛。

我习惯躺卧在我房间外凉台上的草席上，置身于优美的环境，展读维吉尔的作品——我对古典作品的喜好属于用情不专的那种，只要身边摆着任何更简单易懂的读物就会让我移情别恋。

维吉尔是卧病时最能让人真正休息的良伴，因为我不曾读过有诗人像他那样，作品中充满了甜蜜睡乡、深夜万籁俱寂与大地休憩的意象。我也在他对于死亡的超然且异教派的刚毅观点中，找到令人精神大振的佳句。

> 所有生命的岁月皆倏忽短暂且一去不复返，
> 唯独立德立功、千古流芳者，
> 其岁月乃得以天长地久。
> （Stat sua cuique dies, breve et irreparabile tempus
> omnibus est vitae; sed famam extendere factis,
> hoc virtutis opus.）

或是，

命运牵引我们往何处去，我们只能步步相随；

然而不论命运为何，我们都要逆来顺受并努力克服。

(Quo fata trahunt retrahuntque sequamur;

Quidquid erit, superanda omnis fortuna ferendo.)

　　谁能读到这样的佳句而不备受鼓舞激励呢？它们铿锵有力的节奏在我耳际鸣唱着，相随的是附近三口水井令人昏睡的咯吱咯吱的噪音。有那么一口井总是不停运作，而我从窗口往下望可以看到我们的游泳池每两天左右就换一次水。我可以看到那些皮制水桶从水井深处缓缓升起，悬挂在半空中一两秒后沉入饮水槽中，接着它们肥胖渗水的桶边向一侧倾斜，水便倾泻而出。哗啦哗啦的流水声终日不绝于耳，随着水桶的上下来回时强时弱。这些水井位于树下，映照着斑驳光影，周遭清凉怡人，它们也是此地唯一的"流动"水源。

　　我躺在铺在涂灰泥墙下的草席上，仰头观望淡淡的蓝天，天际白云舒卷自如，宛如薄薄的面纱。一些有黑色颈毛与平顶黑头的小鸟站在檐角低头望着我。盛开的石榴花丛中有戴胜鸟。希巴姆的石榴结了硕大的果实，枝头却同时绽放花朵。飞行中队队长利卡德斯大肆鼓励种植石榴，他还教优斯林怎么修剪石榴树，而每当人们赞赏石榴树时，总不忘提到利卡德斯的大名，他和博斯科恩上校是谷地中备受爱戴的人物。此地还有许多其他鸟类，其中我只认得鹡鸰，还有一种白棕两色的老鹰或鸢鹞，以及群聚峭壁上的白鸽——它们令人昏昏欲睡的声音回荡在谷地间。再有就是"随着玉米与椰枣来来去去"的乌鸦。

我手表（它不再非常可靠）的指针指着五点钟时，日头西落了。晚霞黄橙青绿，像亚丁的天空。突出的峭壁像着了火般通红耀眼；它们鳞次栉比地排排站开来，一片挨着另一片的背后，大同小异，彼此平行，宛如下了锚的舰队。每片峭壁投射下的身影和背后峭壁的身影成对角线相交，直到没入远方干谷的转弯处而看不见为止。

更大的阴影自高山上翩然落下。

（Maioresque cadunt alitis de montibus umbrae.）

峭壁间的洼地与凹入处浮现了一道蓝青色的迷雾，然后平坦的约耳高原边缘闪烁幽暗微光并越来越昏暗，最后没入黑暗中。另一个漫漫长夜又袭上我们了。

第二十七章
飞离谷地

我要在四十分钟内

为地球围上一圈腰带。

——《仲夏夜之梦》

我说，但愿我有翅膀像鸽子，我就飞去，得享安息。

——《圣经·旧约·诗篇》第五十五篇

宰牲节是我见过最令人捉摸不定的节日。

每个人都在为它做准备，人人也都在谈论它，但是说到这庆典究竟何时开始，则莫衷一是，没有人说得准：有些人说再过两天，有些人说再过十二天。但是它日日逼近的征兆终于开始多起来了。当贝都因人接近希巴姆时，他们会开始鸣放步枪以示欢迎之忱。这是一种所费不赀的欢迎仪式，因为每放四枪就要花掉一塔勒，所以政府现在明令禁止在城里狭窄的巷道里放枪娱乐。

萨利姆要请事假。他有一个老婆——当初花了六十塔勒

（四英镑十先令）的聘金娶进门，因为当时她还是童真之身（否则，聘金只要三十塔勒）。他是个屠夫，他需要为礼拜五的庆典屠杀数以百计的羊只。这两个理由就足够了，所以萨利姆要离开我一两天的时间，优斯林则每隔一阵子过来，而黑奴安巴尔会在楼下守卫。

庆典是从礼拜二开始。第一天和第二天是小朋友闹着玩的节日，大人会给小朋友买礼物。第三天是"Zulfat al-Kubār"，在这天他们会吃一道叫做"阿西"的菜肴，它是将椰枣、玉米与来自约耳高原的"海多旺"种子搅拌在一起，然后在锅里煮上五个小时。第四天就是礼拜五了，这一天是哈吉①之日，大家吃"哈丽莎"，这是我在多安品尝过的一种面粉肉片粥。在这第五天，人们会前往希巴姆城外，就是我住的木造平房再过去的浩塔游览观光，这是阿哈马德·伊本·侯赛因·伊本·阿哈马德的陵寝。到了第六天，人们会前往苏塔娜谢赫公主之墓谒陵，这位女圣徒的陵寝在昔旺城外，我们曾在旅途中经过此地。

我问优斯林何以封她为女圣徒，他解释说是因为她终身未婚。

"那么，"我说，"如果我前几天不幸客死于此，你们履行承诺在起降地旁的白色穹隆顶下安葬了我，那我也是个女圣徒咯，我的忌日也是可以全家出游的国定假日咯？"

---

① 哈吉，伊斯兰对曾去过圣地麦加朝圣的穆斯林的尊称。

优斯林看起来一副不置可否的模样。

"你没死真是万幸，"他心有所感地说道，"因为我们该怎么处理你的遗物呢？当你脸色苍白得吓人的时候，我心里反复思索着这个问题。我决定一旦你不幸往生，就立刻把所有东西锁起来，就不会有人以为我自己私藏了什么东西。"

优斯林对于这个地区所有的庆典如数家珍，而算算为数真不少呢。附近一个主要庆典是在盖特恩举行，日子是在四月初春的第十二日，要走上五天到哈比布·欧马·哈达拉的墓谒陵。但是他说，贝都因人只在乎大庆典；即使斋戒月结束时、这里叫做"舒尔巴特马"的开斋日，他们也很少遵守不渝。

到了三月十四日，也就是庆典的第三日，算算我已经在房间里躺了两个多星期。我觉得自己体力足堪负荷到外面晒晒太阳、走一走。我住的木造平房旁除了陪我一起出来的黑奴安巴尔外，没有别的人影，再有就是一条和我成为好朋友的瘦狗——它瘦得连苍蝇都停在它身上，黑奴安巴尔说苍蝇绝不会停在胖狗身上。

我们缓缓往下走，并在路边棕榈树下的一座西卡雅旁坐了下来。这条路走起来仿佛是一条通往传说中英国亚瑟王王宫所在地卡美洛之路；而我在房里禁闭了两个多星期，感觉自己宛如夏绿蒂夫人 ① 般，正以不习惯见光的眼睛看着沙尘中来来往

---

① 夏绿蒂夫人，丁尼生于一八三二年出版的一首诗中的女主角，她是一位中了法术、遭人监禁的贵妇人，楚楚可怜，曾风靡维多利亚时期。

往缓步行进的贩夫走卒：骑着驴子的农夫，跨下摆着农产品，或驴鞍上横向披挂着一头羊；萨伊德家族族人，总是穿着洁白无瑕、随风飘逸的白袍；贝都因人和骆驼；妇人，拖着在地上啪啦作响的蓝色裙摆，头上顶着一只小瓮或篮子；黑人士兵，身上除了遮羞布、弹匣带和配枪外一丝不挂；拿着装有"沙姆"（油）的小皮罐的行人；以及许多驴子，拖着长及地面、准备当饲料的晒干芦苇，而被芦苇遮住不见身影。牲口在西卡雅的小穹隆顶旁停下脚步喝水，赶牲口的脚夫从西卡雅刷上灰浆的棋盘格子间舀出水来，再倒进低浅的饮水槽里。

住在这附近一带平原的居民走上前来，问候我及探问我的病情，因为他们先前已经听说我卧病在床。他们就如乡下人般说长道短地谈论着近来的物价。在谷地做生意恐怕不容易，因为每个城镇都有自己的度量衡。希巴姆的重量单位包括一个塔勒重的"欧基亚"、十二个塔勒重的"罗特尔"和二十九塔勒重的"穆斯拉"。但是古尔法的一"穆斯拉"要比昔旺城的一"穆斯拉"重，可是又比希巴姆的一"穆斯拉"轻。物价也随世界危机波动：四年前人们能用一塔勒买到六十"穆斯拉"重的舍卜沃食盐，但有一度盐价飙涨到一塔勒只能买到四"穆斯拉"重的盐，现在则跌回一塔勒三十"穆斯拉"的水准。

我的主人萨伊德现在坐在铺着毛毯的鞍座上，骑着一头白驴走过来，他看到我时便下驴来，陪我走回木造平房。他买了一小瓶印度紫檀木精送我，一边谈论着仍可以在希赫尔沿岸找到的龙涎香。等他走了，我在阳台的阴凉处铺了张草席，躺下来阅读《埃涅阿斯纪》。我心中遗憾地想，我把所有有趣的篇章都读完了，现在得开始念第七章以后的无聊部分。就在这时我听到头顶上响起嗡嗡声，而且越来越响，最后吸引了我的注意力。在天际，四架皇家空军的轰炸机从东南方一字排开飞来，横亘于谷地上空，铝制机身在阳光中闪闪发亮，可说我生平见过的最美丽的飞机了。

它们绕了一圈后降落在城墙以东的地方；城里的达官显要像一队蚂蚁般急忙出城接机。从其中一架飞机的驾驶舱走出来的是海索尔·屠卫特大夫，他迈步朝我住的平房走过来。

他发现我病情严重，不适合在午后热腾腾浮动的空气中移动，我们只得等到翌日凌晨才行动。他们一大早便把我绑到一副担架上，接着将我横着摆进萨伊德的车子里，然后开车将我送到附近的起降地。

我的头被绑死，无法转动，但是我可以看见峭壁崖顶，发现它在阳光中闪闪发亮，犹如一把红色宝剑。

萨伊德、侯赛因、前任总督、优斯林和其他人的脸孔，一个接一个浮现在驾驶舱的窗口跟我道别。我做了一个友善却不太可能的梦。考虑周到且大有能力的几双手，为我接下了做决定的重担。我们升空：干谷的岩壁，那由石灰岩与砂岩所构成的监牢，渐渐缩小远去。我们飞行时，海索尔·屠卫特大夫不停向我描述底下的景观；在我的心中，我仿佛看到了约耳高原和高原上被千年如一日的交通磨得平滑又光亮的通商要道，以及塞班峰绵延巨大的分水岭。

我们在福瓦降落加油，在这里来自马卡拉的友善脸孔又爬上飞机到我躺卧的地方和我打招呼。负责驾驶飞机的飞行中尉盖斯特，让飞机爬升到很高的冷空气层后平稳飞行；过了五个半小时，我们抵达了亚丁港。

　　　　远离健康人群太远的漂泊
　　　　多半没有好结局，
　　　　但是远方有一座小岛，
　　　　（就算不在海中也在沙海中）
　　　　我再一次想起了它。

南阿拉伯的香料之路随行笔记

　　何在南阿拉伯旅行且对历史地理有兴趣的人，不妨建议你随身带着一本海姆达尼的《阿拉伯纪实》以及施普伦格的《古阿拉伯地理》。

　　然而，除了这些以外还有大量零星片段的资料，其中大多援引自晚近旅人的记载，还有就是出自目前为人所发现的古碑文中。我希望能把这些书中的资料和我自己在这地区所收集到的资料做个比较，特别是沿着从舍卜沃通到大海这段香料之路的资料。我因为中途染疾事功未竟，而这些随行笔记不过是我为自己方便所收集资料的大纲摘要——只是某种骨架，再穿上当地实地勘查的外衣罢了。古阿拉伯的贸易路线，也就是将阿拉伯半岛南岸的香料和印度货物辗转运到地中海的香料之路，若想对它有个令人满意的研究调查，其所需的专业历史知识远非我区区个人胆敢夸说具备的。除了截至目前为止从古阿拉伯帝国遗址挖掘出来的纪念碑必须研究之外，也许在路边一半已湮没无存的荒冢中还有史前材料有待钻研；而因为自从阿拉伯地理中的洪积世结束以降，这条香料之路大部分路段经过的都是沙漠，因此这条路走的路线图乃是由人类生理上对水的需要所描绘出来的，我们最好也能尽全力遵行它的历史，穿越中世纪的伊斯兰文明直达现代，因为在它粗略的轮廓线上，这千年来始终如一、保持不变。

我们从古碑文中可知南阿拉伯帝国从南到北都有殖民地和前哨站，一路上多多少少沿着哈吉路（朝圣路），筑路时行经道蒂 [①] 书中提及的陵寝之城希志尔（即迈达因萨利赫）及其他也许已经湮没于沙堆中的纪念碑。除了十六世纪初那位迷人的冒险家瓦尔塔马 [②] 之外，没有一位欧洲人曾沿着这条路从叙利亚走到麦加（1）[③]。它有一条支线行经佩特拉，"此地住着许多罗马人与异乡人"（斯特拉博，第十六章；第四章，p.21）；有一条支线向东行到叙利亚，骆驼商队从波斯湾上的格拉往上进入叙利亚；在公元前一千九百年"沙漠的亚洲人"从卡曼尼亚 [④] 将哲学的二律背反原则引进了埃及（5, p.192）。绿洲泰马，也就是托勒密地图里的塔伊姆以及《约伯记》中的提玛，在伊斯兰文明之前的年代中就被犹太人认为是一个值得通商定居的地方（2, p.54），是这条叙利亚支线上一个非常古老的转运站，是"从叙利亚和汉志省来的两条大路的辐辏点"。拜占庭帝国曾经在这条路上维持

[①] 道蒂（1843—1926），英国旅行家及作家，曾去阿拉伯西北部旅行，进行地理、地质和人类学调查，著有《古沙国游记》等。

[②] 瓦尔塔马（1465—1517），意大利旅行家和冒险家，是有史以来第一位前往麦加朝圣的基督徒。

[③] 括号中的第一个数字指的是参考书目中的编号。

[④] 卡曼尼亚，古伊朗一地区，介于波斯心脏地带和戈德罗西亚之间。

当地的小前哨站，而油、玉米和酒就从这里外销到阿拉伯（2, p.309）。

香料之路的主线似乎并没有经过位于路线以西的麦加（3, p.127）。它经过塔巴拉，这里有一座著名的神庙供奉着维纳斯-上帝，或叫做祖尔-哈拉萨（4, p.232），接着抵达阿拉伯前伊斯兰时期帝国的中心地带，这一段是这伟大的贸易路线中有趣但几乎无人知晓的一段。

这些帝国中位置最北也是最古老的就属米内亚帝国了，约瑟·阿列维曾在一八七〇年造访过它的国都迈因，当时阿列维乔装深入险境，成为前无古人后无来者、深入米内亚境内的欧洲人。他收集了许多资料，证实了普林尼书中的记载，他说米内亚人乃是南阿拉伯已知最早从事通商贸易的民族，是香料之路的保有人，也是没药乳香买卖的垄断者（5, p.105）。普林尼也提供了一则有趣的参考资料，他使得他们和克里特岛的米内亚人沾亲带故，但是这么说也只是顺道一笔带过吧（5, p.105）。

米内亚历代的国王名单，就我们目前所能编出年代者而言，可以让我们一路回溯到将近公元前十四世纪，但是无疑地，更加古老的记录仍然有待我们前往南阿拉伯发掘。他们是否与幼发拉底河三角洲有关仍有待研究：苏美人把波斯湾称作是玛亘，或许和迈因一词有关（4, p.65）；建立在巴比伦之地的汉谟拉比王朝中有许多词和名称都是南阿拉伯的词（4, pp.61—2）；而在南阿拉伯所发现的铜币上头使用的图形"可以回溯到非常遥远的巴比伦远古时期"（6, p.27）。在像马克里齐所引用的当地传说中，有可能有些根据，他让阿德·伊本·卡坦统治巴比伦人而让他的兄弟哈德拉毛统治（佐法尔的）哈巴什人（5, p.142）；或是在阿曼的传统中（25）闪的一些子孙苗裔为了逃离大洪水，便定居在哈德拉毛，再从那里分散迁徙到阿拉伯各地。

以上只是南阿拉伯古史的一个研究方向而已。与印度及非洲的贸易也展开了另两段历史，而我们现有寥寥无几的记录只能显示出这两段历史的后段罢了。

在米内亚帝国碑文时期与印度的贸易早已行之有年的事实，可以通过许多方式推论出来。古也门建筑中大量使用柚木可以显示出当地与印度的来往交通（3, p.157）；而达罗毗荼人的字母表应当是源自希木叶尔文（5, p.210）①。斯皮克②中尉在探索尼罗河时发现古印度典籍是他最佳的地理权威指南，因为印度古时与阿比西尼亚通商（5, p.230）。

埃及第十八王朝的法老派遣舰队前往的"平底小船之地"是否应该定位在阿拉伯或非洲沿岸，仍莫衷一是。公元前十五世纪戴尔巴赫里的浮雕上刻画出这几次远洋贸易，其中的香料树与牛群乃属于阿拉伯而非非洲的品种（5, pp.218/270）。公元前十八世纪的古埃及传说中说到香料国王之岛帕安克，而维吉

---

① 希木叶尔和示巴这两个名称必定经常被拿来做通称泛指之用，因为没有其他任何一个字能广泛概括一整个南阿拉伯古史。——原注
② 约翰·汉宁·斯皮克（1827—1864），英国驻印度军队军官，是十九世纪卓然有成的非洲探险家，一八五八年解开长久以来悬而未决的谜团，在东非发现尼罗河源头之一的维多利亚湖，因而声名大噪。

尔诗（《农事师》① 第一卷，p.213）中的旁该亚，也许就是索科特拉岛，也就是传说中凤凰的故乡，凤凰在"一个肉桂与香料细枝编成的巢里"躺下来死去（普林尼，第五卷，p.2)（5，pp.133—7）。

姑不论"平底小船之地"的正确位置究竟在何处，其贸易年代之古老久远毋庸置疑。我们所知最早的古埃及远洋求香料之航行是在公元前二十八世纪（5, p.120），而即使远在当时，此地想必长时期以来便"通过祖先口耳相传而久闻其名。从那里带回来的稀世珍宝、惊奇之物……被一个接着一个传阅玩赏……高价而沽"，正如理查德·伯顿② 描述从非洲心脏地带到埃及的贸易一般，宝物在部族间流传着。

阿拉伯与非洲香料地区之间存在久远而密切的关系也毋庸置疑。殖民者把阿拉伯的名称带到了非洲：《绕行红海》的阿斯其特或阿萨卡，拜占庭及比昂的史帝芬奴斯也许从佐法尔外海岸上的哈西克漂洋过海而去（5, p.62）；哈巴什人的名称演变成阿比西尼亚，它也就是埃及碑文里的西布斯提，它从哈德拉毛以东的"阿巴西尼之地"来到了非洲（5, p.62）。约瑟夫斯说埃塞俄比亚的国都原来叫做萨巴，直到康比西斯将它改为梅西为

---

① 拉丁诗人维吉尔的长篇田园诗，反映出维吉尔在意大利长期内乱下，希望归隐田园、回归传统农业生活的渴望，诗中对意大利乡村田园风光有生动精心的刻画。

② 理查德·伯顿（1821—1890），英国探险家、作家，多次到亚、非地区探险，考察过伊斯兰教圣地麦加和麦地那，发现非洲坦噶尼喀湖，翻译出版全本《一千零一夜》。

止（7, II, p.9）。

阿拉伯人沿非洲海岸的殖民与贸易活动，从南阿拉伯帝国时期一直持续到现代。在公元一世纪，《绕行红海》将面向桑给巴尔的海岸描写为"受制于某种古老权利，该权利使其接受成为阿拉伯第一个主权国家的主权的管辖"，这国家"派遣许多大型船只，雇用阿拉伯船长与买办，他们与当地人熟悉并且与之通婚"（5, p.28）。

在所有这些殖民者与贸易商当中，哈巴什人是最有趣不过的了。由于他们在北部遭受哈德拉毛的攻击，他们便在我们的时代开始时，离开了迈赫拉沿岸的家乡；他们建立了阿克苏姆城，建立了使他们名垂青史的阿比西尼亚王国（5, p.9）。他们后来与罗马结盟使西方势力得以进入红海与印度洋，并且以海路取代了陆路，终于摧毁了南阿拉伯的优越地位。

在伊斯兰文明前的时期，阿拉伯的海上事业似乎已经式微，而典籍中提到从靠近麦加的索埃巴（因为吉达是后来才崛起的）出海贸易的船只，依然是阿比西尼亚的船只（2, p.15）。但是在六个世纪前，《绕行红海》的时代穆扎（即毛萨）与奥克里斯（靠近佩里姆）已是桅樯林立、商务繁忙的近岸停泊地，"城中挤满了阿拉伯的船主与讨海人"（5, p.30）。古帝国便是由这几个点出海远航的。在塔伊兹以及也门的艾卜扬找到了一幅米内亚帝国时期的碑文（8, p.70）；而一首伊斯兰文明前期的诗作提到萨那时，更直指它为"国都"（8, p.8）；它也许就是《创世记》第十章第二十一节（译注，原作有误，查应为第二十七节）中的乌萨；但是香料之路的主线穿越更向东的内陆地区，而在也门分水岭的西麓似乎没有古文明的蛛丝马迹（9, pp.7/144）；在希杰拉时代也没有任何犹太人定居在那个地区（2, p.154），当时大多数有利可图的生意都掌握在他们手中。古帝国极西的痕迹是由希木叶尔人留下来的，他们的国都靠近耶里姆的扎法尔；而这靠西的地理位置乃是由于贸易由陆路转为海路，海路便逐渐取代了内陆的骆驼商队所造成。

从米内亚帝国的中心城市——迈因、耶提勒（也就是后来的巴拉其什）、卡尔南（也就是后来的阿斯沙乌达）等都围绕在卡里德干谷的四周，位于奈季兰与焦夫地区（4, p.15）——这条通商大道进入了萨巴之地。

《约伯记》中提及的示巴人 ① 很有可能是从北阿拉伯下来的。一篇米内亚时期的碑文提到他们攻击一支向北行到埃及的骆驼商队（4, p.65）。他们向亚述的萨尔贡进贡；而在公元前六百八十五年辛那赫里布 ② 统治时期曾提到有一位示巴国王（4, p.75）。当米内亚帝国衰微时正是他们崛起称雄时，他们位于马里布的国都是古国都中最广为人知的通都大邑，而这主要是因为它的大坝在公元六世纪时崩毁，这个浩劫被伊斯兰传说利用来标示出实际上无疑是古文明繁华的日渐凋零。大坝上刻的碑文日期是公元五四二年到五四三年，大坝在公元四四九年到

---

① 《圣经·旧约·约伯记》第一章第十五节说道："示巴人忽然闯来，把牲畜掳去，并用刀杀了仆人。"
② 辛那赫里布（前705—前681），亚述国王，萨尔贡二世之子。

四五〇年重修（4, pp.105—6），所以它的崩毁想必是在伊斯兰时代之前不久。这件事件对当地繁荣富庶的冲击是否有如阿拉伯神话所想象的以及如后世权威学者所视以为当然的，我则认为非常可疑。在这日期很久前，罗马指挥官艾留斯·加卢斯远征阿拉伯，来到了马里亚巴（即马里布），却因为缺水不得不班师回朝——这一证据足以做出定论，该地并不如后世作家所夸口的那样泛流着溪水与蜂蜜。事实上我相信这条大道的兴建修筑，其动机不是它行经的陆地肥沃富饶，却是因为贸易有暴利可图——这论调可以解释何以一旦贸易路线转向通到红海时，它便突然间一蹶不振了。

艾留斯·加卢斯的行军和进一步确认古路同样饶富趣味，因为他既不走访麦加也不路过萨那，却向东行穿过奈季兰及米内亚疆域上的其他地方（10, p.389），而在卡里佩塔掉头折回——卡里佩塔也许就是哈里巴特沙特，在这里发现了卡塔班碑文（6, p.20）。

普林尼将马里布描写为一个周长六英里的城镇。阿尔诺（11）、阿列维（12）、格莱泽（13）都曾造访过它，多亏了他们三人，大多数的碑文才得以重见天日；他们也画出了大坝与哈拉姆比尔奇斯的地图，后者是一座椭圆形的神庙，根据拉特詹斯与冯·维斯曼（9, p.212）的说法，早在米内亚时期之前便已存在，而其他的闪族人以今日在哈德拉毛与也门可以见到的长方形神庙取代了这种椭圆形神庙。

今天的大道从马里布通向哈里布，再从那里通到拜汗干谷。

哈里布是卡塔班人的铸币厂，他们的国都泰姆纳位于位置未能确定的拜汗干谷中的某处。他们的子孙后代就是基特班部族，在十二世纪时是朱鲁艾恩（即萨阿姆阿尼）部族的一个旁支，他们的发祥地是在拜汗东南的马迪吉萨尔乌（海姆达尼，p.90）。

我们今日对卡塔班人所知不多，但这不多的知识主要得归功于卡洛·兰德贝里（《阿拉伯之地》第五章）与格莱泽（13, p.24），他们从贝都因人手中收集到将近一百份卡塔班人的碑文（4, pp.23/59）。在他们的年代，他们拥有行经他们领地那段香料之路的主权。公元六世纪之前与之后，他们与萨巴交战，萨巴终于在公元前一一五年并吞了他们，并且为了庆祝此次胜利大捷，特别在萨巴的名称前冠上"祖来登"的名号（4, pp.87—8）。然而他们持续铸造卡塔班人硬币（4, p.94）。希腊地理学家斯特拉博描写他们的疆域一直延伸到曼德海峡，横亘过后来希木叶尔人的土地（6, p.1）。

普林尼书中的格巴尼塔，也就是格巴尼特人赶走并取而代之住在泰姆纳的卡塔班人，他们也下行到海边的穆扎与奥克里斯（8, p.76）。伟曼·贝里提到的路线修筑于十一世纪，从哈德拉毛路经由伊卜抵达帖哈马（19, p.15），它走的路线也许就是遵行古通商要道的路线。这条从香料之路主线岔出来的支线，对可以抽关税的非洲进口货物有利。当普林尼说到在阿拉伯现在已经不再种植当外销品的没药（本特夫妇在哈德拉毛仍有发现）时（第十二章，p.35），他形容米内亚种的没药，包括了"在格巴尼塔国度中的这种没药"，同时"种植者将所得的四分之一上缴格巴尼塔国王"（亦请参考5, p.31）。

普林尼所描写的六十五庙之城泰姆纳，的确是香料之路上的一个重要贸易站。他描写来往交通的文字颇为有趣。

> 采集来的香料会用骆驼驮回萨波塔（舍卜沃），这座城市有一扇门专门给骆驼商队进城用。驮负香料时如果岔出正路走小道，法律将判以极刑。此地的祭司取香料时是以数量计而非秤重量，他们拿走十分之一献给他们叫萨比斯的神明享用；的确，在献给神明前没有人能动用这些香料。接着再从这十分之一中拨出一部分来支付公共开销，因为神明很慷慨大方，愿意招待所有跋涉几天路程来此一游的异乡人。香料只能透过格巴尼塔国度出口，而为了这个原因才要支付一定比例的税捐给他的国王（第十二章，p.32）。

的确是，这条大路极其漫长且路上经过一个又一个不同的民族，没有大量手段高明的外交手腕与许多遥远的关系不能成事。举例而言，米内亚在古时在哈德拉毛以朋友姿态出现，他们在那里有殖民地（4），而他们也是格巴尼塔的朋友（8, p.75）。这整个香料贸易不啻是一架调整得精密无误的大机器。

> 也有一部分乳香供给祭司与国王的秘书郎使用；除此

之外，香料的保管者、看守香料的士兵、城门的看守者，以及其他各式各样的雇工，大家见者有份。还不止如此，这一路上有水处要买水，有饲料处要买饲料，驿站的客房要付钱，又有杂七杂八的税捐与关税，这林林总总加起来，结果就是每一匹骆驼在抵达我们的海岸之前（地中海）所花费的开销是六百八十八"迪纳里厄斯"①……

拜汗干谷是泰姆纳与舍卜沃之间的交通要道，想必是个繁荣富庶、人口众多的地区：除了其他证据之外，从那里带来或据报在那里有的神像与碑文，其数量之多正是其繁荣富庶的明证。

它的南边在卡塔班与大海之间，就是奥桑王国：在这里我们只有两份碑文（4, p.60），但是东非的奥桑尼克海岸正是以它命名（5, p.74），另外靠近泽拉的索马里人口中称为奥萨勒的地方也是以它命名。有关这个地区我所知道的唯一记载是在中世纪作家伊本·穆贾威尔的书中，他提到有一条亚丁到希巴姆的路，其间经过艾卜扬、达提纳、拜汗与安塔尔（安达尔？）（3, p.144）。而在现代作家伟曼·贝里的《乌兹之地》上，在尼萨布与达提纳周围存在着遗址废墟，这透露出在古代，一如在今天，有许多步道从海岸边出发，经过难以行走的廓尔分水岭，衔接到哈里布以南某处的通商大道。这里有许多古老的地

---

① 迪纳里厄斯，古罗马银币。

方从异教时期一直存留到伊斯兰时代，穆勒为这些古老的地方列出了一张清单：祖尔、盖勒、卡马尔（在萨尔乌与达提纳之间）、哈萨、沙马尔、拜达、哈杰拉（al-Hajaira），"在萨尔乌与赖德曼……所有的城堡属于异教时期"（8, p.44）。即使是在十四世纪，萨尔瓦·马迪吉派出两万人手征战，而在提到巴努·瓦哈人时说他们"驻扎在一座从异教时期保留下来的堡垒中"（14, III, pp.4/139/247）。雅法伊与奥拉基的山地人依然经常使用这些步道，在第一次世界大战时在拉哈杰挖壕沟自保的土耳其人，便借由这些步道方得以避开海岸线而依然获得补给。伊德里西①的路线是从萨那到哈达毛与佐法尔，他遵行一条迂回曲折的路径，经由沙乌马穿越南部地区，再从那里料想应是经过尼萨布（3, p.148）；他走的东境是非常蛮荒的。

从这些人口众多的高地必然有步道通到大海；但是古人的证明、这个地区的地理以及目前已经挖掘出来的遗址位置，无不指向一个事实，那就是从拜汗干谷一路通到舍卜沃的香料之路主线，一直要抵达多多少少在那座城市以南的点之后才真正通到大海。《绕行红海》中提到那城市时说是迦拿，也许就是《以西结书》第二十七章第二十三节中的干尼，是亚丁以东的第一个港口。

"此一地区……所有的香料都运送到此……储存起来"，而此地指的是舍卜沃——此一指涉显示出它占据了香料森林与从

---

① 伊德里西（1100—1165），十二世纪阿拉伯地理学家，著有《罗杰之书》。

海岸边起始的大路以西的关键位置。舍卜沃的位置是为人所知的，因为有一个同名的小村就坐落在古城遗址之旁，而它的岩盐采石场在这个地区从中世纪以来便一直享有盛名。大英博物馆有一片献给神明马卡的青铜匾额就是从舍卜沃来的。巴克里在描写这个地方时说，从马里布出发，经由"南姆拉的小市集——经过一片沙原到森加尔水泉，然后走过属于巴努·哈利斯·伊本·喀伯的危险沙地，就会抵达舍卜沃。这是哈德拉毛的第一城，在那里一骆驼驮负的水果可以卖到一迪拉姆 ①" ——看起来在公元十一世纪它仍是一处肥沃的膏腴之地。它向东展开处现在已成了一片沙漠，在当时想必也是一片肥沃之地，因为巴克里继续说从舍卜沃，"一个接着一个的村庄鳞次栉比，直到哈德拉毛最受神祝福的地点，围绕着花园的贾利马"（3，p.139）。也许也门伟大的济亚迪特·瓦济尔侯赛因·伊本·萨拉马就是沿着这条路线于伊斯兰历四〇九年兴建清真寺与宣礼楼，沿着泰里姆与麦加之间的六十段路程，每一段路兴建一座清真寺，还有水井与里程碑（27，p.236; 9）。

　　舍卜沃以西的"危险沙地"其实是沙海德（雅古特称为达希哈尔）荒原东南向的延伸，它"以介于奈季兰与拜汗之间的四五段路程，隔开了也门的腹地与哈德拉毛"，而"其尽头在距马里布不远处"（海姆达尼）。巴克里（p.615）引用海姆达尼的书提到在他的时代，在沙海德距奈季兰两百七十英里处曾有一

---

① 迪拉姆，在伊斯兰教国家发行的碎银币。

支骆驼商队命丧黄尘。"看哪，沙海德的沙漠是空无一物的荒漠，在这荒漠上风向四面八方狂吹着，这个地区作王称雄的是乌鸦。"（伊本·鲁斯塔，《圣经地理》阿拉伯篇第七章，p.113）

在伊斯兰时期此地恐怕要比更早的时候更加荒芜，因为滚滚黄沙长驱直入此荒凉的一角。雅古特所追随的海姆达尼（第四章，p.434）描述这两条路，一条是沿着拜汗干谷走，另一条在它的北边穿过沙海德。北边的这一条是通往米内亚之地的捷径。这条路今天依然存在，每当沿荒凉边界一带有相对平静无事的状况时，骆驼商队便会走这条路线。我在哈德拉毛干谷时便是这样的太平岁月，我在路上遇到经由阿布尔和舍卜沃过来的一两支骆驼商队。这条路线接下来的详细路程图是由阿姆德干谷中胡赖达的现任阿塔斯·萨伊德，他的祖父所写下来的，我在胡赖达时从他的手稿誊写了一份；他是从贝都因人那里收集到这些地名的，我认为有相当的价值。没有一位欧洲人曾经走过这条路线。

阿鲁德——艾因（哈德拉毛边界处）——阿布尔（地图上有标示）——姆赖斯（小村落）——米沙因尼克（水泉处）——希拉干谷（水质良好）——哈达巴德·贾艾德（荒漠中有水的小山丘）——哈来法（有少许水源）——奈季兰：共计八天的路程。

人们对这条北线所经过的地区几乎是一无所知；虽然这条路线比较短，但却无损于它南边香料之路主线的优越地位；此一事实指出若不是这条路上并不宁静，就是路上遍地黄沙滚滚

（或者两者兼而有之），这使得人们使用这条路线的满意度不及较长的那一条。本特夫妇提到还有一条路线（15, p.129）在塞尔干谷，路上有以希米亚里特文字书写的路标，贝都因人说因为这条路上黄沙滚滚来犯，早在五百年前就废弃不用了。事实似乎是，尽管沙漠得寸进尺，步步相逼，足以摧毁马里布——拜汗——舍卜沃的边缘地带（贸易的式微与外地的繁荣使之雪上加霜），即使是在古时繁荣富庶的年代，沙漠的边界和今日的边界可能从来就不曾相距甚远过。

至于马里布——舍卜沃——哈德拉毛这一条主线，伊本·廓尔达巴曾进一步提到过（《圣经地理》阿拉伯篇第五章，p.143），说它介于马里布与安达尔之间，要经过九间"希卡克"（驿馆）的路程，这证明驿路在公元九世纪时是存在的；伊本·鲁斯塔（同上，第七册，p.113）提到它时说它长三段路程，希巴姆——哈德拉毛——萨巴（也就是马里布），这是不正确的说法。但是他给马里布的金矿记上有趣的一笔，也说到谢赫的宫殿建造日期可追溯到伊斯兰文明之前。雅古特（第四册，p.434）提到它时，错把舍卜沃（也就是米勒赫角）当做距马里布只有三天的距离；伊本·穆贾威尔说它长八天的路程，而到了晚近年代的尼布尔（26, p.130）以他惯有的正确度说希巴姆到马里布一段有十天的路程。这条路线依然是从萨那上来的骆驼商队最常走的一条路线。

我们现在来到舍卜沃了。两条主要的路线，向南通到海边的港口迦拿，向东到香料森林与佐法尔。

普林尼把舍卜沃描写成一个六十庙之城，而《绕行红海》（5, p.32）则说它是"国王居住的萨巴塔大都会"，是这两条川流不息的交通线的交会点，它的势力与重要性早在伊斯兰早期便已经表露无遗了。在征服埃及时出现的哈达拉米人最早被认为是阿希巴（阿布德·哈坎，47B；海姆达尼，p.98）。哈德拉毛一种民族舞蹈的名称舍卜沃尼，使得舍卜沃之名得以名垂青史、历久不衰。

舍卜沃与海岸之间的这条主线乃是沿着最容易走也最直接的阿姆德干谷修筑，这个事实不可能有太多疑问。这条路线一路上遍布废墟遗址以及一度人口密集的迹象（16, pp.19—200）。进入哈德拉毛后，这条路继续行经这干谷北角的安达尔；的确安达尔这名字似乎曾被用来当做哈德拉毛的同义词："从马里布到安达尔，也就是哈德拉毛"（3, p.143）（也请参考海姆达尼，pp.85/26；巴克里与雅古特不过是引用他书中的文字）。

有可能像今天一样有一条与之平行且通到大海的路。它经由马什哈德占地面积广大且重要的遗址废墟到多安，也就是普林尼书中的托尼与托勒密书中的多安，再从那里走冯·瑞德于一八四三年走的路线，从多安干谷的胡赖拜衔接到哈贾尔干谷的阿姆德路线：在这里的奥布尼遗址证实了支持有古通商大道的地理学界的论调（17, p.82）。冯·瑞德说不上是阿姆德干谷的权威专家，他有关此地的陈述都是不正确的，但是说到他足迹踏过的从多安到大海的这段，他似乎又是绝佳的旅游作家了。范·登·默伦一行人从阿姆德旅行到海岸边，但是一路上骚扰不断，无法做历史研究。在多安（或是邻近的提克比干谷）(16, p.58)与马卡拉之间似乎没有希木叶尔的遗址，这个事实更强化了从多安起路线转向西南到迦拿而非转向东南到马卡拉的论调；而除了伊本·穆贾威尔在十三世纪时提了一笔，以及希尔绪未被证实的话说，该城建于公元一〇三五年，建城者是雅法伊·阿哈马德·伊本·梅吉姆·克萨德之外（18, p.12），更早以前的马卡拉就无从追溯起了。

因此有可能骆驼商队从迦拿向北行，就像今日一样不是经由阿姆德就是走多安，而另有一条路线从迦拿向西北，循着奈格布·哈贾尔与迈法阿的遗址，不是沿着贾尔丹干谷进入阿姆德，就是跋涉过马迪吉高地直接进入舍卜沃。这三条路线想必从迦拿出发的行旅商贾都曾经走过，却从不曾被恰当地调查过。迦拿本身的正确位置就没有被定位过。比尔阿里湾与《绕行红海》中的描述相吻合（5, pp.32/115）；曾身历其境的少数游客之一雷克上校表示，稍微再向东一点的距离有一个天然港口，更靠近卡勒布角。无论如何，这个地方就在这附近不远处。这个重要的"海边市镇"，也就是托勒密书中的"Kane Emporium"（藤条篮子市场）。不幸的是，它现在就跟过去一样一直位于一个无益于人类健康的地区，古时乳香是由"国王的奴隶以及那些戴罪服劳役的人采收的。因为这些地方非常不利于人体健康，即使只是沿岸航行的水手也会因此染病"（5, p.33），而这个事实加上当地部族喜怒无常的性情，直到今日依然是研究调查人员的禁地。

现在我们来到了乳香之地本身。

目前它包括哈德拉毛与希赫尔之地（5, p.117），以及佐法尔现代的香料区。的确，夏特拉莫提人，也就是哈德拉毛人，是唯一出现在公元前二二〇年厄拉多塞①地图上居住于阿拉伯香料之地的民族。

今天乳香依然在哈德拉毛谷地生长；我发现在这个地区无处不在使用香料，它既用在陶制火盆上，也漂浮在饮用水上，好让"水质纯净"，而且总是无例外的自种自用。本特夫妇与范·登·默伦两人都发现有乳香；但随着贸易量的衰减，加上土葬代替了火葬，以及献祭之火业已停用，现在赛侯特以西便没有乳香出口了，尽管穆卡达西（87）、马克里齐（21, p.28）、马可·波罗与十八世纪的尼布尔（26, p.202），依然提到从希赫尔出口乳香。当乳香贸易方兴未艾时它的贵重，使得只要长得出乳香的地方都保证一定会有人栽种，而哈德拉毛似乎是最佳的香料产地之一，仅次于佐法尔的哈巴什。

我们听说的第一位哈德拉毛国王是米内亚王朝阿比–雅狄阿·雅图的亲戚（4, p.102）。此地的碑文十分罕见；大多数的碑文还有待后继有人在它的国都舍卜沃周边一带挖掘。这个地区早期的拼法是 HDRMT（省略掉 W 这个字母是为了在哈德拉毛的词源中避开阿拉伯文中最常用的字根 maut，"死"的意思）。

---

① 厄拉多塞（前278—前194），希腊科学作家、天文学家、数学家及诗人，乃是已知第一位测量出地球周长的人，但是他绘制的地图被斯特拉博批评为不够准确。

它正是《创世记》第十章中的哈萨玛非[①]；是普林尼书中的阿特拉米特与斯特拉博书中的夏特拉莫提；是拜占庭时期的史帝芬奴斯与厄拉多塞。而当罗马人说到艾留斯·加卢斯"已从香料之地"班师回朝两天时，他们指的香料正是乳香，无论出现在哪里都只是轻描淡写的一句（20, p.12）。普林尼（第十二章，p.30）说道：

> 几乎位于这香料（乳香）地区正中央的是阿特拉米特，是示巴人的一个社会，这个王国的首府是萨波塔，这地方位于巍峨高山上。（其他作家也把这些干谷的悬崖峭壁说成是高山。）在距离它八个驿站之处就是香料产地……无路可通，因为四面八方都是岩石，而右手边又与汪洋大海比邻，从大海一上岸就是壁千仞的悬崖峭壁，与外界隔绝不通。香料森林绵延长达八十英里、宽四十英里。

以上的描述更贴近哈德拉毛干谷而非佐法尔的现况。过去也许正如今日，香料种植在约耳高原的峡谷中；要花上几天的工夫才能运送到干谷，而从希巴姆到舍卜沃也要四天的时间，所以走一趟共花八天是合理的时间。大约在公元前一世纪末，就在哈巴什远走他乡发现阿比西尼亚的时候，哈德拉毛接收

---

① 见《圣经·旧约·创世记》第十章第二十六节，约坍生亚摩答、沙列、哈萨玛非、耶拉。

了他们的土地，迈赫拉与索科特拉岛等地，而成了整个阿拉伯"香料之区之王"（5, p.119），直到公元第三世纪时，它遭到希木叶尔人的萨巴王国并吞为止（4, p.114）。

因此在它的疆界上有如此繁忙的交通，而哈德拉毛干谷里沿着有人烟的地区遍布古迹遗址，这也就不足为奇了。在发现有遗址的地方如果是从主要谷地岔开出去的话，有可能就是古代通海大道的路线。这样两条古路也许可以在卡斯尔干谷——多安这条路线以东找到：一条是在伊本阿里干谷内，在这里本特夫妇发现了刻有碑文的石头，香料依然在峡谷中欣欣向荣，有些村落以及"行人往来频繁且明显年代久远"的步道，一路通到阿德默干谷（15, pp.161—9）；而另一条就在阿德默干谷内，路上有苏内的重要遗址，范·登·默伦一行人曾经造访过该地（16, p.145）。萨伊德·阿布·贝可·卡夫好心地把那里发现的两份碑文送给我，目前这两份碑文保存在阿什业尔博物馆。这些遗址位于目前从海岸边的希赫尔通往泰里姆的主要道路上；这条路线的存在与易于行走透露出古时它是出海的通路，虽然在希赫尔没有已出土的证据。

在中世纪，希赫尔取代了迦拿。马可·波罗提到它，伊本·巴图泰也提到它。虽然它背后有一条易于行走的内陆路线，但它是一片地势开阔的海滩，没有天险的保护，也没有供船只靠岸的设备，所以我们很容易明白何以在迦拿繁荣发达又安全稳妥时，它便不被人看重了。希赫尔（这个词和表示"海岸"的沙海尔是同一词）是古史研究中的一大难题，因为伊斯兰作者不分青红皂白地滥用这个词，有时候指的是城市，有时候指的是哈德拉毛的海岸，有时候又当做是海岸与迈赫拉一起的同义词（22）。当我们在谈到哈德拉毛与佐法尔之间路线的问题时，就得处理这个问题，而这一段是香料之路中最扑朔迷离的部分。

哈德拉毛与佐法尔之间关系密切这个事实，可以从香料贸易的必要性与零星散布的证据中明显看出；但要断定这来往交通中多大一部分由陆路进行，并且经由哪条路线，则困难得多。就我所知，在佐法尔并没有发现任何前伊斯兰时期的碑文：唯一深入调查过的两位学者，伯特伦·托马斯（23）的发现，并不能与在他之前的本特夫妇的示巴发现相互发明印证（15，p.240）。在那里存在着某些古老帝国的遗迹，这一点倒几乎确定无疑。但是截至目前为止，我们手上所有最早的历史证据，仅止于古典时期。

《创世记》中与哈萨玛非、哈多兰相提并论的西发，"东边的山"很有可能就是佐法尔，而非希木叶尔人的扎法尔。《绕行红海》（5，pp.33/133）告诉我们在费尔泰克角有一座堡垒以及存放乳香的库房，接着作者就带我们来到了东佐法尔的莫洽港（p.140），它也就是拜占庭的史帝芬奴斯笔下的"阿巴西尼亚人之港"，以及托勒密书中的阿比西尼亚人之城。在这个地区到处都有"成堆"的乳香，只有国王一声令下才能装货上船。当时的情况一直持续到中世纪都没有改变；马可·波罗提到君王贩卖这些白色香料的获利是六倍。根据这个时期的一本地理词典《*Marasaid al-Ittila*》上的记载，香料只能运到佐法尔（5, p.144）。所有这些证据都指出，沿着阿拉伯海岸有一个海上交通的存在。自中世纪以来这千年来，佐法尔一直都是印度商人的停靠港口，他们在此受到礼遇及奖励（伊本·巴图泰）。瓦尔塔马在十六世纪时说到它是一个良港（1）。它有自己的一支船队，被拿来当做劫掠亚丁沿岸的海盗船，而这劫掠导致了十四世纪拉苏里德的征服（22）。

伊本·穆贾威尔曾描述一条沿着海岸线的陆路（3, p.144），但也许真正走起来时大部分是在海上。伊本·巴图泰（第一章，p.194）只说到需要一个月的时间"跋涉过沙漠"去亚丁，看起来应该是走内路。海岸线似乎难以行走而且充满障碍（任何人从海上望过去可以很容易想象到）。公元一二七六年拉苏里德向前挺进的大军也发现的确如此（14, III, pp.3/208），而通到东边阿曼的沿海路也好不到哪儿去（22）。船只也许会开到莫洽（佐法尔）、夏古鲁斯（费尔泰克角）以及迦拿，走海路是为了避开中间的旷野，就跟今天的走法一样，伊本·巴图泰提及佐法尔时，说它是一个附近没有村庄的"沙漠中城市"。本特夫妇说到一个语焉不详的流言，说在靠近莫塞纳阿的地方有碑文存在，还有一个同样语焉不详的传说，说戈塞尔玄武岩的海岸线是以"不信教的城镇之灰烬"建立起来的（15, pp.215—6）；但是在他们足迹所到之处，并没有在"沿海一带发现古代的遗迹"（15, p.91）。通往哈德拉毛的陆路穿过海岸山脉的后面，而随着贸易的没落以及迈赫拉部族的野蛮不文如今也没落了。当本特夫妇走访盖拉丘陵地时，他们宣称沿岸和内地并没有任何交通往来（15, p.270）。

希尔绪提到从佐法尔到哈德拉毛有一条陆路，但没有详细说明（18, p.80）。这样一条路在中古时期和现代，其证据都是如凤毛麟角般稀少。伊本·穆贾威尔描述从希巴姆到佐法尔中间的几段路：他们沿着马锡拉干谷从泰里姆走到卡巴尔胡德，接下来提到的名字都是和棕榈树和峡谷有关的名字，当时（十三世纪）这条路的最后一段是水源丰沛却少有人烟的地区（Fol 128B, B.Mus. 手稿）。他说，香料区距佐法尔二十法尔萨（八十英里）远。向东最远到卡巴尔胡德都有许多古代遗迹（16, p.152），沿着干谷更往下走还有大水坝的遗址，这是哈德拉毛人所知悉的，也标示在飞行中队队长利卡德的航空图上。欧洲人当中仅有英格拉姆夫妇沿着干谷一路走到位于赛侯特的出海口，他们并没有进一步看到任何遗址的痕迹；然而这证据并不足以让我们做出定论说古路并不存在，因为干谷低处泥沙淤积十分严重，而且无论如何我们也都看见香料之路迈开大步走过一段漫长又荒无人烟的地区。

中古作家在提及哈德拉毛到佐法尔这段路途时，文字简略模糊到令人只能望文止渴的地步。巴克里从在哈德拉毛的贾利马算起，"连走三天居住着迈赫拉人的沙漠，到阿曼海岸边上的阿什法，接着到赖苏特"（3, p.140）。在拉苏里德从也门大举入侵的时期当中，有一支分遣队从萨那出发，在五个月内走到了赖苏特；这位佐法尔的征服者接着行军到希巴姆，大约走了一个月的时间，但没交代沿路细节（22）。伊本·巴图泰说卡巴尔胡德位于阿卡夫，"距佐法尔半天的路程（原文如此）"（第一章，p.197），这种对距离的理解令人不解；但它透露了人们习于在该地长途跋涉旅行，当年假若伊本·巴图泰遇上了当地的阿拉伯人，他们会对他说到卡巴尔胡德有数月路程之遥，而且无路可通。伊本·廓尔达巴和戈达马把这条阿曼到麦加的沿海路线，勾勒为走内陆从"希赫尔到香料之地和金达（也就是哈德拉毛），接着走过马迪吉到亚丁海岸"（3，p.141）。金迪（《圣经地理》阿拉伯篇第一章，p.27）说："哈德拉毛与迈赫拉人跋涉过他们一整个地区，直到来到从亚丁到麦加的路上，这中间的距离在二十到五十段路程之间。"假如全程都是走陆路的话，哈德拉毛与佐法尔之间的距离有三十段路程的差异是合理的，而且这句话看起来比大多数话较为明确。

然而希赫尔和迈赫拉这两个名词被交替互换着使用，而且用得模糊不清的事实徒增了我们许许多多的困扰。正如我们所看到的，希赫尔可以是这座城镇本身，或相当于哈德拉毛以北的海岸，或是整条哈德拉毛及迈赫拉到阿曼的海岸；而另一方面，迈赫拉可以向西延伸一直包括"多安干谷内的港口阿萨尔"（海姆达尼）。然而，前面引用金迪的文字提到它东西两头的出发点之间有三十段路程；今日从哈德拉毛旅行到佐法尔，如同马锡拉那样，先到赛侯特再到大海，则需要十六天的时间（3，p.143），而托勒密便是这样说的。我们可以这样来看，假如金迪说法正确无误的话，他说到的是一条穿越群山长度较长的陆路，从佐法尔出发需要五十天的时间，而从舍卜沃出发则要二十天的时间才能抵达麦加大路——这是个合理的估算。

伊本·穆贾威尔在描述古阿迪特人春天迁徙住进去的坡顶成排住屋时，提供了另一条线索（Fol 129B, Mus. 手稿）。他说，这些坡顶成排的住屋"它们的壁炉都还保存完整"坐落在"哈德拉毛与阿曼边境之间，既是沿着海岸线也是在山丘上头"。他在麦加时，有位来自马拉布的人告诉他有这些坡顶住屋，马拉布位于哈德拉毛与佐法尔间的中段处，就在前面引用他的话所说的那条陆路线上。

这条路线就说到此为止了。证据虽如凤毛麟角般稀少，但还是得拿来和该区的地理形势与古贸易的需求一起对照着看；当这片几乎尚未有人探查过的地区打开了知名度后，也许我们会在卡巴尔胡德与大海之间的马锡拉干谷中某处，找到前往佐法尔的古驿站的蛛丝马迹。

还有证据显示另有一条古陆路，在中古时期，直接从阿曼到麦加，直达佐法尔与哈德拉毛的北境。这条路线现在几乎已经行不通了。布尔克哈特[1]提到它很早以前便遭人废弃，但是施普伦格还是听说了它（3, p.14），而帕尔格雷夫[2]遇到两名贝都因人，他们从阿曼跋涉过沙漠到奈季兰，沿途经过大多是杳

---

[1] 布尔克哈特（1784—1817），瑞士旅行家，一八一二年发现佩特拉的重要考古遗址。
[2] 帕尔格雷夫（1824—1897），英国评论家。

无人烟的棕榈树绿洲。迈尔斯听说有一个内志人，他从奈季兰跋涉过沙漠到波斯湾上的阿布·塔比，一共走五十六段缓慢的路程。伟曼·贝里（19, p.143）也听说过有骆驼商队从东边的海岸出发穿越沙漠而来。这也许就是托马斯先生在东经五十二度三十分、北纬十八度四十五分所发现的那条古步道（27, p.152）。即使在中世纪初，这条步道因为缺水并不受人青睐，穆卡达西与吉汗-纳马都认为它到麦加要走上二十一段路程，其中有八段是无水可喝的干地（3, p.147）。海姆达尼（p.165）在描述耶卜林与哈德拉毛之间的土地时，说它是"一片广袤之地，却行不得也"。但是，乌凯勒部族驰骋其间（24, I, p.70），在经过一个半月的旅程后会抵达迈赫拉，"此地没有别的部族居住"。即使是今天，这沙漠地区的南边仍有商旅经过。托马斯先生发现"护卫我的人当中没有一个人不曾进入哈德拉毛打家劫舍一番"；塞阿尔人和其他部族使用一条沿着南部沙漠边缘的路线来进行偷袭打劫的勾当；在他搭在沙纳帐篷里出现的访客，他们是"在回到哈德拉毛东北草原的家乡路上"。这条路线也许在现代变得更加难以行走了。托马斯先生说得再确切不过："古贸易路线的这传统不可等闲视之，而认为是不可能存在的假想。一般认为，南阿拉伯从不曾有过冰河时期，而这与别处大相迥异的多雨气候也许得以历久不变，使得此地非常早便出现了文明"（27）。

我们同时也要记住，路的尽头就有暴利可图的诱因，远远超过了旅途上的诸多不适，而让人们毅然决然行走贸易路线。当巴格达值得走上一趟时，人们便从也门的巴拉其什（即古耶提勒）跋涉过大漠，经过耶马迈，走的是直到伊斯兰历六四九年还在使用的泰里克·拉达拉德步道（14, IV, p.99）。另一个起点是在佐法尔的赖苏特，这里修筑了一条石子路，在伊斯兰历六一六年时把印度的贸易物资带到了伊拉克与贝都因人，在这条路上每年有两次人们会牵马来卖（伊本·穆贾威尔，Fol.132B）。这条路线也许经过耶卜林，在这里想必它会和由阿曼到麦加的步道交会。在佐法尔上船以船只运到印度的马匹买卖，想必会让这条通道北方沙漠路线畅行无阻（22）。商旅似乎将迢迢距离与重重困难置之度外：伊本·穆贾威尔提到在也门的鞣革生意，他们处理的马革过去是从克尔曼运来的，处理过后的皮革再运回河间地带 ①（3, p.150）。从我们手上掌握的证据可以看出，这条由阿曼到麦加的沙漠路线古时似乎可能路况较好，路上行旅也比今日繁多，对从佐法尔出发的商旅是可以通行的。但是因为这条路南边就是人口众多且易于旅行的地区，常态性的贸易不太可能会走这条较为难行的路线；主要的来往交通想必是由陆路进入哈德拉毛谷地，或最有可能的，走海路到迦拿。

至于哈德拉毛与佐法尔之间的密切关系，我们有许多资料可以佐证。即使是今日，盖拉的山地人仍把自己称作哈卡来人，

---

① 河间地带，阿姆河以东，锡尔河以西，相当于今天乌兹别克斯坦领土的地区。

并且追本溯源说他们系出哈德拉毛，而最早的时候他们的祖先是走海路抵达哈德拉毛的（23）。佐法尔与哈德拉毛的关系似乎要比它和阿曼的关系密切。雕花的屋顶样式极其古色古香，它的样式乃哈德拉毛风格而非阿曼风格，而阿曼人称呼所操语言为古南阿拉伯方言的佐法尔部族为哈达拉（23），正如哈德拉毛人在伊斯兰时代来临后被北阿拉伯人称做哈达里姆人一样。东西两块香料产区之间的联络接触，想必密切频繁且历久不衰；而维系这联络交通于不坠的几条通商路线，也许在史地学者探索了马锡拉与盖拉之间的内地后，终得以重见天日并一展其庐山真面目。

参考书目

［ 1 ］ Ludovico de Varthema： *Itinerario*

［ 2 ］ H.Lammens： *L'Arabie Occidentale avant l'Hegire*

［ 3 ］ A.Sprenger： *Post und Reiserouten,* 1864

［ 4 ］ *Handbuch der Sudarabishcen Alterhumskunde*： ed.by Dr.Ditlef Nielsen

［ 5 ］ *The Periplus of the Erythraean Sea*： trans by Schoff, 1912

［ 6 ］ G.F.Hill： *Ancient Coinage of South Arabia*

［ 7 ］ Flavius Josephus： *Antiquities of the Jews*

［ 8 ］ D.H.Muller： Die Burgen u.Schlosser Sud-Arabiens Hamdani's Iklil

［ 9 ］ Carl Rathjens u.H.v.Wissmann： *Vorislamische Alterthumer,* Hamburg Univ. Bd. 38, 1932

［ 10 ］ Jomard, in Mengin： *Histoire de l'Egypte sous Muhammad 'Ali*

［ 11 ］ Thos.Jos.Arnaud： *Journ. Soc. Asiat:* Serie vii, vol iii

［ 12 ］ Joseph Halévy： *Journ. Soc. Asiat:* Serie vi, vol xix, 1871

[13] Edouard Glaser: *Forschungsreisen in Sudarabien.* By Otto Weber: Alte Orientset., Leipzig, 1909

[14] Al-Khazraji: *History of the Resuli Dynasty of Yemen. Gibb series*

[15] Theodore and Mrs. Bent: *Southern Arabia*

[16] Van den Meulen: *Hadhramaut: Some of its Mysteries Unveiled*

[17] A.Von Wrede: *Reise in Hadhramaut*

[18] L.Hirsch: *Reisen in Süd-Arabien Mahraland und Hadramūt*

[19] Wyman Bury: *Arabia Infelix*

[20] D.H.Hogarth: *The Penetration of Arabia*

[21] Maqrizi: *Kita bar-Taraf 'arabia min Akhbar Hadhramaut: De Valle Hadhramaut Libellus,* Bonn, 1866

[22] Rhuvon Guest: *Zufar in the Middle Ages. Islamic Culture*: vol.Ix, No.3

[23] Betram Thomas: *Arabia Felix*

[24] Yaqut

[25] Wellsted: *Travels in Oman*

[26] Carsten Nielbuhr: *Description de l'Arabie*: vol.1

[27] Omarah: *History and the Karmathians in Yemen*: translated by H.C.Kay. fr. *Kitab as-Suluk of Baba ad-Din al-Janadi*

其他参考书目

The Encyclopaidia of Islam

Bib.Geog.Ar.

Hamdani: *Jazirat al'Arab*

Ibn Mujawir：收藏在大英博物馆的手稿

Ibn Batuta：*Rihlab.* 埃及版

Carsten Niebuhr: *Reisebeschreibung,* 1774

A.Sprenger：*Die Alte Geographie Arabiens.* Bern, 1875

O'Leary: *History of the Fatimite Caliphate*

Wyman Bury：*The Land of Uz*

Tritton: *The Imams of San'a*

H.E.Jacob：*Kings of Arabia*

Amin Rihani：*Coasts of Arabia*

O.H.Little：*The Geography and Geology of Makalla*

Karolus Conti Rossini：*Crestomathia Arabica Meridionalis Epigraphica.* Rome, 1931

H.St.John Philby：*The Heart of Arabia*

H.St.John Philby：*The Empty Quarter*

J.Helfritz：*Chicago der Wuste*

J.Helfritz：*Land ohne Schatten*

R.G.S. 日志：哈德拉毛相关报告

  The Austrian Expedition to Southern Arabia and Socotra:

  Vol.13, 638

J.T.Bent's Expedition: Vol.4, 315

L.Hirsch's Journal: Vol.3, 196

Exploration of the Frankincense Country: Southern Arabia:
J.Theodore Bent, Vol.6, 109

Air Reconnaissance of the Hadhramaut: Hon. R.A.Cockrane,
Vol.77, 209

Notes on the Hadhramaut: W.H. Lee Warner, Vol.77, 217

Treasure of Ophir: C.E.V.Cranfurd, Vol.75, 545

Housebuilding in the Hadhramaut：L Ingrams, Vol.85, 370

皇家地理学会所展示的飞行中队队长利卡德斯所制作的哈德拉毛谷地影片